忍物語

シノブモノガタリ

西尾維新

NISIOISIN

BOOK & BOX ORIGINAL DESIGN by VEIA

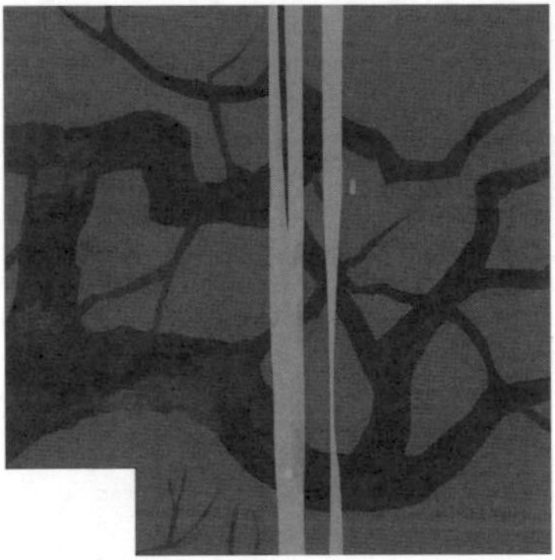

BOOK&BOX DESIGN
VEIA

ILLUSTRATION
VOFAN

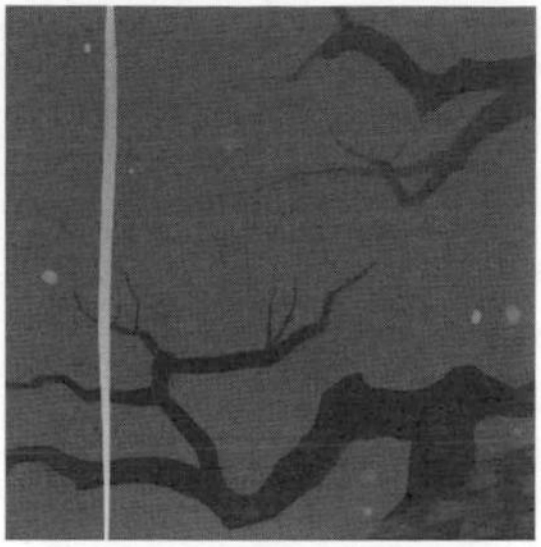

第一話　忍・芥末

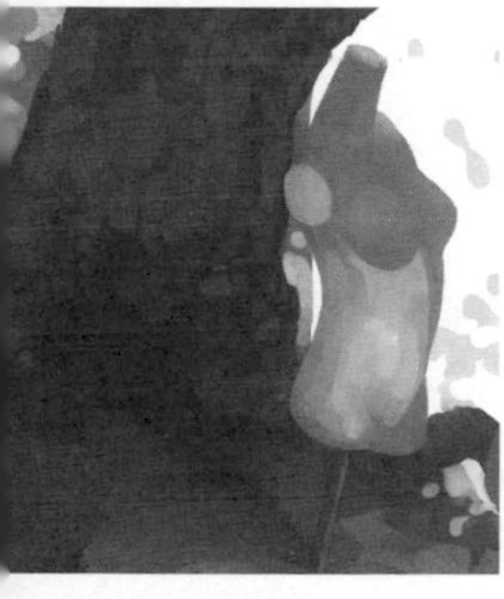

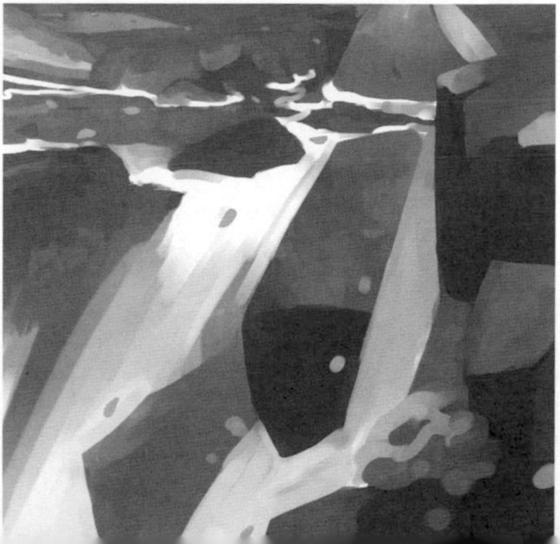

第一話　忍・芥末

DEATHTOPIA
VIRTUOSO SUICIDE MASTER

OSHINO SHINOBU

001

貼交歸依是今年春天剛就讀私立直江津高中的一年級學生，加入女籃社，而且當然對這兩件事後悔不已。就讀直江津高中這種高水準的升學學校令她後悔，加入實在不像是升學學校運動社團的斯巴達式女籃社也令她後悔。

原因在於直江津高中的女籃社昔日有一位超高中級的超級明星，真的是在全國大賽大顯身手。雖然這位學姊如前面所說已經退休，但是只有嚴苛的訓練內容成為遺痕由後進繼承。

明明不強卻進行艱苦訓練的運動社團。

爛透了。

眷戀黃金時代光景的過時訓練，「既然一樣是人類，我應該也做得到」的這種想法，只是膨脹自我的投影。

何況那位超級明星的學姊，最後也因為左手臂受傷而早早退休，不就實際證明斯巴達式的訓練毫無意義，甚至會造成反效果嗎……那麼為何那個社團依然採用青蛙跳的訓練？

就算這麼說，貼交歸依也不想繳交退社申請書。如果教練或隊長冷酷宣告「妳沒才華所以放棄吧」，她應該會感到慶幸樂於抽身而退，不過說來可惜，斯巴達式的女籃社的向心力很強，這好像也是超級明星在籍時代的餘痕。

向心力很強，代表連帶責任很重。

自己退出之後，會對隊友造成何種影響？想到這裡，連牢騷都不方便說……要是說了「想退出」這三個字，就不再是她自己一個人的問題。

即使是只令人覺得錯誤百出的頑固傳統，她也不想成為斷絕傳統的原因……但願這個不好的傳統，在和我無關的地方自然消滅。基於連帶責任的責任推卸。其他隊友大概也抱持類似的動機，被類似的繩索束縛，忍受著艱苦的訓練。想到這裡就覺得大家都是笨蛋。

就這樣，貼交歸依今天也不情不願參加社團活動直到校門即將關閉，在昏暗的夜路上，拖著這幾個月肌肉痠痛症狀未曾消退的雙腿踏上歸途。

隊友回家的方向都不一樣，和班上朋友們放學的時間也不一致（老實說，因為社團活動太辛苦，她逐漸和班上的朋友們疏遠），女生像這樣獨自回家稱不上安全，但她心想，乾脆現在來個暴徒襲擊她算了。

要是受重傷，就可以無憂無慮退社了。

她自己也覺得太鑽牛角尖，卻已經無法控制自己的思緒……毫無意義留下的負面遺產，即使認為會造成反效果卻還是繼承下來，她對此感到疲憊至極。

成績也一直走下坡。

社團活動在考前終究會暫停，卻很難逃離「記得要自主訓練」、「記得要私下練習」的無言壓力，導致高中生活的第一次段考成為國中時代無法想像，悽慘到不忍卒睹的結果。這樣下去的話，期末考的名次可能創下三位數的紀錄。

總之，也不能把一切怪到社團活動。

直到短短幾個月之前，她都暗自評價自己或許是神童，但是集結在私立升學學校的人們，成績優秀到令她覺得這個評價很丟臉……甚至沮喪心想自己或許會成為直江津高中創始以來的吊車尾。

啊啊，所以想被暴徒襲擊。

襲擊我吧。折磨我吧。

將我的人生變得亂七八糟吧。

這可以成為停止社團活動的理由，也肯定能藉此免於參加期末考……在住院期間好好用功追回進度吧。沒錯，即使不是神童，我也絕對屬於聰明的人種。

現在肯定還能重新來過。

這種想法是逃避現實嗎？

（逃避現實……是從現實逃離？還是逃進現實？）

拋棄夢想與希望，專心面對現實。

真要說的話，這也是一種逃避現實吧……無論如何，在貼交歸依放學回家的路上，沒出現握著棍棒往她腦袋狠狠打下去的暴徒。不管祈求幾次、祈求幾天，都還是沒出現。

啊啊，不然的話，不是暴徒也沒關係。

在轉角被車撞也行，飛機精準掉下來也行……只要能讓我解脫，怎樣都好。

即使不是現實……是幻想也沒關係。

比方說……

是的，即使是妖魔鬼怪——

「來到這個國家就深刻覺得……沒有其他話語比『我開動了』這四個字更令本大爺不以為然……用『感謝招待』這四個字答禮簡直是糟蹋。」

即將走到三岔路口的時候。

如同要方便暴徒從背後襲擊，故意看著手機畫面踏出腳步，更正，是拖著痠痛雙腿移動的貼交歸依，聽到某人光明正大從正前方搭話。

如同自報名號是絕對不能退讓的禮儀。

「本大爺是迪斯托比亞・威爾圖奧佐・殊殺尊主。決死、必死、萬死之吸血鬼。」

希望成真了。或者該說絕望成真了。

如此心想的貼交歸依終於抬頭向前。

002

好久沒來醫院了。

話是這麼說，但我阿良良木曆並不是特別討厭打針，也沒有白袍恐懼症——我反倒喜歡白袍。講個祕密，我也讓女友穿過白袍……用自動鉛筆玩打針遊戲。

即使如此，我最近也沒機會接近大大小小的醫院（甚至因而罹患這種慾求不滿的症狀），因為在我高中時代的十七歲春假，美得令人背脊結冰的金髮金眼吸血鬼吸了我的血，使我在短短兩週的期間化為吸血鬼，後遺症就是我如今幾乎和傷痛與疾病無緣。

健康程度優良到惹人厭。

要是貿然到醫院接受診察，反常的再生能力與卓越的視力反倒會為人所知，我可能會被當成人體實驗的樣本……所以就讀大學之前的健檢，我也編個藉口躲掉。

為了享受多采多姿的校園生活，再怎麼謹慎都不會過當……即使如此，這次我依然像這樣踏入直江津綜合醫院，因為比起親生父母更令我不敢反抗的某個大人直接叫我過來。

臥煙伊豆湖小姐。

「曆曆，這名患者你怎麼看？」

我在第四病棟五樓的某病房，臥煙以醫生般的口吻這麼說——徵求我的見解。我念的是理學院，不是醫學院，不過若要這麼說，臥煙也不是醫生。只是以這個人的能耐，就算擁有幾張醫生執照都不奇怪……現在當然不是正在玩醫生遊戲，總之聽到她的催促，我看向病床上的「患者」。

這間個人病房不算大，其實我進房的時候就已經看見這名「患者」，不過老實說，我難以直視——反射性地移開目光。

感覺看見不該看的東西。

躺在病床的患者是……

「……木乃伊。」

是的。

雖然穿上住院用的病患服，但至少不是活人——看起來不是。

「這是木乃伊吧。而且是人類的木乃伊。」

我在高中時代看過猿猴的木乃伊，不過這句木乃伊即使乾枯至極，從骨骼與頭部殘留的頭髮來看也肯定是人類。

即使不是活人，也是死人。

「不不不，曆曆，這也不是死人喔。」

「……那個，臥煙小姐，可以請您差不多別再叫我『曆曆』了嗎？我已經是大學生了。」

「大學一年級就像是剛出生的寶寶喔。我當時也是這樣。還在牙牙學語。」

毫無著力點。

哎，說了也沒用吧。即使我成年了，年齡不詳的這個人應該也會繼續親切地叫我「曆曆」吧……話說回來，「也不是死人」是什麼意思？

「即使是這個狀態，這個人依然還『活著』。」

臥煙隨口這麼說。語氣沉穩卻不會裝作過度嚴肅，完全是專家風範，而且是專家總管的風範。

然而，對於不是專家的我來說，這句話我完全不能當成沒聽到。

這具木乃伊活著？臥煙這麼說？

我原本已經開始猜測，這可能是某間寺廟運來的肉身佛之類……不過仔細想想，臥煙的嗜好沒有差到讓這種東西躺在醫院病床。

「心臟在跳動，鼻子也在呼吸。生體反應正常到惹人厭。雖然沒有意識，卻沒有死亡……如果覺得我在說謊，你就確認一下吧。」

「要我確認……」

聽她這麼說，我戰戰兢兢將手伸向沉睡的木乃伊心臟——卻在即將碰到的時候被警告了。

「等一下，曆曆。這個人是女生，所以不准摸胸部。要像個紳士，牽起淑女的手確認脈搏就好。」

女生？畢竟乾枯成這樣，所以木乃伊的性別不明——不過，先不提是不是淑女，臥煙說這是女生，是女孩子，我可不能充耳不聞。

「……那麼，恕我失禮。」

我碰觸木乃伊的右手腕。畢竟是木乃伊，我擔心會不會一碰就碎，所以提醒自己動作要相當慎重，不過她乾燥的皮膚比想像中還要充滿彈力。

而且脈搏確實在跳動。撲通，撲通，撲通。

「話說在前面，並不是血液在流動——雖然心臟在跳動，血液卻沒流動。只有空氣在流動。」

臥煙說。

「空氣空虛地流動。就像是空殼。」

「…………」

我聽著臥煙不知道是開玩笑還是當真的這番話，輕輕撥開木乃伊的頭髮，慎重確認這名「女生」的頸子。

正如預料，頸子開了兩個小小的洞。

彷彿被蛇咬的洞。

或者是被鬼吸的洞。

「…………」

「這具木乃伊的名字是貼交歸依。是曆曆曾經就讀的直江津高中女學生……雖然這麼說，但她是今年入學的新生，我想你應該不認識她。」

「……是被吸血鬼襲擊嗎？」

意外聽到母校的名稱，我暗自嚇了一跳，卻還是向臥煙確認無須多說的這件事。雖然無須多說到令我不耐煩，但就算這樣也不得不問。

我逐漸明白她叫我過來的原因了。

「好像是。聽說她是在社團活動結束之後，在放學途中撞見的。」

「真是短暫的和平啊。」

我只說得出這種感想。

並不是要假裝自己開悟。

不過，從我被吸血鬼襲擊的那個春假開始的一連串騷動，明明肯定已經在畢業典禮的時候打上終止符，居然在短短的幾個月之後像這樣發生新的事件。

不，這種程度的事件，在這個世界或許經常發生，只是我不知道罷了——不然臥煙「無所不知的大姊姊」這個職業就無法成立。

天底下居然有這種商機。

不是縫隙市場，而是縫隙死場嗎？

「換句話說，這孩子……記得叫做貼交？她現在化為吸血鬼了嗎？」

「應該認定是化為吸血鬼失敗了。」

臥煙聳肩說。

「這很常見。像曆曆這樣成功的例子才罕見。只不過，從吸你血的吸血鬼角度來看，你的例子就某方面來說才是徹底失敗。」

臥煙說完看向醫院獨特的油氈布地板……看向我的影子。

當然，影子裡沒反應。

現在是大白天。

「雖然活著，卻只是沒死……只有血液被吸乾的木乃伊。不是瀕死的半死不活。不過……」

當時的我或許也會變成這樣……話是這麼說，但我在發毛的同時也暗自鬆了口氣。

貼交被吸血鬼吸乾血液，成為不知道活著還是死亡的木乃伊，我完全不想說這是她運氣好。就算這樣，只要沒死就還有希望。

肯定有方法讓她回復為人類，就像是昔日的我那樣。在這個狀況，她沒成功化為吸血鬼，我甚至覺得是不幸中的大幸。

甚至覺得是絕望中的希望。

我那時候只能自己努力鑽研想方法，不過這次打從一開始，全知的專家臥煙就出馬了……即使不能樂觀看待，也肯定有方法能拯救這孩子。

「『拯救』是吧。我家的夏威夷衫在這種狀況是怎麼說的？」

「……您家的夏威夷衫是怎麼說的，我已經忘光了，不過臥煙小姐，您應該不會說『我不救她，人只能自己救自己』這種話吧？」

「你明明記得嘛。」

臥煙一邊苦笑，一邊接話說下去。

「當然，我是為了拯救這孩子，拯救貼交小妹而來到這裡。不過曆曆，原本不愛出門的我像這樣一開始就出差過來，要是你單純覺得『我很可靠』，我還是會為難的。」

她這麼說。

她說了什麼？

「嗯？這是什麼意思？臥煙小姐，如果您說您不可靠，那還有誰可靠？」

「你講得真窩心，不過在說明這件事之前，我們先移動吧。」

「移動？要去哪裡？」

「要巡房。曆曆你好像不討厭醫生遊戲，我就介紹下一個患者給你吧。」

003

臥煙不是醫生也不是職員，卻能把這間醫院當成自己家通行無阻，我原本對此百思不解，不過看到隔壁病房的病床也一樣躺著類似的木乃伊，就覺得將本次事件委託給她這位專家的人應該是這間醫院的院長，這樣的解釋很合理。

體內水分幾乎都被奪走，卻不知為何沒有死亡。接連送來兩名這樣的患者，難怪現代醫療會舉白旗投降……輪到怪異專家出馬了。

「她叫做本能焙，一樣是直江津高中的學生，不過是二年級，所以曆曆你說不定也認識這個孩子。」

可惜我不認識。

高中時代的我，不常和學弟妹交流。

不只如此，我也沒那麼融入學校，會跨學年掌握各學生的姓名……既然現在是二年級，那她在我三年級的時候是一年級吧。

既然這樣，我說不定至少看過她，但她化為木乃伊又穿上病患服，我也沒辦法以人相判別……若要我說實話，我甚至無法分辨她和躺在隔壁病房的木乃伊。

「躺在路上的貼交小妹木乃伊被路人發現，是前天發生的事。在自家床上化為木乃伊的本能小妹被母親發現，是昨晚發生的事。」

「一天一人嗎？速度挺快的。」

「不一定是一天一人。或許人數更多，只是沒人發現大量的木乃伊。目前看起來是鎖定直江津高中的女學生下手，但這或許是一百人中的兩人。」

一百人中的兩人。這推測絕對不誇張吧。

我認識的吸血鬼曾經大發豪語說，只要數個月吸一個人的血就活得下去，但是另一方面，要是失去自制心，食慾也足以吸光全世界人類的血。

不過，基本上目前應該基於臥煙的推測來思考……身分不明的吸血鬼鎖定直江津高中的女學生下手。

身分不明……不對。

是我認識的吸血鬼。

「那個……臥煙小姐，難道您在懷疑忍那傢伙？她確實曾經是在直江津高中女學生之間議論紛紛的吸血鬼，可是……」

「不不不，我從來沒想過這種事喔。是現在聽你說才察覺的。我並不是基於這個原因，把正在享受大學生活的你找過來，只是希望你這個當地人協助，避免出現第三個……或是第一〇一個受害者。偶爾試著拯救素昧平生的女孩，也別有一番風情吧？」

臥煙說得像是在揶揄我的過往經歷。我無從反駁……畢竟我曾經為了拯救我身邊範圍遭遇困難的人們而奮起，結果卻害得不在我身邊範圍的人們遭遇困難。

不過，這下子該怎麼辦？

像這樣突然連續目睹兩具木乃伊，又得知這是女高中生的木乃伊，我必然也會被道義層面的使命感驅使，不過基本上，一口答應臥煙的要求是很危險的事。

摸不透的大人，就某方面來說比吸血鬼可怕。

我無法立刻回答而沉默下來。

「其實現在是我想依賴曆曆的局面喔。想依賴可靠的曆曆。」臥煙說。「堅持想躲在幕後的我不得不出馬，現在是這種狀況。如果這麼說還不夠，那我也可以這麼說……我正在準備叫余弦那傢伙回來。」

「咦……叫影縫小姐回來？」

這或許沒什麼好驚訝的，但是我驚訝得不得了——比連續目睹兩具木乃伊還驚訝。至少臥煙這段話的效果比她預期的更好。

叫余弦那傢伙回來。

影縫——影縫余弦確實是專門對付不死怪異的陰陽師，卻很難認定她是正當的專家。不只如此，她還是這個世界上最偏離正道的專家。以前我還是高中生的時候，和臥煙一起工作的那時候，即使面臨和不死怪異有關又相當危險的狀況，臥煙也堅持不找影縫小姐幫忙。

換句話說，臥煙判斷這次的事態比「那時候」嚴重。

既然這樣，我能置身事外嗎？雖然我完全不愛母校（在學時期甚至討厭那所升學學校），卻也不忍心裝作毫無關係。

而且，雖說我當時幾乎沒有跨學年的交流，卻也不是完全不認識學弟妹……想到她們可能遭到吸血鬼的毒手化為木乃伊，我果然靜不下心。

「……可是以實際問題來說，既然影縫小姐會來，我應該沒有出場的餘地，反倒可能拖累。如果是基於各種原因化為吸血鬼，導致嚴重後遺症的高中時期就算了，但我升上大學之後，症狀完全平穩下來了。」

「看來沒錯。原本熱血到不行的曆曆，現在好像完全平穩下來了，大姊姊我好寂寞喔。」

真敢說。

「不過，余弦的行動力也沒有好到隨傳隨到的程度。因為如你所知，她有一些特殊的苦衷，所以再怎麼趕路，也要好幾天才能抵達這座城鎮……這幾天可能會直接牽動到受害者的人數。」

原來如此。

由此來看，我是時間多到用不完的大學生，行動力比高中時代更好。今天也像這樣自主請假沒去上代數課，輕易答應臥煙的邀約。

說實話，我和影縫發生過各種事，所以單純在心情上不方便和她見面，不過既然這麼說，我也可以在她抵達這座城鎮之前終結這個怪異現象。

無須多說，以臥煙的立場，她也希望這樣。

「對了。既然影縫小姐要來，我得跟斧乃木小妹說一聲……話說臥煙小姐，不用通知斧乃木小妹嗎？」

「那孩子正在忙另一份工作。一份不能告訴你的祕密工作。」

「？」

什麼工作？

最近的斧乃木好像和千石走得很近，這麼一來我就不方便主動試探……但是聽臥煙明講這是祕密，我就很好奇。

「大事之前的小事也是大事喔。真要說的話，這是後面集數的伏筆。雖然這麼說，但我不想和以往一樣勉強你。如果曆曆理直氣壯滔滔不絕說明自己再也不想涉入這種會刺激內心創傷的事件，那我會斷然收回委託。到時候我會改找貝木過來。」

「請交給我吧。」

無論怎麼想，我都不認為臥煙會讓那個騙徒在這種現象的事件參一腳，但是既然她提到這個名字，我就沒有選擇的餘地。

為了讓那傢伙遠離這座城鎮，我願意做任何事。

這座城鎮謝絕騙徒。

「我覺得大部分的城鎮都謝絕騙徒就是了。總之，我當然不會要求做白工。既然要讓你背負不少風險，親切的大姊姊我會提供足夠的回報喔。」

「不少風險」是嗎……

哎，既然可能要應付吸血鬼，就不能一直悠哉躲在安全地帶……何況這次的事件被判定比死屍累生死郎復活的那時候還危險，那我參與的時候也必須做出相當的覺悟。

不過，如果問我是否想要相應的回報，我其實不想要……坦白說，我害怕從臥煙那裡收到任何東西。

緣分或恩情愈深，愈容易深陷其中。

像這樣每次都被找過來，感覺如同我過多久都無法真正從高中畢業。

不過在我這麼思考的時候，臥煙像是看透我內心想法般開口了。

「曆曆，如果你願意協助解決這個怪異現象，那麼直到你大學畢業的這四年左右，我發誓不會出現在你面前，也不會聯絡你……到時候你就好好享受和怪異或專家無緣，快樂又陽光的校園生活吧。」

「真……真的嗎？」

「真的。我這輩子從來沒說謊以及綁雙馬尾。」

臥煙綁雙馬尾的模樣，有機會的話我還真想看，不過她這個提案比雙馬尾更吸引我……不，從某個角度來看，她就像是宣布要和我絕交，發誓到這種程度也令我捨不得（我好任性），但是無論如何，如果可以完全脫離她動不動就說得像是賣我人情的這種生活，將會是最令我開心的回報。

哎，臥煙是騙徒的學姊，不知道她的誓言有多少可信度（說不定她也綁過雙馬尾），但是無論有沒有立下這個承諾，現狀我還是不能視若無睹。

如同護城河完全被填平。

說起來，對於臥煙來說，我絕對不是一張易於利用的牌。我在這一點沒資格說影縫小姐。我的問題在於行動過於草率。說到高中三年級的阿良良木曆多麼不按照臥煙的計算與指揮行動，我自己都覺得很慘——每次回憶都只能反省當時的行為舉止。

臥煙不得不使用我這張不成材的牌，如此嚴重的事件發生在我的家鄉。既然這樣，我無論如何總不能撒手旁觀吧……也對。

偶爾拯救素昧平生的人也不錯。

「我知道了。請容我在不影響學業的範圍協助吧。但我不想為家人添麻煩，只有這部分請您多多費心。」

「啊啊，這部分我當然會處理妥當。余弦與月火小妹的關係，無所不知的大姊姊我可是瞭如指掌……哎呀呀。」

剛好就在臥煙獲得我協助的這個時間點，她的手機響起來電鈴聲——不對，這裡是醫院，所以收到來電的可能是PHS。這位大姊姊總是隨身攜帶許多不同種類的通訊機器。

「喂？嗯。嗯……嗯。」

講電話的臥煙，每次應聲的音調都比前一聲低。

這位大姊姊基本上是不適合嚴肅氣息的輕鬆風格，不過順著電波傳送過來的情報，好像讓這樣的大姊姊笑不出來。

「曆曆，有個遺憾的消息。」

臥煙掛斷電話之後說。

「發現第三個受害者了。一樣是直江津高中的女學生。」

004

昔日就讀私立直江津高中時的阿良良木曆，與現在開始就讀國立曲直瀨大學的阿良良木曆。若問這兩者有什麼最明顯的差異或變化，最適合的答案應該是「通學方式」。高中時代的我基本上是騎腳踏車或徒步上學，但我到大學上課的時候，手握的居然是汽車方向盤。

我開的是福斯的金龜車。如果說這是我腳踏實地揮汗打工，買下車況良好的中古車再自己翻新的成果，應該會給人不錯的印象，不過這是爸媽慶祝我畢業贈送的新車。

我自己都覺得被寵壞了。

父母的這份疼愛，我意外地不像叛逆期那樣抗拒而是自然接受，這或許才是最明顯的差異與變化吧……不提這個，我離開醫院之後，讓臥煙坐進這輛金龜車的後座，載著她前往怪異現象的現場。

說到為什麼坐後座，是因為副駕駛座固定安裝兒童座椅——我的副駕駛座是幼女的指定席。

「記得小忍的外表不是八歲左右嗎……？即使不該和完美模式相比，不過既然能坐兒童座椅，她是不是稍微長大了？」

「稍微長大的孩子塞在兒童座椅，坐得不太自在的那種感覺，我很喜歡。」

「這樣啊……曆曆，這件事最好避免告訴別人喔。無所不知的大姊姊我也不想知道這件事。」

我們輕鬆進行這種玩笑對話前往目的地。或許該說果然吧，目的地是直江津高中的通學道路。距離醫院不是很遠，所以很快就到了。

木乃伊剛被發現不久，我以為會有看熱鬧的人群或是已經有警察趕到，不過事發現場反而空蕩蕩到嚇我一跳……雖說通學時間早已結束，不過民生用路會冷清到這種程度嗎？

我對此感到疑惑，不過這好像是臥煙安排的。

專家的專業領域，以結界驅除閒雜人等。

雖說理所當然，不過本次接受臥煙指示行動的人，好像不只我一個。團體行動是臥煙的強項，看來搜索隊早早立下成果，發現了和已經就醫的兩人一樣化為木乃伊的受害者。

早早。或者應該說晚了一步。

發現第三個受害者，不能說這是好事。

「為了怕生的曆曆，我也已經請搜索隊離開這裡，所以你可以慢慢調查事發現場喔。」

臥煙說。

很高興她這麼貼心，但我沒怕生到那種程度。

總之，以臥煙的立場，大概是不想將旗下的心腹，將「真正的協助者」介紹給我這個臨時成員吧。我可以理解這份心情。

因為我是不好的教材。

「雖然這麼說，超常結界在白天的住宅區也有極限。加快節奏進行吧。等等在視覺上的衝擊應該會很強，所以曆曆，請你充分做好心理準備。」

臥煙一邊說，一邊從停在路肩的金龜車後座下車……都已經連續讓我目睹兩具女高中生的木乃伊了，她怎麼還在說這種話？疑惑的我也跟著下車，但我隨即體認到她的建言何其有益。

推測是第三個受害者的「她」被發現的地點，正確來說是隔著通學道路的護欄，一間看不出端倪的簡陋小屋。

總之，這間木造建築原本應該有某種用途，但如今看起來像是不明的積木工藝……進入小屋也頂多只能遮陽，縫隙多到這樣別說躲雨，連風都擋不住。

屋內的乾枯木乃伊令我說不出話。

穿著病患服躺在醫院病床的木乃伊，和穿著高中制服如同路倒般倒臥在這間莫名其妙小屋的木乃伊，兩者的視覺效果截然不同。

鞋子脫落，衣服凌亂，書包掉在一旁。

這些細節死纏著我，要我體認到這是現實……體認到這雖然是怪異現象，卻絕對沒有奇幻之類的要素，是真實上演的光景。

體認到現實與妄想沒有區別。

我率直後悔了，覺得自己踏入外行人不該插手的領域——如果允諾的對象不是臥煙，我甚至想就此夾著尾巴跑掉。

話是這麼說，但我這時候無法好好運用全身表現出驚慌模樣。

我反倒想在專家面前打腫臉充胖子……我盡量假裝冷靜，走向這具木乃伊。

「這女生看起來也是沒有成功化為吸血鬼。」

我像是了然於心般說出明眼人都看得出來的感想，並且蹲了下來，想要和剛才在醫院做的一樣，捧起「她」的手腕檢查脈搏。就在這個時候——

「曆曆，危險！」

臥煙喊得這麼大聲也很稀奇，卻是在所難免。

我蹲在木乃伊旁邊沒多久，「她」就像是背後上了發條般彈起來，反而朝我伸出手——不對，不是手，是手指。

不是手指，是指甲。

木乃伊要搔抓我——要將我抓爛。

「唔，唔哇！呃……」

被女高中生按倒在地，就某些狀況來說可能是刺激又快樂的體驗，然而地點是詭異的簡陋小屋，女高中生又是木乃伊，加入這兩個條件之後，我實在開心不起來。我剛才為了檢查脈搏而貿然接近木乃伊，如今卻基於另一個目的（防衛目的）用力抓住「她」的雙手手腕。

我以這種方式防禦女高中生沒貼美甲片的十根爪子，但這招對牙齒不管用。反倒因為我抓住她的雙手，使得自己的雙手也被封鎖。

木乃伊就這麼把我按倒在地想咬我，但我可不能以咬還咬。

雖然我體驗過各式各樣的吻，不過木乃伊女孩終究不在我的好球帶。即使如此依然熱情逼近的木乃伊嘴脣，以及嘴脣後方閃亮的利牙，最後是由專家發揮本領封鎖。

與其說是封鎖，反倒該說臥煙是解放——開放了。她將簡陋小屋窗戶像是破布的窗簾拉開。

頓時射入屋內的陽光，如同聚光燈打在木乃伊身上，「她」因而停止動作。簡直和太陽能人偶剛好相反，木乃伊照到陽光之後就停止動作，如同失了魂（前提是魂還在）癱軟壓在我身上。

這就某方面來說也很恐怖，不過冒失的我似乎勉強脫離險境了。

以最小限度的處置就幫外行大學生善後的臥煙眼中，應該不把這種狀況當成險境吧……原來如此，雖說失敗卻也是吸血鬼，所以會害怕日光。

這麼說來，木乃伊躺的病房，窗簾果然是關上的……除此之外，那間病房應該也在各方面做好封鎖木乃伊的措施吧。

即使失去意識，即使失敗，吸血鬼依然是吸血鬼。

光是接近就有危險。

「對……對不起，臥煙小姐。我擅自亂來了。」

與其說是擅自亂來，應該說是愛面子的結果。

一點都沒成長，我自己都討厭起我自己……要是化為吸血鬼失敗的木乃伊吸我的血，不知道我是否會化為吸血鬼，但我差點就精確又縝密地重現十七歲春假的往事。

我抱著丟臉的想法，從木乃伊下方爬出來……此時臥煙對我說「不，曆曆，你立功了喔」這句莫名其妙的安慰。

立功？

「這孩子好像叫做口本教實。直江津高中一年級。因為個子高，所以我原本以為她可能是三年級，最近的孩子發育得真快。」

臥煙已經不再看我，而是拿起木乃伊旁邊地上的書包翻找學生手冊或錢包等物品，好像在收集受害者的個人情報。第一個木乃伊是一年級，第二個木乃伊是二年級，所以第三個是三年級……這樣的數列並沒有真實上演。

「那個……臥煙小姐，您說的『立功』是什麼？」

「口本小妹要用指甲襲擊你的時候，捏在她手上的單字本掉到地上。曆曆你已經不是高中生了，但你記得嗎？用來背英文單字的那個工具。」

臥煙這麼說，並且頭也不回就將單字本扔給我。我當然記得。考大學的時候受過不少照顧。

我接住單字本。看來口本學妹不算用功，這本單字本幾乎是全新的。單字本只有第一頁使用過，以紅色原子筆的潦草字跡寫在上面的甚至不是英文單字。

『B777Q』

「……？這是什麼？」

「天曉得。順帶一提，用來寫這幾個字的筆也掉在單字本旁邊，連筆蓋都沒蓋好。簡直像是被吸血鬼襲擊的時候，口本小妹一時慌張，總之想要先把這幾個字記下來。」

臥煙若無其事這麼說，拿起附吊飾的女高中生手機滑啊滑。可惜手機好像上了鎖，即使是擅長使用通訊機器的專家也無法分析內容。

不提這個，單字本。

其實她想背單字嗎……怎麼可能。

這反倒是……

「話說回來，口本小妹好像是這個時代令人佩服的愛書人，她書包裡有艾勒里・昆恩的著作喔。『給讀者的挑戰書』的權威大師艾勒里・昆恩。」

而且艾勒里・昆恩也是「死亡訊息」的權威大師——不過口本只是沒成功化為吸血鬼，沒死掉也沒被殺，所以在這種場合說成死亡訊息也不太對。「B777Q」嗎……

「推理迷小扇看到這個暗號應該會開心吧。雖然這麼說，但也不能拜託那孩子協助就是了。」

「沒錯。她也是直江津高中的學生，但是可能反而使得黑暗更加深沉……希望她至少在緩刑期間安分一點。」

緩刑期間啊。說得真好。

那孩子好像不是很安分，這邊卻也沒必要故意刺激她的好奇心。只不過，要是繼續有直江津高中的學生受害，那名黑暗少女可能會自己行動。

傷腦筋。如果在高中時代，這時候我會毫不猶豫拜託羽川……不，等一下。

「臥煙小姐，可以讓曆曆我挽回名譽嗎？」

「嗯？什麼事？」

「這段死亡訊息……或許應該說是生存訊息，我在解讀這方面有頭緒。這本單字本請暫時讓我保管。」

「你都這麼說了，那我不在意喔。『生存訊息』嗎……講得真妙。把『死亡訊息（dying message）』說成『用餐訊息（dining message）』的雙關語很常見，不過說成『生存訊息』就很創新了。能早期發現那個證物是你的功績。我來負責『這個』吧。」

臥煙很乾脆地將這方面交給我，不過與其說是給我機會雪恥，應該說她好像在鑑識的時候發現更重要的線索。

臥煙依然看著口本的手機。嚴格來說，專家以犀利目光注視的不是上鎖的手機本身。

是正如其名吊在手機當裝飾的吊飾。

「……臥煙小姐，吊飾怎麼了嗎？」

就我這個外行人看來只是平凡的吊飾。兩個象徵英文字母「K」的飾品掛在繩子上——無須猜測，應該是口本教實（KUCHIMOTO・KYOUMI）的姓名縮寫。

像這樣把個人情報吊在手機上，我覺得即使手機上鎖也沒意義吧……

「如果只有這樣，當然只是常見的可愛飾品。不過，第二個受害者本能焙小妹的手機也掛著類似的吊飾，這麼一來就另當別論了吧？」

「咦？……您說類似的吊飾？」

「姓名縮寫的飾品。她叫做本能焙，所以是『A・H』……但是設計風格一樣。這當然可能只是巧合，單純是落伍大姊姊我不知道的流行風潮。」

畢竟第一個受害者貼交小妹的手機沒有任何裝飾——臥煙慎重補充這句辯解之後說下去。

「不過，除了同為直江津高中的女學生，受害者說不定還有別的共通點，那麼在查明這個失落環節的同時，就可能查出神祕吸血鬼的真面目。」

005

臥煙安排的救護車，將第三具木乃伊口本教實和前兩具木乃伊一樣載往直江津綜合醫院。我以餘光看著救護車離開，獨自開著金龜車前往曲直瀨大學。

至少要出席下午的課程。不是基於大學生的可嘉心態，是要去找我心目中的人選，解讀受害者留下的生存訊息。

今天的第五堂課剛好是喜歡的暗號學，所以命日子肯定會出席。

食飼命日子。

她是我在大學新認識的朋友。畢竟是我的朋友，所以毫不例外是個怪人，不過重點在於食飼命日子是對我來說不知道隔了幾年之後終於結交，和妖魔鬼怪、魑魅魍魎、都市傳說或怪異奇譚毫無關係的朋友。老實說，光是這樣就不枉費我努力考上大學了。

真慶幸我當年努力用功準備考試。

抵達曲直瀨大學，在有點遲到的時間進入暗號學教室一看，照例有一個好消息與一個壞消息。

壞消息是今天停課。

大學就是會發生這種事。

不過也有好消息。我要找的學生待在空蕩蕩的教室裡。她沒讀書也沒滑手機，也沒趴在桌上睡覺，就只是坐著發呆。

「喲，命日子。」

「啊，阿良良木同學，歐啦～～今天停課喔。」（註1）

「歐啦～～看來沒錯。那妳為什麼在這裡？」

「因為這段時間原本就預定待在這裡……嗎？」

命日子像這樣傻乎乎地回答，就像是聽我這麼問才首度疑惑自己為什麼坐在停

註1　西班牙文的問候語「¡Hola」。

課的教室。

回想起來，第一次和這傢伙交談的時候，記得也是這種感覺。我在停課的課程遲到，遇見獨自無所事事坐在教室裡的命日子。

總歸來說，命日子極度不擅長變更既定的行程。即使停課，只要決定這個小時在這間教室度過，就會按照這個時間表行動。

她是個怪咖。沒我怪就是了。

而且多虧這樣，我今天才能像這樣見到她。她是這種個性的朋友，所以要打手機約時間也挺難的。

「有個東西想給妳看一下。」

在無人的教室裡，我抓準機會坐在命日子身旁，立刻說明來意。

「既然是你的要求，那就沒問題喔～～我什麼都會看喔～～」

「就是這本單字本。」

隔了好久終於結交到和怪異無關的朋友，所以我比照先前對待老倉那樣，盡量小心避免將命日子捲入怪異相關的事件，慢慢和她建立友誼，但如果只是這種程度應該沒問題。應該說，來到大學果然會有形形色色的傢伙，這個散發溫吞氣息，像是活在不同時間流速的女大學生，明明不是推理迷卻喜歡解讀暗號，是個相當奇怪的人。

這傢伙就像是過於沉迷暗號而就讀數學系，雖然今天停課，不過負責這門暗號學的教授也很欣賞她，她是一年級的明日之星。

聽說她將來的目標是進入警視廳的網路犯罪對策課……所以在無法依賴羽川與小扇的現在，若要找朋友討論這方面的事情，我想不到比命日子更好的人選。這段暗號是木乃伊留下的死亡訊息，應該說生存訊息，但我沒有連這件事都告訴她。

也絕對不會把她介紹給臥煙。

如果想保護珍貴的友誼，劃清界線很重要。

「『B777Q』……嗯～～？」

好像引起她的興趣了。雖然從表情不好辨識，不過基本上命日子對於沒興趣的事物會視若無睹。

如果貿然將「我什麼都會看喔～～」這句承諾完全當真，前後就會完全搭不上，還好她應該真的有在看。

「單字本啊～～好懷念耶～～嗯？這一頁的後面也有寫東西喔。」

「咦？後面？」

在那間簡陋小屋，我只是隨手翻閱就判斷幾乎整本空白，不過說得也是，這是單字本，所以背面也有寫筆記的空間……

我果然不適合飾演偵探角色。

粗心與看漏的問題太多了。

話是這麼說，不過口本近乎整本空白的單字本，沒有奇妙到只有背面寫得密密麻麻，背面和正面一樣幾乎空白。但正如命日子的指摘，只有寫著「B777Q」的第一頁背面，以比起正面更潦草的字跡寫著「231」……「231」？

「B777Q」與「231」？

我毫無頭緒。那麼暗號迷呢？

「嗯，不懂。」

「居然不懂？」

「是啊，不懂。比我聰明的你，為什麼解不開這種程度的暗號？我不懂。」

換句話說，就是她已經解開暗號的意思嗎？

006

我對命日子說想請她喝茶當謝禮，但她說接下來還有課所以鄭重拒絕。我接下來一樣有課，但我和命日子不同，時間相當彈性。我和高中時代一樣完全不排斥蹺課。

也單純因為我沒時間。

這是和吸血鬼有關的怪異現象，所以我想在天黑之前能做多少算多少。有備無患。

即使面對不知道是生是死，位於生死界線上的木乃伊，我都差點被撕碎。要是對上吸血鬼本身……

總之，既然由臥煙運籌帷幄，應該不至於演變成戰鬥，但前提是能夠在影縫小姐抵達之前解決事件。

因此，我依照汽車導航走最短路線，從曲直瀨大學的停車場前往直江津綜合醫院。一抵達就撥打先前和臥煙分頭行動時問到的ＰＨＳ號碼，詢問口本被送到哪間病房。既然是第三具木乃伊，我糊裡糊塗覺得大家乾脆入住同一間大型病房算了，不過以臥煙的立場，好像反而希望各自分開。

總之，要是女學生們親近的人（主要是家人）貿然共享情報，事情可能會鬧大。三人始終以「原因不明的怪病」個別治療，基於保護隱私的名目，祕密處理本次毛骨悚然的奇異現象，以免造成恐慌。

不過，保密當然也有極限吧……

「嗨，曆曆，你回來得真快。」

口本學妹和前兩人一樣穿上病患服躺在病床，在她身旁像是在施行某種法術

（封印吸血鬼？）的臥煙轉身看我。

「暗號解開了嗎？如果你說解開了，我會很開心喔。這邊發生一件麻煩事，所以我想要好消息。」

「哇，居然在我不在的時候發生麻煩事，真難得。」

「一點都沒錯。」

她沒回應我的玩笑話，看來真的遇到堪稱麻煩的麻煩事——不過說來可惜，我帶來的好消息不足以相抵。

多虧命日子，問題所在的暗號確實解開了，但是我一樣搞不懂意思——只不過，這也是外行人的判斷。

要是將命日子的解答（解讀）告訴臥煙這位專家，或許就能順利得知其中的意義。

「預定專攻暗號學的大學朋友，十秒就幫我解開了。要說不夠盡興確實不夠盡興，不過畢竟是高中生想的暗號。」

我將單字本放在病床旁邊的櫃子，簡短說明。

不是無法解讀的暗號。

「『B777Q』。分解之後就是『B』與『Q』夾了三個『7』。那麼，『B』與『Q』這兩個英文字母的共通特徵是什麼呢——像這樣向您賣關子會沒完沒了對吧？」

「不，我聽得很愉快喔。就這麼繼續吧。」

就算這麼催促……

她明明應該察覺了，卻配合讓我有機會回復名譽，我好開心。和她交談就會發現她意外地不錯。

「哎，總歸來說，『B』與『Q』的大寫完全不一樣，但如果改成小寫就是『b』與『q』，只是上下顛倒，但形狀一樣——而且說到形狀一樣，阿拉伯數字也有形狀一樣的配對吧？」

「沒錯，和UNO一樣。」

「我不知道是否和UNO一樣就是了。」

是「6」與「9」。

然後如各位所見，「6」與「9」、「b」與「q」，彼此果然都是一樣的形狀——換句話說，只要代入再代入，「B777Q」等於可以寫成「67779」。

「B777Q」＝「67779」。

「嗯，原來如此。到這裡我懂了。不過，『67779』這段數字意味著什麼？接下來的解釋呢？」

「我朋友雖說想專攻暗號學，但和我一樣是數學系的大學生，所以看到這種數列，基於天性就會想進行質數分解。」

「真麻煩的天性啊。」

「是啊。不過用不著進行質數分解，『67779』可以分割成三個質數，也就是『67／7／79』。這是明若觀火的事實。」

「怎麼可能明若觀火？是暗若觀靈吧？」

臥煙傻眼般聳肩。

看來這位無所不知的大姊姊，也不敢說自己摸透了暗號迷兼質數迷的天性。

「所以？接下來的問題是要怎麼解釋『67／7／79』對吧？」

終究不必連質數是什麼都要逐一說明的樣子，臥煙要求我繼續說明。她真會使喚別人。

「剛才將英文字母轉換成阿拉伯數字對吧？這次要反過來將阿拉伯數字轉換成英文字母，這是正統的解讀法。」

「唔……所以是『S／D／V』嗎？」

真敏銳。

沒錯……「67」是從「2」開始計算的第十九個質數。同樣的，「7」是第四個質數，「79」是第二十二個質數。

從「A」開始計算的第十九個字母是「S」，第四個字母是「D」，第二十二個字母是「V」。

「67／7／79」＝「S／D／V」。

「既然你說十秒就解讀到這裡，最近的大學生也不容小覷耶。到目前為止沒什麼好挑剔的，但我還不知道『S／D／V』意味著什麼。還有後續吧？」

「嗯……您應該早就發現了，單字本那一頁的背面也有寫字……以和正面一樣的字跡寫著『231』。」

「我沒發現喔。可以不要太看得起大姊姊我嗎？我不忍心害年輕人失望。『231』？隨便就能用『3』整除，所以當然不是質數吧。記得莫理斯・盧布朗那本小說的書名是《313》？」

「她刻意寫在背面，所以不應該當成暗號，而是解釋為提示用的副鑰匙……我想單純只是在顯示順序。」

「順序。換句話說，正面的暗號解出三個字母之後，要用『2、3、1』的順序排列嗎？所以『S／D／V』是『D／V／S』……」

「S／D／V」＝「D／V／S」。

恐怕是為了讓成品更漂亮，為了表現出三連7的「777」，才加上這道將暗號重新排列復原的程序吧。

我也覺得「B777Q」比「77QB7」漂亮得多。

總結如下。

「B777Q」＝「b777q」＝「67779」＝「67/7/79」＝「S/D/V」＝「D/V/S」。

命日子，妳高估我是「比妳聰明的阿良良木同學」，我率直感到開心，但我沒辦法解到這一步。

但暗號迷命日子只能解讀到這裡。就算「S/D/V」＝「D/V/S」，還是一樣搞不懂其中的意思。

現階段只能解讀到這裡。

所以如果臥煙又問「我還不懂耶，應該還有後續吧？」這個問題，我只能舉白旗投降。

「…………」

不過，這位無所不知的大姊姊沒有繼續追問，也沒有述說感想，而是按著嘴角擺出靜靜思索的樣子。

正如我的期待，她有一套專家特有的解釋嗎？「D/V/S」該不會是專家使用的專業術語吧……例如「德古拉・吸血鬼・不會死」的簡稱之類……我在思考這種蠢事的時候，臥煙開口了。

「雖說是簡稱，不過這算是一種縮寫喔，曆曆。」

就像是在規勸我的糊塗想法。

「例如……是『迪斯托比亞・威爾圖奧佐・殊殺尊主』這種姓名的縮寫。」

「D／V／S」＝「DEATHTOPIA・VIRTUOSO・SUICIDEMASTER」。

007

臥煙用來舉例的這個名字具體到不行，但她好像不打算繼續說明。「曆曆，謝謝你。託福應該找得到大方向了。」她道謝之後斷然結束話題。

「也幫我謝謝你的朋友。」

「好的……」

掌握主導權的隊長都這麼總結了，我也不能打破砂鍋問到底……總之，既然臥煙不說明，或許代表我別知道比較好。至少目前別知道比較好……

無論如何，第三具木乃伊口本教實所留下存活訊息的解讀工作，至此暫時放在一旁……我個人比較在意另一件事。剛才我進入這間病房的時候，臥煙掛著愁眉苦臉的表情。

她剛才說，發生了一件麻煩事。

所以她想要好消息。

臥煙嘴上在道謝，表情卻絕對沒有拭去憂愁，所以我帶來的可能不是好消息而是壞消息，不過關於我不在時發生的麻煩事，我可不能不表興趣。

「形容成麻煩事算是太誇張了。應該說早知道應該先知會曆曆你一聲……這件事就某方面來說是一種緣分。沒有啦，我從吊飾猜測受害者除了就讀同一所學校可能還有更多共通點，所以重新調查了女高中生的隱私。」

「如果只聽這段話，還真聽不出臥煙小姐究竟是哪方面的專家。」

「結果我得知意外的事實。她們三人都參加同樣的社團。」

「同樣的社團？」

啊啊，既然這樣，即使她們不同年級，交情卻好到會掛著同款的吊飾也不奇怪吧……我當時沒加入社團，所以幾乎不知道跨學年的友誼是何種形式。

那麼，不只是口本與本能，第一具木乃伊貼交即使沒掛同款吊飾，也以共通的失落環節相連。不過，這種事哪裡麻煩了？

反倒是萬萬歲吧？

比起我不惜專程前往大學，不惜勞煩朋友之後獲得的情報，感覺這個線索更具體也更可能成為解決事件的路標……

「順帶一提，她們參加的社團是女子籃球社。」

「啊啊。」

我懂了。完全懂了。

「那裡」是專精各種妖魔鬼怪無懼一切的臥煙唯一想迴避，感覺得到親姊姊影子的組織……直江津高中女子籃球社。

臥煙遠江。

她是臥煙的姊姊，是大姊姊的姊姊，這位大姊姊的姊姊有個女兒叫做神原駿河——現在就讀直江津高中三年級的女高中生，也是女籃社的前隊長。

對我來說，神原是少數有所交流的學妹之一。正確來說，我認識她的原因，在於她是我女友的學妹，總之木乃伊這個關鍵字套用在神原身上真的不太妙。

即使不提這個，直江津高中的女籃社也有點特殊……在那所正經古板的升學學校，是頗為異質的存在。

即使除去怪異，也是特異的組織。

既然受害的三名女高中生都是那個女籃社的社員，感覺不可能以單純的巧合來解釋……不過堅持認定原因就在這裡也很危險。

忘記是什麼時候了，專家這麼說過。

怪異都具備相應的理由。

是的，我在十七歲的春假被吸血鬼吸光血液，也是基於必然的理由。

若說這次的事件有什麼必然……

「只能深入調查了吧。呃～～換句話說……這件事最好由我來吧？」

「嗯。因為我不應該再和駿河有所往來了。」

所以這就是「早知道應該先知會曆曆你一聲」這句開場白的意思吧……以前在怪異相關，而且是吸血鬼相關的事件，不得不藉助神原「左手」之力的時候，臥煙甚至還使用假名。

臥煙把接近姊姊當成此等禁忌。

不同於忍野，個性大而化之的這個人，只在這部分嚴格以對。

「何況現在的駿河失去『左手』——不對，應該說『取回』。受不了，貝木也真是多管閒事。多虧這樣，我少了一個繼承人。」

「……想到上次的事件，我也一樣不希望太常把她拉下水。不過……」

我看向病床……看向化為木乃伊的女高中生，第三名受害者口本教實。

重新確認她乾枯的模樣之後，我不得不這麼說。

「只不過，神原退出女籃社也很久了，不一定擁有可用的情報。」

「但還是拜託你了。那孩子跟母親一樣善於交際，應該不會完全不認識現役的學妹。可以的話，我想要所有社員的名單。」

「知道了。」

我嘴上允諾，內心卻不免沉重。這邊再怎麼謹慎提防，只要一個不小心，神原就可能主動插手而且一個勁地往前衝……我絕對不想重蹈上次的覆轍。

我看向右手的手錶確認現在時間，確認高中正在上第六堂課。看來應該可以在天黑之前見到神原。

和命日子不同，既然對象是考生神原，先打個電話知會再過去比較好吧……乾脆只用電話問個清楚？不過畢竟是這種事件，還是當面講比較好吧……

「除此之外，我翻找隨身物品之後得到的情報，也一起告訴你吧。在調查事發現場的階段，成為第三具木乃伊的這孩子，我推測可能是在今天早上被吸血鬼襲擊，不過她好像是在昨天凌晨受害的。」

「昨天？那個，所以……雖然是第三個被發現的，不過口本學妹是第二個受害者？」

「嗯，就是這樣。她失蹤了整整一天以上，我聯絡家屬才得知這件事。整理一下吧，直江津高中一年級的貼交歸依在前天晚上遇襲，而且吸血鬼在當天還沒天亮的時候，襲擊同為直江津高中一年級的口本教實。雖然不知道是帶進破屋再吸血，還是吸血之後將木乃伊搬進破屋，總之都是在晚上行凶。凶手按照吸血鬼的習性，在太陽東升之後的白天休息，等到夜晚再度來臨，前往直江津高中二年級學生本能焙的自家臥室，朝她的脖子咬下去。」

雖然順序更改，但是無論如何，我原本以為一天出現一名受害者的速度挺快的，但這個假設輕易被推翻了。嗯，雖然是馬後砲，但這不是什麼好情報。

居然有大胃王的吸血鬼。

「這麼說來，記得吸血鬼進入別人家或別人房間的時候，不是需要許可嗎？可是第二個……第三個受害者本能焙，是在自己臥室的床上被發現的。」

「這部分我只能回答因人而異，也要視狀況而定。有時候是這樣，有時候不是這樣。不過，如果吸血鬼是死屍累生死郎那種年薪五億圓的超帥八頭身，應該沒有女高中生會拒絕他進房吧。」

我不確定死屍累生死郎的年薪是否五億，但臥煙說得也是真理，是常理……說不定和我們對於口本教實的推測一樣，神祕吸血鬼是在路邊將女高中生吸血化為木乃伊，再將她運回房間……但還是猜不透凶手為何要這麼做。

「當然，可能還有其他受害者，所以不限直江津高中的女高中生，我會注意全鎮尋找乾枯木乃伊。真是的，別說怪異奇譚，我覺得甚至是在尋找古代文明。目前搜索範圍只限於這座城鎮，不過依照狀況可能要擴大範圍。」

「……找八九寺幫忙會比較好嗎？」

說到城鎮，現在成為土地神的那個迷路孩子，應該掌握鎮上的大小事吧……她或許知道某些情報。

「唔～～很難說。那孩子確實很可能知道什麼，不過既然是神，坦白說她現在明顯屬於怪異那一邊。」

「嗯……」

靠著老交情讓那傢伙夾在人類與怪異之間兩難，我也於心不忍吧。畢竟神也有自己的立場。要是訴諸友情，害得那傢伙跌落神壇，那個迷路孩子將會沒有迷路的餘地，就這麼直接下地獄。

北白蛇神社的參拜道路，鋪著直達地獄的道路。

這可不只是令我過意不去的程度。

「那麼，無論如何，我先準備等等去見神原吧。順便把那傢伙的房間收拾乾淨。」

「這是哪門子的順便？抱歉我姪女為你添麻煩了。」

比不上您就是了。

哎，你們這家人都是這樣吧。

「臥煙小姐，您接下來要怎麼做？」

「雖然你跟搜索隊的大家都在忙工作，不過很抱歉，我要借用醫院的空床位睡個午覺。因為晚上必須採取行動。即使再怎麼裝年輕，到了這把年紀，熬夜還是很難受。」

說得也是。

既然吸血鬼是夜行性，為了對應對方的行動，這邊也得調整生理時鐘，睡覺也是工作之一吧。

順帶一提，多虧後遺症，我不必像臥煙規劃睡眠時間，熬夜一兩天也沒什麼影響。這是在考季稍微派上用場的吸血鬼體質。

「對了。話說臥煙小姐，這次的事件要怎麼告訴忍？到了晚上，我想她應該也會醒來吧。」

死屍累生死郎復活的那時候，除了神原，我也一樣請忍野忍協助，不過玻璃心的那個幼女真的稱不上管用。

甚至可以說她真的扯我後腿。

總之，當時也得考量一些隱情，所以也不能全盤批判，我也不打算這麼做，但如果要聰明活用當時的反省，或許應該預先將那個傢伙排除在外。

雖說她封印在我的影子，不是半吸血鬼化而是半奴隸化，但是那傢伙基本上不會照我的意思去做。

「您想想，那傢伙也是吸血鬼，而且或許認識對方對吧？到時候說不定真的會陷入兩難。」

「也對。或許認識對方，也或許會陷入兩難。」

臥煙話中有話般附和。

「哎，這件事我在睡覺的時候慢慢想。總之入夜之前先專心收集情報吧。」

「知道了。」

008

我踩著油門開車前往神原家，同時思考那本單字本所寫的文字，是否有可能不是存活訊息。

「B777Q」＝「D／V／S」。

臥煙好像也立下某種假設，命日子的解讀本身，我也覺得是對的。只不過，如果這是受害者即將化為木乃伊的時候一時情急留下的暗號，我覺得這暗號也太複雜了。

即使以暗號學的角度正確，但這果然不是推理小說……如果出題的是小扇，那我就可以接受，不過在被襲擊的時候，即使對方不是吸血鬼而是暴徒，真的有餘力思考第二十二個質數是什麼，或是寫成「777」比較好看之類的事情嗎？

即使是以求學為本分的女高中生……也不一定吧。

坦白說，即使是不得不承認只靠數學能力考進大學，如今就讀數學系的我，也很難在現在這樣開車的時候在腦中正確列出質數……在遇襲陷入恐慌的狀態，更接近是不可能的任務。

哎，羽川應該做得到，命日子也做得到吧……即使口本教實姑且可能是古今罕見的天才兒童，不過如果只看那本空白的單字本，還是很難認定她是熱中求學的優等生……

如果是以艱苦訓練聞名的女籃社社員，那就更不用說……包括接下來要見面的神原在內，那個社團的運作系統必須相當無視於學生的本分才能成立。

這麼一來，應該推測那不是存活訊息，更不是死亡訊息，而是「凶手」吸血鬼的署名才妥當吧？

署名，犯行聲明，宣戰布告，自我表現。

要怎麼說都可以，不過這麼一來，這就和臥煙隨口所說，或是不小心說出口的「縮寫」這個假設一致。不是受害者留下「凶手」的姓名縮寫，而是「凶手」將自己的姓名縮寫留在受害者的手中吧？

簡直像是在……明示自己的身分。

……這樣的話，（目前暫定的）第一個受害者貼交歸依，以及（依照發現順序的）第二個受害者本能焙，從這兩人的隨身物品或許也找得到這種自我感覺良好的署名。

這件事告訴臥煙比較好嗎？不，這種程度的可能性，連我這種程度的人都想得到，那位臥煙不可能想不到……即使沒有，這個假設也不值得將養精蓄銳以備今晚的那個人叫醒一起檢討。

現在專心進行自己的任務吧。

想著想著，金龜車抵達神原居住的日式宅邸……雖然我還沒完全擺脫腳踏車的魅力，不過汽車的機動力強太多了，甚至沒空在移動的時候推理或推測。

放學回來還穿著制服的學妹，在打開的門前迎接我，看來是把自己當成停車的引導員……咦，學妹不只一人。

同樣穿著直江津高中制服的一名女學生站在神原身旁。看領帶顏色應該是三年級，不過她是誰？

「阿良良木學長，為您介紹，她是在籃球社時代和我同屆的日傘。在我退休之後接任球隊隊長。」

我簡單問候並且下車之後，神原為我介紹同班的這名朋友。直到不久前擔任女籃社隊長的同班朋友？原來如此，我事先在電話簡單說明來意，所以她預先安排妥當。

真是成材的學妹。我完全配不上。

「阿良良木學長，初次見面，我是日傘星雨。久仰學長大名。」

「哈哈，反正不是什麼好傳聞吧？」

「啊哈哈哈哈哈哈哈哈……」

她笑到不自然的程度。看來不是什麼好傳聞。

「站著聊也不太對，阿良良木學長，進來吧。爺爺奶奶正在旅行，到後天都不在家，不過茶我還是會泡的。」

「咦？慢著，可是，妳的房間……」

「放心～～我知道。」

在我慌張的時候，日傘一副熟知細節的樣子這麼說。看來成材的學妹有個成材的朋友。神原有個能夠容忍那個凌亂房間的同級朋友，得知這一點的我暫且放心了。雖然這麼說，不過久居無益。

左手的長年問題已經解決，神原那傢伙看起來精神百倍活力充沛，那我就趕快辦完事情告辭吧。趁她發現我這個學長和她的親戚阿姨混在一起之前。

「阿良良木學長，茶來了。沒摻怪東西，所以放心喝吧。」

「不需要那句注釋吧？」

「啊哈哈哈哈哈哈哈哈……」

或許只是很愛笑的日傘，在凌亂到誇張的這個房間，和首次見面的學長圍桌而坐，她對此似乎不太抗拒。不愧是神原的朋友，真隨和。

「不不不，我很怕生喔。和大刺刺的河河不一樣。」

但我不這麼認為。

還有，原來神原都被朋友稱為「河河」嗎……

可愛的學妹說神原大剌剌，我瞬間差點探出上半身，不過考慮到交情，日傘和神原比較親近，我阻止她這麼形容也不太對。

「不過，感覺阿良良木學長好像老朋友，我不覺得是第一次見到您喔。」

「說真的，到底把我傳成什麼樣子啊……？」

她講得像是神探可倫坡那樣。

「因為您是從直江津高中畢業的唯一不良學生。」

原來那不是羽川自己的誤解？

傷腦筋。

「雖然這麼說，但我光是聽到傳聞就嚇到發抖。不好意思，如果我緊張到有任何冒犯的地方請多多包涵。啊，我想向朋友炫耀，可以給我手機號碼嗎？」

天不怕地不怕。

另一方面，她毫不客氣又親人地將手機遞給我，我確認她的手機吊飾是英文字母的「S・H」……嗯，看來退休之後也會一直掛著。

那麼神原呢？

啊啊，這麼說來，這傢伙是認識我之後才辦了手機——發生過這種事。

「所以，關於女子籃球社的事……」

「好的好的，這邊準備了資料。」

日傘學妹從學校背包俐落取出硬殼資料夾。看起來像是班上的點名簿，不過從對話來看，應該是社團活動的名冊吧。

「從我待在社團那時候，就等於是由日傘管理社團活動。畢竟我這種人不會想製作這種名冊，做了也會弄丟吧。」

神原說。

嗯，看到明明前幾天打掃過的房間現狀如此悽慘，就知道這不是給朋友面子的謙虛說詞。

雖說日傘升上三年級之後也退休，但她好像一直待到四月的招生大會，對於現在的二年級與一年級都清楚掌握。但是在我反射性伸出手的時候，她迅速舉高雙手將名冊拿遠。

如同避免對方偷球的籃球選手……其實不像。

「怎麼了？日傘學妹，沒人對妳說『put your hands up!』吧？」

「嗯。那個……阿良良木學長。雖然不必強調，不過這是女高中生一百人份的個人情報對吧？」

日傘就這麼高舉名冊笑著說。

一百人？

我看向神原。神原點了點頭。

真的假的？女籃社多達一百人？

光是一年級與二年級就一百人……每個學年的社員多達五十人？得知具體數字之後，比起先前預測可能有不特定的多數人受害，更令我束手無策。

臥煙說過「一百人中的兩人」，但這始終只是舉例才對……

哎，不過，既然是打進全國大賽的運動社團，這種人數還算少吧……

「嚴格來說，不是每個學年五十人，是二年級七十六人、一年級二十四人，合計一百人。」

日傘說。

「所以，雖說這是我自己製作的，但是如果有人知道這種資料外洩，我會吃不完兜著走。」

「嗯。哎，我想也是。」

我不得不同意。我已經畢業，而且昔日是和女籃社八竿子打不著的回家社，這樣的我想取得一百名女高中生的姓名住址與聯絡方式，基本上是自私的請求。

「是的。到時候我的血液會外流。」

她應該是在開玩笑，但我光是今天就看見三具被吸乾血液的木乃伊，所以實在無法「啊哈哈哈哈哈哈哈哈哈」這樣笑。

「是的。這不好笑。不只是姓名住址與聯絡方式，名冊還記錄身高體重三圍以及是否有搭檔。」

「日傘學妹，不好意思，可以勞煩妳把那些部分塗黑嗎？」

「明明光是這樣就吃不完兜著走，要是將這份紀錄交給以變態聞名的阿良良木學長就更不用說了……」

「以變態聞名？」

「不對，我說的是以學長聞名的阿良良木變態。」

如果妳真的這麼說，那後者比較過分。

我要不要現在就殺進直江津高中洗刷負評？

「日傘，變態是我的領域。也不准妳和我的阿良良木學長聊得太和睦。」

「河河」在一旁發揮狹小的器量。

這傢伙真的毫無明星光環……她這樣居然是籃球社傳說中的王牌。

不過，如果日傘身為前任隊長想要保護個人情報，說起來她應該不會接受神原的邀請，帶那本名冊來到這間宅邸。

「原來如此。日傘學妹，我懂了。妳的意思是如果我想要那本名冊，就要用街頭籃球對決是吧？」

「不，我沒這個意思。」

居然沒有？我上衣都脫了耶？

「即使如此，我依然不惜冒著全身淌血的風險，也將這本機密名冊借給阿良良木學長，是因為我期待您或許可以幫忙打破直江津高中女子籃球社的現狀。」

「……？女子籃球社的現狀？」

「日傘，向阿良良木變態要求到這種程度有點……」

帶著險惡氣息的話語使我納悶時，神原像是規勸朋友般這麼說。妳剛才說我是阿良良木變態喔。

絕對不能把一百名女高中生的個人情報借給這種傢伙吧？

「不不不，可是河河，對於現在的女籃，妳也感受到責任吧？說不定更勝於我。」

「這……啊啊，阿良良木變態，這裡說的女籃是女子籃球社的簡稱，絕對不是女子浴室的意思喔。」

「神原學妹，說我壞話的該不會是妳吧？」

無論如何，兩名前任隊長好像也還沒達成共識，不過都聽到這裡了，阿良良木變態我可不能輕易罷休。

而且，如果女子籃球社正面臨什麼麻煩事，或許意外和本次的連續木乃伊事件有著直接的關係。

「告訴我吧。我也不想平白要求別人協助。有困難的話我會幫忙。」

「阿良良木學長，很高興您有這份心，不過您光是每週來幫我整理房間就夠了喔。」

「河河，這樣其實不夠吧……？不要講得害我不好意思拜託學長好嗎？」

日傘蹙眉之後說下去。

「我們退休之後的女籃有夠糟的。」

她以毫不拘謹的語氣對我說。

說真的，她哪裡怕生了？

「並不是具體來說哪裡糟，不過氣氛爛透了……先前為了宣洩準備考試的壓力，我想去裝個學姊的樣子，可是去了體育館一看，壓力不減反增。」

當時她大概是擺出輕鬆的態度避免現場氣氛凝重吧，不過這女生的個性挺厲害的……旁聽朋友說明的神原擺出不好意思的樣子，不過等一下，妳應該對自己房間的現狀感到不好意思吧？

「意思是神原和妳這些黃金世代離開之後，球隊變弱了？」

或許我應該更慎選言辭，不過缺乏語彙能力的我想不到其他的形容方式。

變弱。只是就某方面來說，這應該在所難免吧。

基於某種意義，神原過於特別。

不愧被譽為超級明星，在屬於私立升學學校的直江津高中，她原本是比我更格格不入的學生……

「也對。因為我原本只是追著崇拜的戰場原學姊用功準備考試啊。」

「順帶一提，我是不必用功也考得好的運動型女生。」

日傘就這麼舉著雙手驕傲挺胸。

確實也有這種人。

「不過，並不是變弱喔。能夠變弱反而好……所以說，是氣氛變差了。」

「氣氛——」

「不再是開朗愉快，充滿向心力的女子籃球社。」

神原非常不情不願地說明。一點都不像她。

「失去向心力，只留下連帶責任。具體來說……」

神原駿河繼續說。

「刊登在名簿的一百名成員之中，有五人失蹤了。」

009

日傘說「失蹤」這種形容方式有點誇張，很像是我那個急性子學妹的風格，總而言之，現在不知去向的社員，一、二年級加起來共有五人。

說來驚訝，我已經知道這五人之中三人的名字。其實沒什麼好驚訝的。貼交歸依、本能焙、口本教實。

到這裡我還可以接受。

或許可以說這是臥煙巧妙操作情報，耍心機封鎖情報的成果，化為木乃伊的女學生各自被當成罹患「怪病」，家屬應該也不會對外張揚，所以三人都以外人無從知情的含糊理由來處理，也就是常見的無故缺席。

「失蹤」。

就某方面來說，到這裡為止都是順理成章，不值得錯愕或驚訝。問題在於又增加兩名「失蹤」女學生的這個事實。

我不想面對的事實。

這時候認定兩人也遭受吸血鬼的魔掌終究太早下定論，即使不是如此，多達五人的學生「失蹤」就足以當成重大事件吧。已經從高中畢業的我是這麼想的，但是回憶在學時的各種狀況，不得不做出「未必如此」的結論。

我已經說過自己高中時代動不動就蹺課，不過在這種「不良學生」很少見的升學學校，若說我以外的學生都是優等生也不太對。

跟不上課程進度，不適應成績至上的校風，這種吊車尾學生的末路，一言以蔽之就是——「不見了」。

可能是轉學，可能是退學。

或者像是老倉育那樣窩在自家不出門——「不見了」。

日傘說的確實沒錯，我這種「從直江津高中畢業的不良學生」真的很少見。說「唯一」終究太誇張，不過大致上都撐不到畢業。

會不見——消失不見。如同從一開始就不存在。

所以在直江津高中，某個學生變得「看不見」，不是什麼特別異常的事態。

被視而不見的不是吊車尾學生本人，是升學學校有學生跟不上課程的事實。是現實問題。

總之，不只是直江津高中，私立高中總是會把損害校譽的事情壓下來……

只不過，本次在女子籃球社發生的風波，之所以在校內也有點異質，原因在於這不是從課程或考試難度產生的麻煩事，是從訓練或團隊默契產生的麻煩事。

「雖然河河本人應該會否定，不過坦白說，直江津高中的女籃是源自神原駿河，為了神原駿河而存在，神原駿河專屬的社團活動……畢竟自從加入社團那時候，我在某方面也是積極以這種方式誘導。」

日傘這麼說。

「我至今也認為這種做法沒錯，正因如此，我們才成功打進全國大賽。問題在於河河左手受傷退休之後，這套體系就這麼繼承下來……我擔任隊長的時候，依然努力瞞騙大家，巧妙維持社團運作，但好像在我四月退休沒多久就突然出毛病了。」

過高的目標，艱苦的訓練，逃不掉的團體壓力……

沒有向心力，只有連帶責任。

「運動比賽不是折騰到這種程度還要繼續參加的東西，所以既然這麼辛苦，我覺得乾脆退出算了。」

個性本應有話直說的神原，此時以偏弱的語氣這麼說。大概因為這個社團是從她這個人開始的，所以也很難完全否定吧。

「即使想退出，也不想成為第一個退出的人吧？」

「我無法理解這種感覺。」

「河河妳想必無法理解吧。」

日傘像是傻眼又像是搪塞般說。

「當然也有人退出喔。但不是繳交退社申請書而退出，是在練習的時候受傷退出。」

日傘說得像是那些人故意受傷退出……我不敢說自己不懂這種心情。

即使絕對不能相提並論，但我在準備考大學的時候也曾經受到誘惑，想要故意連續花好幾個小時寫題庫把身體搞壞。雖然因為吸血鬼體質而沒有成果，但我只能說當時的自己有毛病。

換句話說，就是有毛病。

現在的女子籃球社有毛病。

因為神原世代的這根支柱脫離——不，應該說這顆核心脫離。

「後來我覺得必須想點辦法，召開三年級的校友會討論一堆有的沒的，總之並不是沒有實行任何對策，但可能是造成反效果，這幾天社員接連沒來上學。不只如此，表面上像是沒發生任何問題，所以更加惡質。覺得辛苦的孩子們，在練習告一段落之後，會充滿奇怪的充實感或幸福感，對此感到麻痺；不小心說出喪氣話的孩子，大家會群起批判，還從中獲得奇怪的樂趣。」

「阿良良木學長，現行的體制也不方便由我們進行改革。之所以這麼說，在於這個體制本身由我們這個世代建立，她們在做的事情和我們當年做的事情幾乎一樣。」

「沒錯，差別只在於個人的感受……不，我們或許果然也錯誤了。就像是指導者如果經歷過體罰或過當階級制度橫行的那個時代，就會說『或許現在的時代不吃這套，不過那種做法有自己的好處』，堅持自己的論點。不過，我從加入社團直到退休，每天肯定都過得很快樂喔。」

這就不一定了。

只要得出結果就難以否定過程，這是事實，而且即使說同樣的話、做同樣的事，只要實行的人不一樣，印象就不一樣，這也是無法否認的事實——不過既然是這麼回事，我可以理解神原與日傘難以指導那群只是在效法她們的學妹們。

「校方下了封口令，終於覺得走投無路的這時候，阿良良木變態主動出擊。我覺得這是上天的恩澤。」

把變態的主動出擊當成上天的恩澤，看來真的是走投無路了。好啦，該怎麼做？

時機確實是剛剛好。

在這個時代，如果不是這種時機，我覺得日傘甚至不會把這本名冊的存在告訴我。不過若問這是必然還是偶然，我還不方便多說什麼。

女子籃球社面臨的這件麻煩事，是否和這座城鎮現在發生的吸血鬼騷動有著直接關聯性？日傘應該想不到我正是為了解決這個風波而奔走吧。

「唔～～……」

但是，我不禁稍微思考。

不是在對照我去年的經驗……我想起來的是好同學羽川說過的話。

羽川翼當時果然面臨麻煩事，雖然實在看不出來，內心卻充滿陷入絕境的感覺，在十七歲的春假冒出「想見到吸血鬼」的想法。

懷抱著渴望。

懷抱著絕望。

不費吹灰之力就能將名為「現實」，名為「現實問題」的銅牆鐵壁摧毀，羽川想見到這種超越理解的怪物。高中畢業之後就展翅前往海外的她也這麼想過。

既然這樣，對於社團活動抱持煩惱的女高中生，苦於面對高中生活的女高中生，也可能心想「乾脆被吸血鬼襲擊就能解脫了」，這樣的推理是否過於牽強附會……？

不過，如果這種強烈的渴望——或是絕望，成為連結受害者的失落環節……

必須查出另外兩名失蹤女學生的下落。前提是她們還沒化為木乃伊，不，即使已經被吸乾也一樣。

「日傘學妹，我知道了。我是個大木頭，不認為自己可以介入女生之間的敏感問題，但是如果妳願意出借那本名冊，我保證至少會全力以赴，避免妳的學妹們有更多人失蹤。」

「您願意這麼說就夠了。」

我這段話無法造成任何慰藉，不過日傘這麼說完就放下高舉至今的雙手，將名冊遞給我。

「話說回來，阿良良木學長，您有女友嗎？」

010

如果回答「沒有」會怎樣？臉紅心跳的我，對於被首次見面的女高中生捉弄感到羞恥，再度掉頭返回直江津綜合醫院。

身為畢業生的我感覺內心消沉，但是如果只看結果，我很順利獲得女子籃球社的成員名冊，雖然臥煙應該還在小睡為晚上做準備，但我抱著可能被稱讚的期待抵達醫院一看，專家已經在行動了。

她是不是只睡三十分鐘左右？

她剛才說熬夜很難受，不過她可能和大部分的偉人一樣不必睡太久吧……總之我在今天造訪的第一間病房，直江津高中一年級的女子籃球社社員——貼交歸依的木乃伊安置的個人病房，像是信鴿般將帶回來的情報告訴臥煙。

「哇～～你在享受青春耶。」

她的第一句話是這種感想。

總之，沒就讀直江津高中，和我完全不同世代的臥煙，對於這件事的感想就是如此吧。

我實際知道神原駿河以超級明星的身分三頭六臂大顯身手的時代，女子籃球社現在的體制就我看來，老實說光聽就覺得內心隱隱作痛，但我這份心情應該不可能分享給外人吧。

如同大一新鮮人的我，無法基於正確的意義理解勤勞或結婚這些主題，雖然方向不對，但肯定大同小異吧。

「我對此略感遺憾喔。大姊姊我也經歷過青春時代耶？和忍野、貝木、影縫共度的青春……也是和姊姊共度的青春，不過，嗯，正如字面所示，當時是令我臉色鐵青的春天。」

「……恕我冒犯了。」

不過，我著實無法想像臥煙等人的青春時代……更別說神原母親——臥煙遠江小姐的青春時代。

「如你所說，目前沒有根據斷言這件事和少女們的木乃伊化有關，卻同樣沒有根據斷言毫無關係。確實，明明已經沒有學姊做為目標，為什麼不惜犧牲學業也要被嚴苛的訓練折磨得心力交瘁？懷抱這種鬱悶心情的女子籃球社社員們，內心的黑暗吸引吸血鬼來襲……這樣的假設具備一定的說服力。」

「怪異都具備相應的理由……是嗎？」

「總之，無所不知的大姊姊我，就來說一件剛好知道的事情吧？即使是駿河在籍的時代，也肯定不完全是健全美麗的青春時代。因為不提她們自己的反省，那個姪女也絕對不是基於正向原因變成飛毛腿。」

說得也是。

超級明星並非打從出生就是超級明星，不只如此，那名少女是「被迫」成為超級明星。

因為向猿猴許願。

「即使擺脫那隻猿猴，也沒擺脫青春期會有的煩惱。哎，為後輩心煩也是前輩的宿命。為了完成你拍胸脯保證的事情，這時候得加把勁才行。」

首先重點搜索另外兩名「失蹤」的社員吧——臥煙將我遞給她的名冊隨手翻閱之後，像這樣訂下方針。

「當然也要確認這一百名左右的學生在哪裡。官宮鶚、木石總和……都是二年級嗎？」

「假設這兩人已經遭到吸血鬼的毒手，那麼五名受害者分別是三名二年級與兩名一年級。」

這種整理毫無意義，而且明明沒發現她們變成木乃伊的樣子，思考到這種程度或許過於心急。

不過，雖說變得悲觀是因為內心沉重，卻也不能忽略這種討厭的可能性。我想預先思考所有可能的狀況，以便應付最壞的事態。

三比二……社員人數各年級的比例差不多就是這樣。

「對了，臥煙小姐。我後來才想到，口本學妹單字本那段疑似生存訊息的字串，您認為有可能是吸血鬼留下的署名嗎？」

「我認為很有可能。」

臥煙很乾脆地點頭回應我的意見，看來果然早就檢討過這個可能性。縮寫是吧。

「D／V／S」。

「不過，放在這裡的貼交歸依隨身物品，或是隔壁病房本能焙的隨身物品，都沒找到類似的署名。生存訊息當然不例外，但是寫在那本單字本的『B777Q』如果是署名，所有木乃伊應該會留下同樣的暗號。」

是這樣嗎……這部分居然也已經調查完畢，這個人真的在我離開的時候小睡過嗎？

「以口本學妹的狀況，她不是在大馬路旁或民宅房間，是在被遺棄的破屋，那不就代表吸血鬼也不必在意他人的耳目，可以慢慢辦事嗎？」

我一邊說，一邊忍不住感覺突兀。

不必在意他人的耳目？慢慢辦事？

在意他人耳目而手忙腳亂的吸血鬼，簡直是低俗的鬧劇吧……既然這樣，不知道是暗號的那段暗號，當成是貼交或本能的木乃伊遺物還比較對勁。

「曆曆，還有其他不對勁的點喔。吸血鬼像是藝術家在作品刻上名字那樣留下署名，這種解釋以怪異奇譚來說毛骨悚然又煞有其事，不過在這種場合，不覺得留下的作品應該是抱持自信的作品嗎？」

再怎麼樣也不應該是失敗的作品吧……臥煙說完從名冊抬起頭，看向病床的木乃伊。

對喔。

看到如此悽慘的木乃伊時，我這種外行人會停止思考，不過這些木乃伊始終是要化為吸血鬼卻「失敗」的木乃伊吧。再怎麼滿足自我表現的慾望，我也不認為藝術家會在失敗的作品簽名炫耀。

果然應該單純把那段字串解釋成口本留下的生存訊息嗎？

「我姑且試過鑑定筆跡，拿書包裡筆記本的文字，比對單字本的紅筆字，卻沒得出確切的結論。兩者的筆跡看起來不一致，但如果是在吸血鬼襲擊的時候邊跑邊寫，當然會寫得潦草。」

「我想也是……總之，無論是生存訊息或是署名，也沒能怎樣就是了。」

「以追捕的立場來看，自我表現慾望強烈的吸血鬼比較好找，方便多了。說到這裡，我想以指揮官的身分，對你下達今晚的指令。」

「啊，好的。請問是什麼指令？」

太陽終於即將下山。時間到。

再來是夜晚的世界。

情報的收集與討論結束，無論如何，終於必須對怪異現象實際採取應對措施了。我和神原與日傘談過之後，解決事件的動力提升到足以抵銷內心的消沉，好啦，我要做什麼？

「我原本很猶豫是否要拜託這件事……不過曆曆，看來只能請你這麼做了。這是只有你做得到的事。」

臥煙一臉正經地說。

「請你拖住小忍一個晚上。」

011

「汝這位大爺是否對吾有所隱瞞？」

金髮金眼的幼女。

吸血鬼的末路、吸血鬼的渣滓——昔日身為鐵血、熱血、冷血之吸血鬼受人敬畏的怪異之王，將近六百歲的怪異中之怪異，姬絲秀忒·雅賽蘿拉莉昂·刃下心變化到最後成為現在這副模樣的忍野忍，在阿良良木家的曆房間裡提出這個疑問。

「喂喂喂，小忍，怎麼劈頭就講這種話？妳這樣懷疑我，看來我們相依為命的關係也就此結束了。」

「哪能結束，分亦分不開了。吾正如所見，如同被釘上釘子般牢固束縛於汝之影子喔。」

「好了好了。小忍妳看，我準備很多妳愛吃的甜甜圈喔。黃金巧克力喔。」

「吾之主，就是這一點可疑至極喔。不准發出肉麻聲。汝劈頭即想隱瞞某些事吧？」

真是敏銳的傢伙。銳如利牙。

十七歲的春天，朝我的脖子一口咬下，將我化為奴隸的傳說吸血鬼，後來被成為吸血鬼的我反咬，反而化為奴隸——化為傳說的奴隸。

只不過，嘴裡說「吾之主」卻完全不聽我命令的這個奴隸，對於我有條有理無懈可擊的態度似乎完全無法接受，反倒明顯更懷疑我。

可惡，臥煙真是強人所難。對忍隱瞞事情，比對父母隱瞞事情還難。

因為這傢伙和我是切也切不斷，異體同心的關係。

如果和十七歲的春假一樣面對吸血鬼接連展開激戰或許比較簡單，不過一旦由和平主義的專家暨穩健派的戰略家發號施令，果然不會演變成這種王道劇情。

拖住忍直到天亮。

我不懂為什麼非得這麼做。我白天詢問「關於這次的事件要怎麼告訴忍」，臥煙一邊睡一邊回答的作戰是這次不請忍協助，反倒要讓忍遠離這個事件。

這傢伙真的被排擠了。

雖然不是在說女子籃球社，不過魑魅魍魎之間也有霸凌嗎……哎，真可憐。

「不准以暗藏同情之眼神看吾。不准投以滿滿的憐憫之情。白天究竟發生何事？究竟見過何人？」

「喂喂喂，忍，妳覺得我會和別人見面嗎？」

「覺得。好歹跟別人見個面好嗎？」

「別氣別氣。來，Mister Donut，這是半半圈喔。」

「汝這位大爺，即使講這種話要轉移話題……咦？一半是蜜糖波堤，一半是歐菲香？這是什麼夢幻甜甜圈？有夠扯！」

我斜眼看著一口口享用的幼女，計算明天天亮前的剩餘時間。現在是晚上十點，所以距離日出還有大約七小時。

我努力得了嗎……

極端來說，忍封印在我的影子，所以只要我堅持不移動，就可以一直監禁這個幼女，不過逼她原地待命也不太對。

即使是備受關照的臥煙委託我這麼做，我也不想做出影響我和忍今後關係的舉動。

分也分不開的關係，正是我想維持的關係。

「對了，忍。自從和妳留下難忘回憶的那個春假，我就一直想問一件事。」

「既然想了長達一年半，為何不更早點問……？」

忍皺眉這麼說，但我不敢說我是剛才為了拖延時間才想到這個問題。

「我在那個春假被妳吸血，成為不死的吸血鬼對吧？妳記得嗎？妳像是隨時會消滅的時候，我說『這種死法很像我的風格，還不錯』，掛著空虛的笑容，主動獻出我的脖子……」

「汝之記性怎麼了？準備考大學那時候用盡了嗎？」

實際上是一邊哭一邊說。

先不提是哭是笑，總之當時我化為吸血鬼……不過臥煙在病房說過，這段過程也很可能失敗。吸血鬼製作眷屬的失敗案例反而比較多。

檢驗過三具女高中生木乃伊的現在，我強烈感受到這個事實，連背脊都發涼。

這麼一來，我突然好奇一件事。

「如果那時候我沒成功化為吸血鬼，究竟會變成怎樣？說起來，對於吸血之主來說，化為吸血鬼失敗具備什麼意義？」

就是這件事。

「咯咯！述說此事之時刻終於來臨了嗎？」

包括半半圈，忍將我準備的所有甜甜圈一掃而空，然後不可一世般一屁股坐下。慢著，我可沒要接觸這麼重要的祕密。

「吾之主成長了耶。慢著，不老不死的話不會成長吧！」

「不准自己搞笑加吐槽。讓我成長好嗎？何況我不是不老不死了。妳這一年讓我看見哪門子的成長啊？」

別說成長，甚至還退化。

總之，既然從美麗的妖女變成可愛的幼女，這傢伙千真萬確正在退化……不過我問這個問題不只是單純要拖延時間。

如果那時候沒成功化為吸血鬼，我也會變成像是木乃伊那樣嗎？

而且在這種狀況，命名為忍野忍的前身——姬絲秀忒・雅賽蘿拉莉昂・刃下心將會繼續在鬼門關前徘徊，無法繼續活下去嗎？

對於吸血鬼來說，人類的血液是養分，既然沒成功將吸血對象化為吸血鬼，也同時表示沒成功攝取營養嗎？

那個暑假，怪異之王確實是這麼說的。

吸血鬼吸血之後，任何人毫不例外都會成為吸血鬼。沒有取捨的選擇，差別只在於吃光或吃剩。

反過來說，若要防止眷屬無意義地增殖就不能吃剩……這是消化不良嗎？

到頭來，女高中生們的木乃伊化，究竟是成功還是失敗？對於製作者來說，她們是不值得留下簽名的失敗作品嗎？目前難以確認。

臥煙正在追捕的吸血鬼，究竟是基於什麼目的（或是動機）找上直江津高中的女子籃球社社員吸血？只要知道這一點，就可以設定基準。

即使是暫定，我也想要一條輔助線。

如果是單純要攝取營養的食慾，那麼留下皮包骨的木乃伊也不奇怪；如果是想增加眷屬，那就是過於丟臉的連環失敗。這個吸血鬼究竟想做什麼？

「從結論來說，汝這位大爺當時若是沒成功化為吾之眷屬、吾之奴隸，應該會化為失去思考能力之喪屍吧。想想，汝忘了嗎？曾幾何時，吾等曾經在不同之時間軸看過活屍群。」

「啊啊……確實發生過這種事。」

對喔。

在當時的狀況，我看見的不死之身是又軟又滑，充滿水氣的腐爛肉塊，這樣的印象比較強烈，所以沒連結到這次的木乃伊。不過聽忍這麼說，我才想到自己已經知道前例。

即使是那種強烈而且印象深刻的體驗，從不同角度聯想的時候依然會意外地遺漏。那麼，假設失去思考能力和失去意識大同小異，那些喪屍是失敗案例，而且是大量的失敗案例……那麼在那條時間軸的「不同路線的忍野忍」，說穿了是一種自暴自棄，沒有目的與動機。

這次事件的吸血鬼也是自暴自棄嗎？基於自暴自棄而暴飲暴食……像是亂發脾氣般大鬧人界，和克己的行事心態或精明的生活意義沾不上邊。

不過，我認識的吸血鬼不多，不足以將各方面樣板化……和我高中時代的朋友人數一樣，單手就數得完。

我曾經是吸血鬼的時期（雖然對我來說堪稱永遠）只有短短兩週左右，不把這樣的我算在內，首先要提的就是鐵血、熱血、冷血的吸血鬼——姬絲秀忒・雅賽蘿拉莉昂・刃下心。

獵殺同類的吸血鬼獵人，為了追殺怪異之王而來到日本的巨漢專家德拉曼茲路基……同為吸血鬼獵人，身穿白色學生服的專家艾比所特，嚴格來說是混血的吸血鬼，不過半吸血鬼應該可以算進來吧。

還有姬絲秀忒・雅賽蘿拉莉昂・刃下心的第一個眷屬——死屍累生死郎……

四人啊。他們不是人類，所以應該說四隻？無論如何，樣本數量太少，即使想分析本次案件吸血鬼的行為模式也無從參考……哎，一般人一輩子遇見一次吸血鬼就很夠了，阿良良木曆卻在一年多的時間接近四隻（加上這次是五隻）吸血鬼，光是這樣就可以說我的吸血鬼人生多采多姿吧。

不過全都和忍有關就是了——唔……不，等一下。

等一下等一下等一下等一下。

對了，這麼一來，我也無疑遺漏了一件事……

說到和忍有關，即使沒有直接的交集，但我還掌握另一隻吸血鬼的存在吧？沒見過就是了。

但我知道。

這時候可不能遺漏。

不誇張，甚至無須形容，我敢說如果沒有那隻吸血鬼，就不會有現在的我。因為——

「忍，這麼說來，我還沒問過將妳化為吸血鬼的吸血鬼，對我來說算是根源的吸血鬼是誰。」

「咯咯，述說此事之刻終於來臨了嗎？」

忍重複和剛才一樣的表現方式，暴露她其實沒什麼料。

「打造吾，為吾取名之血親，決死、必死、萬死之吸血鬼——迪斯托比亞·威爾圖奧佐·殊殺尊主。吾述說其事蹟之刻終於來臨了。」

她這麼說。

她剛才說了什麼？

012

迪斯托比亞·威爾圖奧佐·殊殺尊主。

說來意外，我不是第一次聽到這個名字。甚至是今天白天剛聽到的名字。

「D／V／S」。

也可以這麼縮寫。

我至此完全理解了。不，即使不是完全，卻也大致理解了。難怪臥煙命令我今晚拖住忍。我原本懷疑這到底算不算工作，內心毫無頭緒，覺得這是吃力不討好的職責，但我大錯特錯。

沒有比這更重要的任務。

說起來，昔日天人永隔的第一眷屬死屍累生死郎復活的時候，正是因為忍狂扯後腿，臥煙才難以判斷本次事件是否要找忍幫忙。然而這次可不是眷屬這麼簡單，是昔日的主子登場。

忍半開玩笑、半打趣地稱我是「吾之主」，不過這次不一樣，千真萬確是她的「主人」。可能不會只有扯後腿那麼簡單。

以最壞的狀況來說，原本認定無害的忍野忍將會積極站到另一邊。原本只要吃幾個甜甜圈就親切到討喜的這個幼女，將再度成為吸人鮮血的傳說吸血鬼……

回歸黑暗屬性。

總之，正因為是當成傳說流傳至今的存在，所以身為專家總管的臥煙，不可能不知道堪稱傳說泉源的吸血主之名。她是無所不知的大姊姊。

因此，推測暗號的解答是「D／V／S」時，她瞬間猜到這是縮寫。

曾經接連發生怪異奇譚，如果在無神時代還很難說，這種平凡無奇的地方都市，為什麼會再度出現吸血鬼，如同在嘲笑苦心堆砌至今的和平？我一直對此感到不可思議（正因為不可思議，所以只能理解為怪異奇譚），但如果是基於這個理由就截然不同了，姑且可以做個解釋。

名為迪斯托比亞．威爾圖奧佐．殊殺尊主的吸血鬼，或許是來探訪昔日的眷屬姬絲秀忒．雅賽蘿拉莉昂．刃下心——如同為了取回妖刀「心渡」而試著接觸忍的死屍累生死郎。

不過以生死郎的狀況，原本也有返鄉的意義就是了……

「嗯？汝這位大爺，怎麼啦？怕了？吾如此強勁、美麗卻夢幻之吸血鬼，究竟是以何等造詣之夜行者打造，汝怕得不敢問了嗎？咯咯，這亦難免。關於屍體城城主之怪談，簡直恐怖到連血液都會凍結。吾亦像這樣顫抖不止喔。」

忍故意做出冒雞皮疙瘩的動作，一副得意洋洋的樣子。和她來往許久的我也鮮少看她這麼亢奮。

大概是聊到交情最深，關係最密切的對象吧。我的心情就像是先前看神原和日傘嬉鬧的那個時候。就像是看見交情不錯的學妹，和另一個交情更好的朋友聊得比我更開懷的那個時候。

日傘將我這種傢伙也確實當成學長對待，是這個時代難得懂事的學妹，若要說我完全不覺得她憑什麼和我的神原走那麼近，那一定是騙人的。但也不算吃醋就是了。

現在回想起來，同樣以眷屬身分和死屍累生死郎對決的時候，我確實懷抱著近乎嫉妒的情感。這使得我脾氣變差，也造成臥煙的困擾。當時我扯後腿的程度也不輸忍。

不過，既然對方是吸血主，我就無法視為嫉妒的對象。

這不就像是在嫉妒女友的父親嗎……我反而想請對方說一些忍還是人類時的事蹟，忍有個能像這樣自豪述說的對象，我甚至也感到高興。若能換個場景就更好了。

忍愉快述說的怪異奇譚主角，接連朝著直江津高中的女學生伸出魔掌——伸出鬼掌，我終究不太能掛著笑容聆聽。

「哎，吾直到去年和汝這位大爺上演各種風波之前，亦幾乎忘記自己原本是人類。和殊殺尊主亦已將近六百年沒見面。咯咯，那傢伙採取毫無軌道之生活方式，正是天生之吸血鬼，想必早已步入末路吧。」

「……忍，妳說的『毫無軌道之生活方式』，具體來說是什麼感覺？」

我提心吊膽詢問。

當然不是因為害怕聽到怪談，是害怕面對真相。我要冷靜，或許這一切都是我急著下定論。

急性子不就是我的老毛病嗎？

「這個嘛，吾無論是怪異或任何東西都吃個痛快，那傢伙和亂吃之吾不同，是注重美食之吸血鬼。一旦決定要吃什麼就再也不會碰其他食物，擁有如此頑固之個性。」

這樣啊。

換句話說，一旦決定吸血對象只限於某高中某社團的女學生，對其他人就連看都不看一眼嗎？

「實際上，吾還是人類那時，殊殺尊主決定要吸吾血之後，差點因而餓死。總之，後來吾算是於心不忍才讓那傢伙吸血。空虛笑著說『這種死法很像吾之風格，還不錯』這樣……」

「妳講了和我一樣的話喔。」

「血緣無可爭論啊。」

很難說。這樣下去別說爭論，還可能演變成以血洗血……為了避免這樣的結果，臥煙才會改變方針，要我站在盯緊忍的立場……

只是這麼一來，我別知道這個事實比較好……應該按照無所不知大姊姊的計畫，當一個一無所知的大學生。

正如猜測，直到前一秒都愉快述說的忍，突然像是回過神來。

「……咦？為何事到如今，吾突然像是慢了好幾拍般聊起殊殺尊主？」

她歪過腦袋。糟了。

「記得開端是汝這位大爺問了問題……」

「真是的。問的時候不答，說的時候沒說漏嘴，卻在反問的時候自招，我這個人總是和大家不一樣啊。」

「不對，就只是有問有答吧？」

唔唔……

用來克服危機的 Mister Donut 也已經用完。不管是無所不知或一無所知，阿良良木曆已經成為大學生，終究不敢像是義大利型男那樣以親吻轉移焦點。高中生那時候其實也很勉強。

距離天亮還很長，但我像這樣進退兩難的時候，我得到了援手。

響起某人輕敲房門的聲音。

「來了來了，我這就開門喔。是小憐？還是小月？是我當爸爸的消息嗎？」

「汝以此等興致開門，若是母親怎麼辦？」

「如果是妹妹當媽媽的消息，我怎麼可以不祝福？歡迎光臨～～或者是生日快樂～～」

但我開門一看，走廊沒人。

「鬼哥哥，是這裡喔。」

女童從窗戶登場。

「生日快樂。」

013

和吸血鬼似是而非的不死之身，人形女童的屍體人偶（雖然不是重提剛才的話題，不過其存在本身比較像是喪屍，是科學怪人那種肉感系怪異），正千里迢迢要返回日本的專家影縫余弦使喚的式神——斧乃木余接，現在以布偶身分借住在阿良良木家的月火房間。

她負責近距離嚴格監視我與忍，判斷我倆的無害認定是否妥當，不過這個女童式神只在這時候是我心目中的救命女神。

「嗨嗨，這不是斧乃木小妹嗎？妳來得正好。不用客氣，坐到我大腿上吧。我的大腿是妳的安全座椅。」

「汝這位大爺，講此等肉麻話之前，先吐槽一下人偶姑娘敲門卻從窗外出現之短劇技法好嗎？」

「放輕鬆當自己家吧，斧乃木卿。」

「貴族？」

忍看我的視線愈來愈疑惑，不過從旁闖入的天敵，似乎使她暫時將疑念放在一旁。正合我意。

不管她說我肉麻還是感性，我打算順水推舟，讓幼女與女童像是高中時代那樣上演一場安全座椅的話劇。

「幸好我現在沒空在鬼哥哥的大腿上休息。」

不過斧乃木面無表情冷淡地這麼說。不對，這孩子（雖說是「這孩子」，但她是使用一百年的屍體，是憑喪神）面無表情是一如往常的事。

因為她是屍體。

「託鬼哥哥的福，即使雇用我的陰陽師姊姊不在，我也得以忙碌工作喔。財源滾滾來喔。賺到合不攏嘴喔。」

但妳並不是合不攏嘴的表情（面無表情）。

「賺到合不攏嘴是有訣竅的喔。」

「有這種訣竅的話，真希望妳教我。」

不過，臥煙也說過……斧乃木正在負責另一份工作。

還說大事之前的小事也是大事。

既然這樣，應該只是時間點湊巧對上，她並不是接到臥煙的指令，前來支援我盯緊忍。這麼一來，她找我有什麼事？

「怎麼了？意思是沒事不能來？」

「妳是我的兒時玩伴嗎？我的兒時玩伴可不是這種會撒嬌的傢伙喔。是如果沒有羽川袒護就連大學都不敢來的兒時玩伴喔。」

「不知為何突然想看看鬼哥哥的混沌。」

「不准來看我的混沌。要來的話麻煩來看我的臉。」（註2）

現在正處於混沌的時間點就是了。問題在於還完全沒有平息的徵兆。

「咻！」

斧乃木跨過窗框進入房間。她不是吸血鬼，所以進房不必得到許可。

說真的，她剛才怎麼敲門的？魔術嗎？

「不，真的沒事喔。我剛才出門一趟工作，好不容易回來一看，月火那笨蛋好像在房間裡，不知道是在看書還是做什麼。」

那個妹妹是粗魯又旁若無人的國三學生，被稱為笨蛋也在所難免，私底下卻意外地正經。月火以為斧乃木是等比例的布偶，所以總不能從窗戶爬進去，這個勞工不得已只好嘗試以其他路線回家，不是從月火房間窗戶，而是從我房間窗戶進屋。

那麼講正經的，剛才她怎麼敲門？是找家鳴妖怪幫忙？是靈異現象嗎？

「不過，看來在這裡也會打擾你們。總之，不算閒的我就此告辭躲進天花板夾層之類的地方，兩位繼續討論吧——啊，對了對了。」

斧乃木匆忙準備離開，我還來不及絞盡腦汁思考如何挽留的時候，她像是忽然

註2　日文「混沌」與「臉」差一個音。

想到般摸索胸口。

女童想從胸口拿出什麼？

「妳該不會想用『例外較多之規則』變成大奶吧？省省吧。斧乃木小妹，世間某些界線是不能跨越的。」

「我可不想被跨越人類K點的鬼哥哥這麼教訓喔。來，拿去。伴手禮。」

「伴手禮？」

去了那麼遠的地方？即使斧乃木號稱是東奔西走的都市傳說，影縫不在的現在，她的行動範圍應該無法脫離這個區域。

不過，接過她遞出的東西一看，沒什麼好奇怪的，不是「去了某某地方」的仙貝或餅乾，是一張摺起來的極薄和紙。

說穿了就是神籤。

難道是在哪間神社求了籤，想要當成伴手禮送我？因為神籤或護身符之類的東西不方便扔掉？如果不是大吉，我可不會接受喔……我如此心想打開籤紙。

「什麼嘛。這不是迷路姑娘擔任神明，那間北白蛇神社之神籤嗎？」

看向我手邊的忍刻意發出聲音，為我進行淺顯的說明。

順帶一提，是「良吉」。

良吉。

搞不懂是好是壞。

「怎麼啦，嘴裡說是工作，卻跑去迷路姑娘那邊玩？那應該也找吾去吧？」

「不是去玩喔。雖說是新人（新神），真宵姊姊姑且是統治這座城鎮的迷路孩子，既然要工作就得照規矩來，否則會嘗到苦頭……」

不知道感情是好還是不好，忍與斧乃木進行看似親密的對話，我則是在這時候檢視伴手禮神籤的內容。

＼＼＼＼＼＼＼＼＼＼＼＼＼＼＼＼＼＼＼＼＼＼＼＼＼＼＼

愛情——要珍惜現在的女友！

學問——切勿大意，持之以恆努力下去喔！

健康——內心真的不太健康耶！

等人——主動去見面吧！

生意——言聽計從很危險！

／／／／／／／／／／／／／／／／／／／／／／／／／／／

總覺得籤文真是充滿活力……

字句平順，若說是八九寺的風格確實很像……如果「生意」指的是臥煙現在交給我的職責，感覺「言聽計從很危險」正是我想要的指引。

真是痛快。

這是為了阿良良木而設的良吉，是良良吉……不對。

該注意的不是這一點，不，這一點也很重要，不過更該注意的是……

「斧乃木小妹，妳不用去什麼天花板夾層，在小月離開房間之前，妳可以放輕鬆待在這裡喔。」

我站了起來。

「因為兒童座椅與兒童，接下來要出門來場深夜的兜風。」

要去和等待我的人見面。

014

我第一次見到八九寺真宵是在去年的母親節，當時是迷路小學生的她，如今也已經是偉大的神明，基於立場，我要是過於隨便跑去找她應該不太好，所以不只這次的吸血鬼事件，我平常總是提醒自己不要貿然求她幫忙（真的是字面所說的「求神」），但如果是她找我過去就另當別論。

臥煙吩咐我好好看著忍，卻沒要求我在自己房間監視。忍雖然有前科，也沒被處以監禁之刑。

不是生存訊息或死亡訊息，也不算是改編成暗號的這段傳言，八九寺以神籤的形式託付給斧乃木轉達，確實是神明特有的做法……

北白蛇神社。

建立在山頂，對我來說，對於這座城鎮的任何人來說，都是關係深遠、罪孽深重的神社。

如果我是魯邦三世，應該會開著金龜車輕快上山，但我必須遵守道路交通法與常識，所以我將愛車停在路肩，讓忍坐在肩膀上（我的肩膀也是兒童座椅），沿著漆黑的山路大步上山。

吸血鬼的後遺症，使得我雖然不到夜行性的程度，卻適於在夜晚行動。這種時候的我不需要夜視鏡。

「不過吾才想問，那個迷路姑娘找汝這位大爺有什麼事？大家都這麼想看吾主之混沌嗎？」

是的，我在意的是這一點。不，不是指我的混沌，是八九寺找我的用意。八九寺自己也知道規矩（應該說臥煙將規矩灌輸給她），所以行為舉止不像以前那麼自由奔放，不會沒事把一般市民叫到山頂。

對於這座城鎮正暗中發生的連續木乃伊吸血鬼騷動，她果然想講幾句話嗎？

為什麼要找我過去？別把怒火發洩在易於發洩的對象好嗎？我個人很想這麼

說，但如果吸血鬼來訪的原因又在忍身上，我這個管理者被究責也是在所難免。

這是沒盡到善管注意義務。我是不是善良管理者就暫且不提。

老實說，感覺我是以八九寺找我為藉口，巧妙擺脫忍的追問，不過要是上山之後又提到這件事，我就跑不掉了。

前門有少女，後門有幼女。

只能祈禱她找我是為了完全不同的事情。例如八九寺決定任命我擔任兒童座椅，更正，擔任神明座椅之類的（如果是這樣，我會謹遵神旨）。

說真的，我這種走一步算一步的人生是怎麼回事？不只是走一步算一步，甚至是闖一步算一步了。我沒想到什麼妙計，就這麼成功登頂。

八九寺身穿白衣，正在接受瀑布沖打。

「哎呀，真是不好意思。我暗地裡修行的樣子終於被發現了。」

「這是哪門子的暗地裡？以妳這種做法，打在妳身上的不是瀑布而是聚光燈喔。」

這座神社原本沒有瀑布吧？

不准把神力亂用在這種搞笑的地方。

自由奔放的毛病完全沒改。

「哎呀哎呀，彷彿出水芙蓉的好女人，應該不是我這個樣子吧。」

居然不是？

八九寺划水爬出瀑布下方的水池……看起來確實是落湯雞，和嬌豔的感覺無緣。招牌雙馬尾也被水壓打扁，白衣緊貼身體，看起來就只是難以行動。

哎，大概因為原本是蝸牛，總是和溼氣為伍，所以她本人似乎不太在意。

此等寬容，正是神明的器量。

「所以呢，好久不見了，大海鹿哥哥。」

「確實很久不見，不過永遠的小學五年級八九寺啊，即使妳自己再怎麼溼答答，也不准把朋友說得像是腹足綱後鰓目的軟體動物。妳全身溼透可不是因為我下了雨。如果妳沖瀑布是為了這樣叫我，那我深感歉意，不過我的姓氏是阿良良木。」（註3）

「抱歉，我口誤。」

「不對，妳是故意的……」

「我狗誤。」

「還說不是故意的！」

「誤狗我。」

「倒過來說也不是故意的？」

註3　大海鹿，又名黑斑海兔，日文漢字名為「雨降」。

不對，妳是故意的吧。

就這樣，雖然感覺真的很久不見，但是經過完全感覺不到空窗期的這段例行拌嘴之後，我與八九寺彼此慶祝重逢。

「我也一直想見您喔，野武士姊姊。」

「誰是野武士啊，汝只是在玩拼字遊戲，將忍者重組為野武士吧？吾之名為忍……慢著，吾亦得進行這種對話？」

「抱歉，我口誤。」

「不對，汝是故意的。」

「我狗誤。」

「還說不是故意的！」

「我誤狗。」

「拼字遊戲也不是故意的？」

幼女與少女看起來嘻笑得很開心。和動畫版副音軌的世界觀不同，溫馨又和樂。

為什麼到了番外篇才在針鋒相對啊？一般都是反過來吧？

總之，忍在昔日的姬絲秀忒·雅賽蘿拉莉昂·刃下心時代，也湊巧被人們拱為神明，基於這層意義，她們的關係或許不只是幼女與少女，還有前輩與後輩的關係。

後輩嗎？嗯……

「更正，拼字遊戲哥哥。」

「妳怎麼還放不下這個哏？要是因為口誤又產生新的口誤，這段對話會永無止境喔。」

「更正更正，阿良良木哥哥。更加正點的阿良良木哥哥。我不惜勞煩忙碌的斧乃木姊姊在這麼晚的時間找您來山頂，正是有要事相求。」

八九寺突然一臉正色這麼說。在這種氣氛突然故作正經，我不知道該怎麼回應（我明明沒沖瀑布，卻覺得像是被潑了冷水），不過，即使她想出說錯我名字的新版本，也不可能為此就委託人形女童傳字條給我。

必須是有要事相求才行。

「其實，我想介紹幼女給阿良良木哥哥。」

「喔喔？看來是有什麼隱情吧。」

「若沒隱情就介紹幼女給汝，那麼汝這傢伙真的很危險吧？」

成功登頂之後依然不肯從肩膀下來的幼女，以手肘頂向我的頭蓋骨。

「正確來說不是介紹給阿良良木哥哥，而是介紹給忍姊姊。」

「呵呵。小忍，看來真正危險的是妳喔。」

「不准讓幼女騎在肩膀上還如此囂張。不准聳肩，不然吾要緊抱喔。居然做出聳肩這種動作，汝這位大爺不知道某些事可做，某些事不可做嗎？」

「需……需要說到這種程度嗎？我只是聳個肩耶？」

「所以，迷路姑娘。汝想介紹幼女給吾？」

「是的。在這裡。」

八九寺說完，沿著境內的參拜道路走向主殿。我們沿著年輕神明赤腳留下的溼腳印跟了過去。

「嗯。是前幾天收容的迷路孩子……順帶一提，她全身赤裸喔。」

「哇，裸體幼女嗎？不知道能不能改編成動畫，算是在踩線邊緣吧。」

「完全踩到紅線了吧？小心點好嗎？」

被吐槽了。

「在各個幼女都要小心點好嗎？」

忍大概是說「在各個節骨眼都要小心點」吧。（註4）

居然玩這種雙關語。

「話說，其實在小說亦踩到紅線吧？」

「但是可不能避開這條路喔。因為妳想想，我們是勇闖禁忌的社會派。」

「是勇闖禁忌的社會邊緣派吧？」

註4　日文「幼女」與「節骨眼」音同。

不過說真的，我鬆了口氣。

我對裸體幼女什麼的完全沒有頭緒，不過看來和臥煙目前找我幫忙的事件是不一樣——和迪斯托比亞・威爾圖奧佐・殊殺尊主的事件不一樣。

考慮到八九寺的出身，收容迷路的孩子對她來說不是神職，是天職。

鐵血、熱血、冷血之吸血鬼的創造者暨命名者其實是幼女，而且是裸體幼女……除非劇情往這種極為創新又荒唐的方向進展，否則應該和木次事件無關。我爬到山頂的同時，時鐘指針也走到頂端，距離天亮還有五小時。

既然八九寺有事相求的對象是忍，如果在巧妙分散忍注意力的這段期間，臥煙（等人）讓美食家吸血鬼事件落幕，就是最理想的結果。

只要影縫還沒回國，殊殺尊主應該也不會被暴力肅清……這部分得感謝臥煙的和平主義。

「話說回來，阿良良木哥哥這邊有什麼事要找我嗎？」

「嗯？」

「您臉上是這麼寫的喔。」

唔唔，雖說資歷尚淺，卻不愧是神……從我臉上看出我的混沌了嗎？

話是這麼說，但我決定這件事不該找她商量。現在和沒有立場的那時候不一樣。八九寺剛成為神，我不想害她夾在人類與怪異中間兩難。

「哈哈哈，阿良良木哥哥，您意外不懂我耶。我不會兩難喔，我一直都站在阿良良木哥哥這邊。即使下地獄也不例外。如果和阿良良木哥哥一起下地獄，那麼地獄也不是太差的地方。」

八九寺說著這種重義氣的話語，在抵達主殿的同時打開門，但我頓時覺得被這樣的摯友狠狠背叛。

如同聖潔的御神體躺在主殿內部地板上的，確實是裸體幼女。

是裸體幼女的木乃伊。

015

肯定有人會說，無論是不是木乃伊，裸體幼女就是裸體幼女。相對的，也肯定有人會說，無論是不是幼女，裸體就是裸體——當然，也會有人說無論有沒有穿衣服，木乃伊就是木乃伊。同樣的道理，無論是穿著高中制服還是病患服，木乃伊就是木乃伊。

不過，如果場景是在夜晚神社境內，是在和電燈無緣的傳統正殿裡，那麼這具嬌小的木乃伊就像是完全量身打造過於融入現場。

舞臺效果超群。

與其說是怪異現象，看起來更像是重要文化財。

如果可以這麼說，那麼當我暫時陷入恐慌的時候，是我頭上的小小聲音讓我回復正常。

「殊……殊殺尊主？」

細語。

此時我慢半拍察覺到，將斧乃木稱為「人偶姑娘」、在八九寺成為神統治城鎮之後依然將她稱為「迷路姑娘」的忍野忍，難得以名字稱呼不是專家的對象。

殊殺尊主。

迪斯托比亞・威爾圖奧佐・殊殺尊主——忍剛才這麼說？

「怎……怎麼完全變了個樣？」

「呃，喂，忍，妳在說什麼……」

「嘿呀！」

即使是乾枯木乃伊的狀態，她還是認得出昔日的主人？

來到山頂也堅持不肯從我肩膀下來，在完全變樣這方面頗為不落人後的忍，把我的身體當成跳箱，雙手撐著我的頭部，華麗劈腿，大幅跳過我的身體。

然後在半空中翻兩圈著地，作勢要跑向裸體幼女木乃伊。幼女作勢要跑向幼女。

「危險！忍，小心……」

我想起自己白天在通學道路旁邊破屋嘗到的苦頭，連忙提醒忍。但是沒發生我擔心的事情。

木乃伊動也不動。不過像這樣寫出來，就覺得簡直是廢話……嗯嗯？先不提有沒有穿衣服，也不提是不是女高中生或幼女，從木乃伊本身的性質來看，這具個體是基於不同的準則存在嗎？

或許我也應該接近這具木乃伊確認脈搏與呼吸，身體卻不聽使喚……彷彿不是我自己的身體。感覺真的變得像是兒童座椅或跳箱。

「八九寺……」

「話說在前面，我可沒有為了阿良良木哥哥而預先把幼女剝光喔。幼女木乃伊從一開始就光溜溜。」

慢著，我並不是想問這種問題……

「而且，她也沒有一開始就是木乃伊。」

「所言何意？究竟發生何事？」

忍雖然反射性地衝過去，卻好像沒決定接下來要怎麼做，她毫無意義地在木乃伊周圍繞圈，轉頭看向八九寺詢問。

「神啊，這座城鎮目前究竟發生何事？」

即使忍不是問我，但她極為罕見使用這種語氣，我也不禁緊張。

我們待在這裡的這段期間，專家總管臥煙肯定也在巡邏夜間城鎮，要追捕身分不明的吸血鬼。既然這樣，推測是生產大量木乃伊真凶的身分不明吸血鬼——迪斯托比亞・威爾圖奧佐・殊殺尊主，為什麼偏偏以木乃伊的模樣被藏匿在神社正殿？

她是被藏匿的——對吧？應該吧？

「…………」

無論如何，應該可以確定我與忍走到的這一步，已經大幅偏離臥煙的意圖。

製作木乃伊的嫌犯，以木乃伊的模樣被發現，簡直是「去拿木乃伊反倒變成木乃伊」這句諺語的真實版。不對不對，按照這句諺語所說，接下來變成木乃伊的是我。

「忍，那具木乃伊，那個裸體幼女，現在究竟是什麼狀態？說起來，打造妳又幫妳取名的殊殺尊主居然是幼女就夠驚人了，但她的外型原本就是沒成為吸血鬼，如同喪屍的這副模樣嗎？」

頭號嫌犯成為下一個受害者。

如果按照推理小說的風格，應該這麼說嗎？

「不。真要說的話，此為乾眠。」

忍以慎重又嚴肅的語氣回答。

乾眠。

另一種說法是隱生。

我在書上看過，號稱和吸血鬼一樣擁有不死之身的現實生物，非怪物而是生物的水熊蟲，在保命時採取的緊急措施，就是這種極致的假死狀態。

「不是活屍，是陷入類似病危之狀態……迷路姑娘，汝即是為此找吾等過來吧？」

「嗯。來自海外的貴賓要是客死異鄉，我這個統治者事後會不太好受。我也想知道這座城鎮究竟正在發生什麼事。為了知道事件真相，必須讓這一位回復，所以想請阿良良木哥哥準備所需的藥。」

八九寺說。

「妳說的藥……是什麼？妳說準備……要去哪裡準備？」

吸血鬼原本就是不老不死，能對吸血鬼發揮藥效的特效藥，這個世界真的有藥局開得出來嗎？

「這個世界沒有。不過那個世界有。如您所知。」

「那……那個世界？雖然妳說如我所知，但我不知道啊？」

「阿良良木哥哥肯定知道喔。因為不久之前不是才去了一趟嗎？我說的是地獄喔。血池地獄。」

八九寺這麼說。

血池地獄。

對於醫生或知名溫泉都無法治療的吸血鬼症狀來說，這確實是非常適用的藥效成分。

016

如果和阿良良木哥哥一起下地獄，那麼地獄也不是太差的地方——八九寺剛才說的這段話，看來並不完全是比喻。為了讓木乃伊狀態、乾眠狀態的吸血鬼回復，看來我得再度前往地獄一趟。

我直到剛才都以為殊殺尊主是針對直江津高中女子籃球社社員下手的惡鬼，現在卻為了她的健康而奔走，我不禁感到認知失調，但這是為了追究真相。

在那年春假懊悔不已的我，居然再度為了拯救瀕死的吸血鬼而行動……真是充滿鮮血的諷刺。

說起來，即使和女高中生一樣（不管是否一樣）以木乃伊的狀態被發現，她（再說一次，沒想到「D／V／S」居然是幼女）也沒有因而擺脫嫌疑，不過可以確定事態極為撲朔迷離。

當然超越我的想像，也超越臥煙的想像。忍剛才說出的疑問，也一樣是所有人的疑問。

這座城鎮正在發生什麼事？

究竟是什麼樣的怪異現象？

……連我這個冒失的大一學生都知道，詢問「本人」是最快的做法。

即使不提這方面，比方說，即使忍的創造主是女高中生化為木乃伊的元凶，我也實在不認為可以就這麼將光溜溜的幼女扔著不管……若是沒釐清真相，我也對不起提供直江津高中女子籃球社名冊的日傘學妹。

說起來很像是《潮來偵探工藤事件簿》那樣，名偵探主動讓受害者靈魂附身在自己身上解謎的推理劇情，不過當然沒那麼好。

因為，我再度要為了幼女前往地獄……而且這次是為了裸體的幼女前往血池地獄。

「不過，下地獄要怎麼做？聖人君子如我完全想不到方法。」

「和平常一樣找幼女或妹妹玩下流遊戲，汝就能正常下地獄吧？」

雖說現在被封印，卻因為是怪異而無法一起前往地獄的忍這麼說。

講得真簡單，一副事不關己的樣子。

不對，對忍來說並非事不關己。等同於創造主的吸血鬼正面臨生死關頭。忍好像還沒跟上狀況，雖然沒營造出太沉重的氣氛，卻也沒有一直說笑。

不過，八九寺又如何？

八九寺原本是迷路的孩子，不過現在是神明，應該無法像上次那樣，兩個人一起前往地獄。

換句話說，雖然八九寺剛才講得那麼窩心，不過到頭來，我這次依然得獨自下地獄，也沒有嚮導或導航。這種平凡無奇，極為理所當然的事態是怎樣？

「哎，雖然這麼說，但是也沒辦法。看來只能去一趟了。前往我的第二故鄉——地獄吧。」

「吾差點重新迷戀汝，然而用不著在表面上說得如此帥氣。汝上次在地獄僅僅待了一小時左右吧？」

「這是不合時節的返鄉。」

「住家裡通學的大學生講這什麼話？」

對於我這個即將下地獄的男人，幼女與少女講得毫不留情。

「總之，先不提逗留時間，既然是第二次，阿良良木哥哥應該也習慣了。」

「不到習慣的程度啦……不過確實也有專家可以隨意往來就是了。」

不過正經一點，具體來說要用哪種交通手段？

「抱著這麼輕鬆的心情下地獄，閻魔大王的面子都掛不住了。」

八九寺說。

明明是提案人，她卻毫不留情抨擊我。

「總之，雖然沒技術可言，不過使用上次的方法就好吧？」

「上次的方法是……」

我搜尋記憶。是的，那是去年應考當天凌晨的事情。

說巧不巧，地點就是我目前所在的這座北白蛇神社境內。當時臥煙幾乎沒進行任何說明，以近乎偷襲的手法送我下地獄。

她以手提的妖刀「心渡」將我的五體砍碎——就是這樣的交通手段。

對喔，這麼說的話，別名「怪異殺手」的那把妖刀，原本的持有者目前就在這裡……

「啊？咦？那麼，我接下來要被忍大卸八塊？我在十七歲的春假都沒遭遇這種事，居然是這麼驚奇的展開？」

「與其說是展開，應該說是展開圖。人體的展開圖。忍姊姊，麻煩您了。」

「來啦。」

將我碎屍萬段的步驟迅速安排妥當。忍張大嘴巴，將自己的手掌伸進喉嚨深處的深處。

剛才說沒技術可言，不過好久沒目睹這項特技了。就像是沒有機關也沒有造假的魔術，散發妖光的大太刀無聲無息從幼女體內拔出。

妖刀「心渡」。怪異殺手。

「呼呼呼，像這樣以正當理由斬殺汝這位大爺之機會，吾等好久了。至今竟敢要吾坐在兒童座椅羞辱吾。」

「妳……妳明明都很開心啊！為什麼事到如今說難受？呼什麼呼，妳平常的笑聲去哪了？」

「復仇是放涼才美味之湯品喔。」

「我一直以為我倆的交情滾燙如火！……話說回來，我總覺得很少看妳實際揮刀的樣子……目前必須偷偷來，所以不能拜託臥煙下手，但妳能夠和她一樣好好砍碎我的五臟六腑嗎？」

「咯咯，不准小看吾。確實，至今連劇場版都沒獲得此等機會，但現在就讓汝見識吾之奧義吧。一切都是為了這一刻，只為了送汝這位大爺下地獄。」

「妳的執念太深了吧？」

「好好品嘗吾持續鑽研四百年之劍術吧。話說在先，可不是砍碎五臟六腑那麼簡單喔。吾之生死流有七大奧義——」

奧義一：「鏡花水月」。

奧義二：「花鳥風月」。

奧義三：「百花繚亂」。

奧義四：「柳綠花紅」。

奧義五：「飛花落葉」。

奧義六：「錦上添花」。

奧義七：「落花狼藉」。

「——還有同時施展七大奧義的生死流最終奧義：『七花八裂』！」

居然從頭到尾說完了？我如此吐槽。

不過這時候的我，或許已經大卸八塊了。

017

和化為吸血鬼的後遺症奮戰，也就是堪稱過著抗病生活的高中三年級，說來冒失，我出現了慣於死亡的傾向。

吸血鬼的不死特性，在我回復為人類之後依然明顯殘留，現在回想起來，我過於依賴這個特性。換個方式來說就是上癮了。

死亡成癮。

結果，不只是九死一生，而是以萬分之一機率回復為人類的我，這次不必被任何人吸血，自然而然地差點再度成為吸血鬼。可以說是復發，也可以說我單純是個不受教訓的笨蛋。

先前我被臥煙砍碎全身下地獄，是為了將這種不死特性、怪異特性從我的靈魂分離出來，不過仔細想想，我現在或許正要重蹈覆轍。

如果和先前讓自己習慣死亡一樣，試著讓自己習慣下地獄……

我不會失言說出「這是第二次所以很放心」或「已經習慣了」這種話。

畢竟小扇應該會笑著說「真是愚蠢」，老倉應該會氣著說「去死吧」。

無論如何，我這個不受教訓的笨蛋，就這麼再度採取行動，踏出腳步，進行這場從根基摧毀人類生死觀的地獄巡禮……

「……咦？」

我清醒之後，或者說我永眠之後，發現我身在天堂。

天堂。

或許是極樂，或許是淨土，或許是樂園，或許是仙境。

雖然有各種形容方式，但總之和我上次被切片的時候截然不同，放眼所見的是至今從未見過的原始風景，更正，夢幻風景……這是什麼？

一般來說會形容為美得無法以畫筆呈現，但這幅光景，這幅充滿光的景色，令我以為自己跳進畫中世界。換個方式來說，我只在畫中看過這種光景。

如果以我貧瘠的語彙能力來形容，就是美麗的大自然吧……但我內心留下的印象是「我這種傢伙可以待在這裡嗎？」這種格格不入的感覺。

像是來錯地方，像是搞錯狀況。

如同在百貨公司閒逛的時候誤闖珠寶專區。

綠意盎然的大草原；遠方描繪特別稜線的山脈；萬里無雲的美麗天空；掛著沉甸甸果實的青翠樹木；五彩繽紛恣意綻放的花朵。

不經意覺得空氣也好清新。

雖然不是以雲霞為食的仙人，但每次呼吸好像就能多活一百歲……不過，別說延年益壽，我不是碎屍萬段斃命了嗎？

不是下地獄了嗎？

「唔……也就是說，本應下地獄才對，卻失誤上了天堂？啊～～真是的，怎麼這樣。我平常的所作所為，會看的人就是會看耶。」

「一點都沒錯。您並沒有您自己想的那麼壞。」

為了擺脫混亂與打破現狀，總之我輕聲說些搞笑的話語想讓內心鎮靜（這是我控制自己的方法，意外有效），可惜人算不如天算，我以為附近沒有任何人，背後卻傳來這個聲音。

這個人對我的自言自語起反應！

這時候一般來說都會羞恥到不行，但是這個聲音清澈溫柔到不輸給周圍的空氣，我不只沒慌張，甚至還平復心情。我轉過身去。

即使站在那裡的是裸體美女，我也沒有混亂。

繼裸體幼女之後是裸體美女。

這是哪門子的連續？

不過，如同裸體幼女是木乃伊，這位裸體美女也有第三個要素。而且更嚴格來說，無從斷定這位裸體美女是否真的是美女。

因為美女戴著鬼面。

鬼面……講詳細一點就是鬼的面具。

毫不掩飾全裸示人，卻只有臉蛋因為鬼面而完全隱藏的成年女性……結束高中生活就讀大學的我，一直隱約期待原本不是十八禁而是十八解禁的私生活將會正式進入成人領域，不過我的成人領域走向好像怪怪的。

不是軟玉溫香的情慾路線，而是筆直走向江戶川亂步的驚悚情色路線。

「…………」

不過，是我多心嗎？

這位成年女性……這位戴著鬼面的全裸美女，我覺得似曾相識。即使看不出長相，鬼面後方露出的長長金髮，一絲不掛卻彷彿披著薄紗的美麗曲線，我都好像在哪裡看過……

「以這種模樣見人，請恕小女子失禮，阿良良木大人。」

確實很失禮。

我可沒這麼說。

來自面具另一側，這個端莊溫柔的聲音，雖然沒令我驚慌失措，但老實說我不知道如何反應……這個人是我認識的人嗎？

這裡必須是哪裡，才可能發生這種事？

既然她戴著鬼面，這裡果然是地獄嗎？她是獄卒？翻開書籍才會知道，地獄真的充滿多樣性，可以說網羅五花八門的類型……或許其中也有金髮窈窕性感裸體美女戴著鬼面修理亡者的地獄。

「像這樣戴著面具，小女子我好害羞。」

看來比起全裸，隱藏臉蛋更令她感到害羞——不對，雖然我懷疑她可能是獄卒，不過這位美女和放眼望去的風景一樣，彷彿是藝術畫作描繪的美女，即使找遍她的全身，她的裸體也沒有絲毫的低俗或下流感。

應該說……我甚至覺得這片風景是為了這位鬼面美女而存在的背景。她的全裸就是如此耀眼。

不，實際上，如果她沒戴鬼面，她的耀眼或許會毀掉我這種人的眼睛吧……啊啊，為了避免這份美麗傷害我，所以她才像這樣藏起臉蛋嗎？

……美麗？

「妳是……國色天香姬？」

「是的，也有人這麼稱呼。但在天堂這裡，請叫小女子我為雅賽蘿拉姬。」

她這麼說。

成為忍野忍之前，成為姬絲秀忒·雅賽蘿拉莉昂·刃下心之前，以無與倫比的身心之美毀滅國家，正如字面所述的傾國美女——雅賽蘿拉姬這麼說。

天堂的美女這麼說。

018

「這裡是天堂，所以裸體比較自然。是自然中的自然。恕小女子冒昧，像阿良良木大人這樣穿著衣服才不自然。如何？阿良良木大人要不要也脫衣服？」

「是嗎？我知道了。」

「請不要當機立斷脫衣服。」

到底要不要我脫？

不過，她這樣光明正大展露胴體，也確實讓我覺得自己是錯的。

「國色天香姬」，雅賽蘿拉姬嗎……我回想起來了。

嚴格來說，我並沒有見過這位女神……至少在現世，在現實世界沒見過。

沒有實際見過，所以細節容我省略，不過我從直江津高中畢業，還沒進入曲直瀨大學的這段交接期，我曾經在鏡之國所建立的城堡，很榮幸地謁見了「國色天香姬」。她美麗到令人光是和她見面就想死。

那時候也是，明明隔著簾幕交談，我卻差點自殺。和她毀滅的王國國民一樣自殺。

「總之……要說接受的話確實能接受。『國色天香姬』……雅賽蘿拉姬成為天堂的居民，想必沒人膽敢對此有意見吧。」

不妙，我的語氣也早早變得怪怪的。

天經地義。

不只是天堂居民，說她是天堂的女王大人，我也能接受。

以目前所見，即使是視野如此遼闊的大草原，我卻完全沒看見其他人，想到這裡就覺得女王大人或許連天堂都會滅了……哎，這是玩笑話。

不提這個，雅賽蘿拉姬待在這裡沒什麼好奇怪的……阿良良木曆待在這裡才奇怪。

八九寺與忍於公於私都斷定我死後會下地獄。那我為什麼會升天？

「因為是小女子我邀請阿良良木大人過來的。」

「啊啊，原來如此，是這麼回事啊。既然這樣反倒是理所當然吧。」

「嘻，阿良良木大人真是的，這可不是這麼快就心領神會的事情喔。」

她笑得好開心，以高雅的態度吐我槽。

從她願意配合我搞笑來看，她不只美麗又溫柔，也是個好人。

她笑得真甜。和那個咯咯笑的幼女差太多了，截然不同。

這一位真的是那個旁若無人的幼女前身，是那個胡作非為妖女的前身嗎？

「……幾個月前，我從吸血鬼特性分離出來，下了地獄。同樣的，在六百年前，雅賽蘿拉姬化為姬絲秀忒・雅賽蘿拉莉昂・刃下心的時候，當時『死亡』的美麗靈魂也分離出來，上了天堂嗎？」

如果強行類推，就會是這麼回事。

隔著鬼面看不出表情，不過說來厲害，赤裸的人體意外能表達內心的想法。雅賽蘿拉姬扭動身軀，不以話語就肯定我的猜測。

話說，總覺得這位女神說話時都帶著動作。她本人想必是千百個不願意，但是無可否認，她的美麗舉止不只滲入骨子裡，還滲入靈魂深處。

我可不能輸。

這是一場別具風格的話劇。

「不過，這樣的您為什麼找我這種人過來？我實在承擔不起……」

「……看來只有鬼面還不夠。阿良良木大人，借您的鞋子一用喔。」

「是，遵命。」

我聽話恭敬遞出球鞋，雅賽蘿拉姬穿上鞋子……裸體美女穿著男用球鞋，戴著鬼的面具。

由此產生的些許褻瀆感，使我頓時回神。

俄然回復自我。

不過在這個場面，身為凡人的我或許不該冒出這種想法。

至少我不認為天堂會發居留證給我。

「雅賽蘿拉姬，您為什麼找我來天堂？我必須到血池地獄採集那裡的水，更正，採集那裡的血回到現世才行……」

「阿良良木大人，別說得這麼冷漠，請您陪伴不知世事的小女子我一段時間吧。這裡是以小女子我的故鄉仿造的喔。」

她應該是好人，但不愧是公主，行事我行我素……她開始講評風景。

美麗的公主講評美麗的風景。

「小女子我的故鄉，就是小女子我毀滅的各國之中，第一個受害的國家。」

「……………」

各國。第一個受害的國家。

這段發言好沉重。

以傾國美女的立場來說也是空前絕後。

「聽您說空前絕後，小女子我也無從反駁，只能甘願承受吧。只不過，阿良良木大人的那位朋友，或許總有一天會做出類似的事。」

嗯？她說的是誰？

說到哪個朋友具備國家級的影響力，我頂多想得到羽川……

「……因為美麗而毀滅國家，我至今對此都沒什麼概念……雅賽蘿拉姬，即使沒有您，那些國家也遲早會毀滅吧？」

雖然這種說法不構成任何慰藉，但我不得不這麼說……她不該像這樣把一切當成自己的責任，背負起這無限大的責任。

雖然不是在說女子籃球社的連帶責任，但是公主的背過於嬌柔，難以背負這一切。只不過即使嬌柔，也並非脆弱到一碰就壞。

正因為全裸，所以我知道。

她的背部透露堅強的意志。
「盛者必衰。不，再美麗的事物也遲早會毀滅。阿良良木大人，這是您要說的意思嗎？既然這樣，藉由被殊殺尊主吸血而獲得永生的小女子我，不得不說實在過於貪婪了。」
雅賽蘿拉姬垂下肩膀。垂下美麗的肩膀。
是的。忍所說關於迪斯托比亞・威爾圖奧佐・殊殺尊主的傳說相當偏頗，雖然斷斷續續說出這名吸血主的人品個性，但是「雅賽蘿拉姬」成為「姬絲秀忒・雅賽蘿拉莉昂・刃下心」的原因，「雅賽蘿拉姬」成為「鐵血、熱血、冷血之吸血鬼」的原因，這些具體的部分她幾乎都沒提及。
是刻意不提嗎？還是因為發生在六百年前，所以她忘了？
一般來說，這麼重大的事件不可能忘記，所以應該解釋為她難以啟齒。畢竟以忍的個性，後者的可能性很高。
忍就是如此草率，甚至會在她漫長的人生中，在她的生命中，忘記自己曾經是人類的這個事實。她曾經說過，看到想回復為人類的我，使她久違想起自己曾經是人類。
……她自己在那個時候又如何呢？
如同八九寺現在這樣，或是千石之前那樣，昔日被拱上神明寶座的時候，姬絲秀忒・雅賽蘿拉莉昂・刃下心拒絕邀請，繼續保持自己吸血鬼的身分，但在她從人類變成吸血鬼的那個時候，她的心境又是如何呢？

曾經想回復為人類嗎？

還是說立刻就……忘記自己原來的人類身分？

如前面所述，我必須盡快辦完事情復活，所以坦白說，現在不是以野餐心情和裸體美女交談的場合，不過既然像這樣搶先獲得問答的機會，我就忍不住想詢問各種事。

至少只問一個問題吧。詢問其中最重要的問題。

「不好意思，方便將您豐滿上圍的尺寸告訴我嗎？啊，我並不是有什麼非分之想，是希望務必有機會讓我送您一套內衣……」

「阿良良木大人，對於初次見面的女性詢問這種問題，不是值得誇獎的事。小女子我知道您是為了緩和氣氛而開這個玩笑，不過您應該避免講這種話，以免在多活十年或二十年的時候感到後悔。」

我很自然地被罵了。被公主罵。被裸體公主罵。

我面對的是能讓人明白自身多麼卑微而想要自殺的公主，剛才那段沒禮貌的玩笑話，與其說是為了緩和氣氛，不如說是一種生存手段——不過，必須在天堂小心翼翼以免自殺的傢伙，大概也只有我吧。

「小女子我……後悔了。後悔活下來。」

「………」

「應該在遇見殊殺尊主之前就一死了之。」

我以為這句話的意思是她根本不想成為吸血鬼，和我一樣想要回復為人類，但是聽到她接下來的話語，我得知其實是完全相反的意思。

「因為這樣，小女子我害得殊殺尊主背負了沉重的業障。」

這位公主不是後悔被人吸血。

是後悔給人吸血。

……對於十七歲的那個春假，和吸血鬼相互協助、相互廝殺的那個春假，我直到今天都沒有一天不後悔，卻應該不曾以她的這種方式後悔。

「所以，看到您為了那一位而下地獄的時候，小女子我明知踰矩，還是忍不住將您拉上來。」

看來前因後果串聯起來了。

總之，不只外表，連內心都美麗的這位公主，即使個性我行我素，講話的時候也不會秉持本位主義吧。

「現在成為您搭檔的那個我，您所知道的那個我，如果已經忘記現在位於這裡的小女子我，原因應該不是記憶在六百年的生命之中磨耗殆盡，而是對於這樣的小女子我討厭得不得了吧。」

「……這也是後悔嗎？」

不。

甚至將後悔視為避諱。

所以——當成不存在。

認定自己天生就是吸血鬼。

……吸血鬼可以攪動大腦喚出遺忘的知識，既然擁有這種驚人的記憶術，或許也可以反過來埋藏已知的往事。

「說得也是。令小女子我後悔到心痛欲裂的事情，不是成為吸血鬼這件事，而是我曾經是人類，曾經是公主的這件事——只能說是對自己感到後悔。」

「所以才胸漲欲裂……」

「阿良良木大人。」

光是聽到她叫我名字，我就畏縮了。佯裝冒犯的玩笑話，就某方面來說似乎也有自殺的危險。

雖然這麼說，但我也已經是大學一年級，不會看到女性裸體就驚慌失措，只是面對態度堅毅的全裸女性，我要是表現得不為所動好像反而失禮，這部分很難拿捏。

不經意覺得她在考驗我的紳士禮儀。

「所以，小女子我才會從本人的靈魂被切離，就這麼以一個靈魂……不對，應該是以半個靈魂的狀態被送來天堂吧。這是小女子我應得的懲罰。」

待在天堂都是一種懲罰的靈魂嗎……

凡夫俗子如我難以理解這種感覺，不過如同我與忍野忍有著切也切不開的密切關係，雅賽蘿拉姬與殊殺尊主似乎也有著切也切不開的密切關係，密切到唯有切離一途。

我現在想起來的忍，先前是以看不出這種壯烈關係的輕鬆態度，如同聊起家鄉前輩的大學生（這種人很常見，我好羨慕）述說那名吸血主的事蹟。不過總歸來說，她連自己為什麼忘記這段往事、為什麼想忘記這段往事，都全部忘得一乾二淨。

這樣形容聽起來很脫線，不過像這樣看著面前被切離的雅賽蘿拉姬，我可不能只是一笑置之。

「您應該是接受這樣的際遇而待在這裡，所以我沒要安慰您，也沒這個資格安慰，但您還是不必為此憂傷吧？因為吸血鬼背負著吸血的宿命……」

「小女子我已經成為吸血鬼所以敢這麼說，吸血鬼吸血的行為，相較於獅子先生或大熊先生襲擊人類的行為，果然具備不同的意義喔。」

居然說「獅子先生或大熊先生」？

為什麼只有這部分像是童話書裡的公主？

「如果要將捕食人類的吸血鬼當成肉食動物來比較，小女子我認為果然很牽強。您剛才說的那番話，小女子我就心領了。」

「不……抱歉我說得不夠詳細。」

不對，我甚至說得太重了。

或許，我其實不是想安慰雅賽蘿拉姬，雖然看起來是說給她聽，其實卻是說給我自己聽。

不必為此憂傷。

但我應該要憂傷吧。憂傷一輩子。也就是永遠。

「不過……」

雅賽蘿拉姬說。

「如果在這一點是相同的，那就代表小女子我改變了瀕危物種的生態系。這樣的罪狀或許更重。」

「…………？」

什麼意思？生態系？

身為理組學生，我可不能把這句獨白當成沒聽到，但在我詢問意思之前，她就堅定地發表「如今或許為時已晚，不過基於保護瀕危物種的意義，小女子也想拯救殊殺尊主」這段宣言。

美麗地發表這段宣言。

「小女子我的罪不會因而變輕，說不定後悔的念頭會更加強烈。即使如此，小女子我還是要做自己該做的事。」

該做的事。

該後悔的事。

「就這麼視若無睹，就這麼放任殊殺尊主維持那副模樣……這樣的選項在小女子我面前不存在。」

裸體幼女。不對，和裸體無關。

木乃伊幼女。

乾枯至極——不忍卒睹的木乃伊。

「換句話說，公主大人您絕對不是要妨礙我造訪地獄尋找特效藥，更不是看到我快墜入地獄的時候，心想『那個男的沒那麼壞』拿一條蜘蛛絲吊我上來，而是為了拯救殊殺尊主……拯救殊殺尊主小姐才拉我上來吧？」

「是的。其實我不認為您這個人沒那麼壞。」

正直也是一種美德。

我甚至想把她介紹給之前成為好友的美少年偵探團成員。

「如果小女子我是您的朋友，會建議您找別的機會在地獄待久一點。」

聽到滅國公主推薦我這種度假行程，我不得不重新評價自己的生活方式，不過如果她有這個意思，我想要心懷感謝接受她的協助。

現狀是連貓的手都想借（以我自己的狀況，應該是「貓的手最想借」），既然公主大人主動伸出援手，即使不到磕頭的程度，我也必須跪下來親吻她的手。

「您說這幅風景是仿造您的故鄉，那個，天堂也有血池地獄嗎？像是從這裡過去比較近，比較容易採集之類的……」

「天堂沒有血池地獄。如同這個世界沒有小女子我或您的容身之處。」

她講得好過分。

不過，說得也是……如果有的話，這裡就是血池天堂了。「血池天堂」不禁給我一種酒池肉林的悖德印象。

一點都不像天堂。

她邀請我來到沒有容身之處的天堂，並不是要推薦效果相同但價格比較便宜的學名藥，既然這樣……

「難道說，您是在忠告我們的做法完全錯誤嗎？即使在血池地獄捧著一杯分量的藥水回去，也不會成為讓殊殺尊主小姐回復的特效藥？」

仔細想想，這不是寫在《家庭醫學》的治療法……是待過地獄的神明——八九寺真宵的提案。

說穿了，這就像是民俗傳說想出的民俗療法，進一步來說，我或許就像是為了求雨而下地獄。

簡直是沒有意義的活祭品，是抽籤被選中的人柱……

「不不不，並不是這樣。這種療法對於變成那樣的殊殺尊主來說……沒錯，算是壓箱寶吧。」

公主配合使用我這種年輕人的用語……可惜時代差得有點遠，不過光是這份貼心就令我感到高興。

「如果不介意小女子我這麼說，那麼堪稱熬煮人們業障的血池地獄，不只是對於殊殺尊主，對於所有吸血鬼來說都是健康飲料吧。不過……」

那一位應該不會飲用。

應該不會接受。

雅賽蘿拉姬如此斷言。

「因為那一位是美食家。身為與眾不同的一流老饕，不會攝取自己不想要的菜餚。絕對不會吃。」

聽她斬釘截鐵這麼說，我想起忍之前說明的殊殺尊主個性。

只吃親手殺掉的生命。

殊殺尊主是這種堅忍克己的吸血鬼。

「真要說的話，血池地獄是裝滿各種人的血，任君挑選的吃到飽餐廳。阿良良木先生喜歡吃到飽餐廳嗎？」

「咦？嗯，那當然了。」

我知道的吃到飽餐廳，主要是陪女友去吃的甜點吃到飽，不過那種華麗宴會的氣氛令人內心亢奮。

其實我也期待血池地獄也能發揮這種安慰劑效應。

「迪斯托比亞．威爾圖奧佐．殊殺尊主喜歡單品料理。」

公主大人繼續舉例。

「新神明的思維跳脫既有框架，這個點子本身的見解獨到，值得讚賞。不過世間也有患者會拒絕合理的治療，也有人不只拒絕治療，甚至拒絕求醫。」

想要自然結束一生，不想違背命運延長生命是嗎……

總之，追根究柢也會成為安樂死或尊嚴死的問題，我這種小夥子不該輕易討論這種事，不過這種想法確實存在於世間。

「別說自己是小夥子。請繼續思考，不要放棄。您已經有選舉權了吧？」

她為什麼熟知日本的政治形態？

包括這次的事件在內，她在天堂將我們的動向看得這麼清楚嗎？那麼這位公主也已經掌握本次事件的內幕嗎？我不經意出言試探。

「既然殊殺尊主小姐是這樣的美食家，應該說這麼偏食，那麼她以吸血鬼身分襲擊的對象也會特別挑選嗎？」

例如只挑選女高中生，挑選特定高中的女子籃球社社員之類。

「請別試探小女子我。像這樣和您產生交集，原本是不太值得誇獎的事。」

唔唔，聽她當面這麼說，我就不方便追問了。

而且被她發現我在試探，感覺不太好意思。

「因為小女子我無論如何都會站在殊殺尊主那邊，真要說的話，就像是自家人出來作證。請不要認為小女子我說的話語可信。」

「…………」

「只不過，小女子我並非知道一切……只能提供您一個意見。在殊殺尊主心目中能成為極品美食的特效藥，並不是富含各種血液的飲料吧，而是從精挑細選的某人身上抽取的血液。」

比方說……

比方說小女子我的血液。

說到這裡，這位「國色天香姬」，這位全裸的公主大人，將手伸向唯一穿戴在身上的鬼面具。

嗯？她要取下面具？

這時候取下？為什麼？

「請閉上眼睛。」

在她催促之下，我後知後覺般（原本在成年女性全裸出現的時候，我就應該先這麼做了）閉上雙眼。

要是直視她過於耀眼的尊容，別說吸血鬼，連普通人的眼睛都會瞎掉。「國色天香姬」美麗到連目視都是一種危險。

我從一開始就知道這件事。

正因如此，即使在基本上以裸體示人，標準服裝是全裸的這個天堂，她依然戴著鬼面出現在我面前。那她為什麼事到如今毫無脈絡可循就唐突要取下面具？

「當然是因為……」

公主大人說。

我已經封閉視野所以無法斷定，不過她大概已經取下面具，聲音更加美麗。戴著面具難免產生的模糊感消失了。

而且她的聲音離我好近。

不知何時靠得這麼近，呼吸幾乎相觸。

她美麗的聲音，從彼此嘴唇幾乎相觸的距離傳來。

「戴著面具沒辦法接吻。」

「啊？」

「剛才請您閉上雙眼，就是這個意思喔。」

即使雅賽蘿拉姬講得像是在諄諄教導，我也聽不懂意思，即使多嘴也要開口詢問她的真意。

但她以接吻讓我閉嘴。

019

自己的所作所為遲早會回到自己身上。

在如今只存在於回憶的那棟補習班廢棄大樓，我曾經以接吻讓忍野忍閉嘴，時隔多日，她的前身雅賽蘿拉姬在天堂以接吻讓我閉嘴，這樣的因果輪迴算是我自作自受。

江戶的仇在長崎報。

當時的場面只能說令我大吃一驚，即使如此，我或許還是應該感到榮幸……將周遊的所有國家毀滅，與其說是傳說之中更像是神話之中，進一步來說應該是童話中登場角色的公主大人，應該不曾以她美麗的吻殺死國民吧。

不是親吻手背，是嘴對嘴的吻。

只不過，這是發生在天堂的事。

或者也可能是發生在我妄想中的事（既然這樣，我就不該說「吸血鬼體質可能會被發現」這種鬼話，最好盡快衝到醫院掛號。居然妄想出一位戴著鬼面的全裸公主，我的心理狀態出了相當嚴重的問題），不過待在天堂和待在地獄一樣，沒有所謂的生或死，也沒有所謂的殺害。

若要說有什麼，大概就是復活了。

「……………」

我回神的時候，位於北白蛇神社的主殿。和直到剛才看見的風景截然不同，是伸手不見五指的室內。不是中世紀的大自然，怎麼看都是現代的日本建築。

熟悉的光景。

不過，周圍的環境沒給我熟悉的感覺。

看來我從那場地獄巡禮，更正，從那場天堂巡禮早早返回，迎接我的是鬼搭檔忍野忍與神朋友八九寺真宵的淚水。

「汝……汝這位大爺！汝這位大爺，汝這位大爺！汝這位大爺復活了嗎？」

「阿……阿良……阿良良……阿良良木哥哥……！」

哇哇大哭的幼女與少女抱住我。

這是什麼狀況？八九寺叫我的名字居然沒口誤……

「曆曆完全沒有復活的跡象，所以這些孩子以為自己不小心失敗，誤殺了自己的搭檔或朋友，直到剛才都充滿自責的念頭喔。」

大哭的兩人後方，有個傻眼佇立的人影。

這個人隨意將出鞘的大太刀，更正，將出鞘的小太刀扛在肩上，看起來粗魯無禮。

是臥煙伊豆湖。只有這個人會叫我曆曆。

和妖刀「心渡」成對的妖刀「夢渡」。昔日以那把妖刀讓我復活的也是她。

「不過實際上失敗了。處於封印立場的小忍無法親手斬斷她和你的連結，才使得你經歷一段不上不下的瀕死體驗。」

換句話說，直到將我大卸八塊都很順利，但是後來我完全沒從地獄回來，所以忍與八九寺連忙向臥煙求助？

「嚴格來說，這些孩子求助的對象是余接，再由那個傢伙聯絡我——聯絡閒得閒得閒得閒得閒得閒得不得了的我。」

臥煙她難道在生氣？

不對，她當然會生氣吧。既然不顧一切求助，那麼忍與八九寺肯定已經將擁有的情報一五一十告訴斧乃木與臥煙。

至少臥煙已經從她們那裡得知，這座神社的主殿藏著幼女木乃伊——藏著迪斯托比亞・威爾圖奧佐・殊殺尊主。

臥煙今晚想花一整晚抓到的太古吸血鬼就在這裡……順帶一提，臥煙交付給我的任務，我就這麼完全沒完成，還自顧自地要下地獄，所以我無從辯解。

直到大學畢業都再也不和我有所牽扯的那個約定，應該已經無效了吧……不對，我這次的背信行為，反倒嚴重到即使她這輩子和我絕交也在所難免。

她當然會生氣。

「我不是生氣，是受傷了。我一直以為你會更相信我一點。」

臥煙說到這裡，將妖刀「夢渡」還給依然在啜泣的忍。和殺害怪異之刀成對的復活之刀。

當然，忍與八九寺原本應該也想用那把小太刀讓我復活，但是和先前送我下地獄的那次不同，這次沒有順利成功。

這是當然的。因為說起來，我並沒有下地獄。某人從旁插手大幅變更路線，我前往的不是地獄而是天堂。

八九寺的計畫在這個時間點產生破綻。

即使如此，我依然像這樣復活成功，那麼無所不知的大姊姊臥煙，是否掌握到我經歷什麼樣的體驗？少女與幼女透過女童向臥煙求助，臥煙基於縝密計畫的通宵行動應該是緊急中斷了，我猜不透現在的她在想什麼。

扔下預先擬定的作戰，指揮官的面子也丟光了吧。

聽臥煙說她受傷，我終究過意不去。是的，如果是幾乎把學校當成一切的高中生時代就算了，升上大學一年級，稍微擴大視野看向世間之後，就會得知「不只孩子，大人也會受傷」的這個事實。無所不知的大姊姊也不是完美超人。

既然我害得大人受傷、少女悲哀、幼女哭泣，這份罪惡感沉重到令我這次真的想下地獄。

想到她們兩人以什麼心情看著我的屍塊，我絕對不敢說出自己在天國和戴著鬼面具的裸體美女交談過。

落差與溫差可不是鬧著玩的。

是天堂與地獄的落差。

是血池與朱脣的溫差。

「曆曆，怎麼了？大姊姊我正在等你道歉耶？我已經做好原諒你的準備，這種事還是趕快和好讓彼此舒坦吧。」

先不提臥煙內心怎麼想，但她在這方面展現大人應有，或者說大姊姊應有的寬宏度量。

但是我可不能說出道歉的話語，也不能對忍與八九寺說出溫柔的話語。不，晚點我當然會這麼做，不過在這之前有一件必須最優先做的事。

非做不可的事。

如果不做這件事，我就說不出任何話語。

我撐起橫躺的身體，將新神與古鬼推到兩側，背對專家總管，爬向藏匿在這座主殿，身為話題中心與問題中心的木乃伊。

裸體幼女的木乃伊。美食家吸血鬼。

迪斯托比亞·威爾圖奧佐·殊殺尊主的木乃伊。

我小心翼翼捧起她的頭顱，卻以爬過去的速度順勢吻上去。

和木乃伊接吻。

大學篇還真是限制級啊。

020

正確來說不是接吻，是嘴對嘴餵食。

我在天堂幾乎突如其然，毫無徵兆就被雅賽蘿拉姬親吻的時候，不知道究竟發生了什麼事。我甚至以為我只是沒察覺自己的魅力，其實已經具備了連公主都會為我著迷的優雅氣質，但是並非如此。

公主將原本要下地獄的我硬是邀入天堂，她那一吻應該是讓我復活的程序與方法沒錯（以妖刀「夢渡」復活始終是現世那邊的解釋，天堂那邊也需要有個適當的解釋，如同之前手折正弦在地獄做的那樣吧），不過這麼做有另一個含意。

公主大人居然是以嘴對嘴的方式託付我一個東西——特效藥。

代替血池地獄湯的藥。

進一步來說，是食材。

美食至上的吸血鬼，為此甚至拒絕治療的吸血鬼，依然必定會吃某些食材。

比方說，雅賽蘿拉姬的血液就是代表性的例子。

因為已經吃過一次。

只不過，如同天堂沒有血池地獄（或者說，如同天堂沒有容身之處），天堂絕對不能發生流血事件。

所以「國色天香姬」託付給我帶回去，代替血液的學名藥，是唾液。

不是血液，是唾液。

不過唾液和血液一樣包含個體特性，實際上，我曾經使用具備吸血鬼回復力的唾液，對羽川翼與老倉育進行過治療。

這可以說是最容易以嘴餵食的口服藥……所以我即使被少女抱住，被幼女含淚哭訴，被大人責罵，依然得先把裝滿口腔的液體排出去，否則我甚至無法安慰或道歉。

嘴對嘴之後的嘴對嘴。

我這樣像是雅賽蘿拉姬與殊殺尊主間接接吻的媒介，總覺得心情不免複雜，不過總而言之，我和不在我好球範圍的木乃伊接吻了。

真是的，這種吃虧的丑角工作，要不是為了救命，我絕對不幹。

「汝……汝這位大爺……終於沒節制到此等程度了嗎……」

我一復活就進行的這個行為，忍似乎沒能理解這是崇高的醫療處置，震驚到停止哭泣，但我努力將一直存在口腔的唾液輸出到一滴不剩。

我品嘗到松鼠在頰囊塞滿橡實的心情……不過，我真正品嘗的是公主大人的唾液。

我體內依然殘留些許吸血鬼成分，所以若要避免自己吞下這些唾液，需要相當的精神力。

我想誇獎一下我的自制心。

榮幸負責試吃（所以我才得以復活吧）的我敢說，即使是挑食成性的美食家吸血鬼，這道湯品也必定能滿足味蕾……總之以結果來說，或許也稍微混入我的唾液，不過我可是「國色天香姬」下一個形態——姬絲秀忒·雅賽蘿拉莉昂·刃下心的眷屬。

請當成為了提味而刻意加入的香料吧。

就這樣，我嘴對嘴灌藥之後，木乃伊沒有吐出來。

而是正如字面所述——服下了。

然後……

「喔……喔喔，總覺得很像那個耶，乾燥海帶芽泡發的那種感覺……」

八九寺真宵依然帶點哽咽的感想確實精準，不愧是形容力備受好評的她。

木乃伊迅速「復元」了。

原本乾枯的皮包骨，逐漸回復為嬌嫩水潤的皮肉，頭髮也變得潤澤亮麗，就像是修圖修過頭的護髮精廣告。

雖然應該不是因為金髮金眼的姬絲秀忒·雅賽蘿拉莉昂·刃下心由她打造並取名，但她的金髮耀眼奪目。

「這一招真是漂亮。不過，同樣的做法不能用在女高中生們的木乃伊。因為總歸來說，這種『還原』正是吸血鬼化。」

臥煙說出很像專家風格的批評。她的說法也是一針見血。確實，如果對本次事件的受害者進行相同的治療，原本沒成功化為吸血鬼而變成木乃伊的她們，將會被打造為完整的「成功案例」。

這樣就本末倒置了。

「……果然是殊殺尊主嗎？」

面對正在高速回復的木乃伊，忍輕聲這麼說。剛才目睹我治療行為所受到的打擊，她似乎暫時放在一旁了。希望她就這麼忘掉，如同她忘掉過去的自己。

雖然剛才忍看一眼就說出這個名字，不過以那種木乃伊狀態好像還是不能百分百斷言，直到看見逐漸修復的模樣，才終於確定這是昔日的吸血主。

「不過……依然是完全變了個樣啊。」

……？什麼意思？

就我所見，裸體幼女木乃伊「回復」為裸體幼女的程序已經完成，沒出任何差錯。不知道吸血鬼是否都是這樣，位於我面前的是可愛的幼女，裸體的幼女。直到剛才的木乃伊模樣像是不曾存在。

我終究不知道該看哪裡，所以脫下上衣披在她身上。

這裡不是樂園。是神聖的神社境內。

「看起來……大約六歲？原來也有兒童吸血鬼啊。」

感覺這個體型坐在兒童座椅剛剛好。

總之，從忍的話語推測，這個吸血鬼活到現在已經將近一千年，所以年齡不可能和外表相符。

狗的年齡和人類的年齡算法不同，吸血鬼的年齡和人類的年齡算法也不同。不過在我的印象當中，吸血鬼的成長速度比較快。

說到年齡和外表不符，吸血鬼混血兒的吸血鬼獵人艾比所特，雖然看起來像是國高中生，實際上卻年僅六歲。

「感覺像是電影裡的小殭屍耶。」

年齡同樣和外表不符的八九寺這麼形容，不過忍這次嚴厲搖頭駁回。評價很嚴厲，表情也很嚴厲。

「吾之意思是說，吾當時遇見之殊殺尊主，並非這種幼女外型。哼，但現在彼此皆為幼女外型就是了。」

「……？這是什麼意思？」

忍不想繼續說明，所以現狀只能詢問本人（我就是為此讓她復活的），但即使她的肉體回復水潤，目前依然沒有清醒的徵兆。

治療失敗嗎？

「水分要滲入毛細血管，尤其是循環到大腦各處，還需要一些時間吧。看這個樣子，應該不必花費一整天。嗯……曆曆這邊的狀況，我大致掌握了。」

臥煙說。她的掌握能力一如往常恐怖。即使是這位大姊姊，終究沒掌握到我在天堂榮幸意外和戴著鬼面具的裸體美女接吻吧，但是不能粗心大意。

不必花費一整天。

換句話說，大概到明天晚上……嗎？

「那麼，在那個吸血鬼——我在找的頭號嫌犯迪斯托比亞・威爾圖奧佐・殊殺尊主清醒之前，也讓你們掌握我這邊的狀況吧。已經無法回頭了。」

「咦……請等一下。也就是說，我還沒被開除嗎？」

「我比你想像的更信賴你喔。光是被背叛一兩次，這份信賴不會動搖的。」

她像是在誇獎我般酸了我一頓。

包括這番酸言酸語，以及令我覺得沉重的這份信賴，我只能甘願承受。

「且慢，汝說吾之老相好是『嫌犯』，這是怎麼回事？」

忍好像又嚇了一跳。不妙，她即將發現我有事情瞞著她。

話說，原來臥煙還沒說明這方面的事。雖說現在不是這種時候，不過好不容易脫離木乃伊狀態，也就是脫離病危狀態的舊識（老相好）被說成怪異現象的嫌犯，忍的內心不可能平靜。

「呵……」

八九寺像是從一開始就理解一切，以高傲的態度雙手抱胸頻頻點頭，不過實際上很難說。

這傢伙正面臨可能摔下神明寶座的危機。目前在這座城鎮遭遇最大危機的或許意外是八九寺。

不過八九寺的危機也等於這座城鎮的危機就是了……

「曆曆不想依賴八九寺小妹的志氣，我也希望小忍遠離本次事件，但現在這兩個企圖或許只能扔到一旁了。接下來就團結一致，大家一起和樂融融談笑風生吧。沒錯，大家一起。也包括沉睡的吸血鬼殊殺尊主小妹。」

也包括殊殺尊主？

聽到話中有話又出乎意料的這段發言，我想詢問臥煙真正的意圖，但她委婉制止我之後說著「首先進行報告」打開話匣子。

「既然藏匿在這裡，我即使找遍城鎮每個角落，當然也找不到我要找的嫌犯殊殺尊主……不過在余弦聯絡上我之前，我並不是沒有任何發現。」

發現第四具木乃伊了。

女高中生的木乃伊。

這不是成果，而是失分。包括這一點在內，臥煙如此告知。

021

第四具木乃伊——如果將殊殺尊主的木乃伊算進來，應該是第五具木乃伊。

不，這裡還是應該計算為第四具木乃伊。

雖然臥煙說得情非得已，不過講得冷血一點，與其說案件有所進展，不如說辦案有所進展。因為無論是否發現，這個女生早已化為木乃伊的事實都沒變。

只不過，如果從發現時的狀況能將犯案時間的範圍縮小到今晚，那麼殊殺尊主的不在場證明就成立了吧？

因為既然藏匿在這座神域，她等同於在這座神域受到監視。

「第四名受害者，第四具木乃伊是官宮鶚小妹。無須多說，她是直江津高中女子籃球社的社員，是『失蹤』的兩人之一。曆曆收集情報的心力沒有白費。正因為有你的情報，我才得以早期發現受害者，沒有錯失良機。」

失蹤的一人以木乃伊的形式被找到，就某方面來說，也算是冥冥之中早已註定。即使這種說法沒能成為任何慰藉。

「在哪裡找到的？是比第三具木乃伊，第二名受害者口本學妹被發現的簡陋小屋還難找到的場所嗎？」

假設不是這樣，就能推測行凶時間在今晚。如果她在昨晚的時間點還活著，並且在今晚——在殊殺尊主有不在場證明的這段期間化為木乃伊……

畢竟木乃伊是沒成功化為吸血鬼的木乃伊，所以無法推定死亡時間。因為木乃伊沒活著，卻也沒死去。

只是，雖然形容成遺憾也很奇怪，不過第四具木乃伊官宮鶚，是在「比簡陋小屋還難找到的場所」找到的。

「在蓄水池底。身體綁上重物沉入水底。除非在搜索的時候預設很可能有受害者沒被找到，否則不會去找那種場所。畢竟沒人會去那種場所找。」

挑這種場所真是過分。

甚至感覺到惡意。

既然這樣……雖然不在場證明可能不會成立，不過從「襲擊女高中生將其沉入蓄水池」這個概要來看，感覺不像是吸血鬼的犯行。

入侵臥室趁熟睡時襲擊或是留下署名，這些做法還可以說是充分發揮怪異性質……可是這次是沉入蓄水池底？

這種做法，簡直像是把人類扔進血池地獄吧？

而且是活生生扔進去。

這種做法大幅脫離忍與「國色天香姬」述說的殊殺尊主形象。感覺到陰險自卑又相當常見的人性。

還是說，只是我被感化了？

雅賽蘿拉姬為了讓殊殺尊主復活，不惜邀請我這種天理不容的大逆罪人前往天堂。我只是受到她的影響，想要編出決死、必死、萬死之吸血鬼不是真凶的假設嗎？

「當然，雖說沉入水底，卻也沒有『吸水泡發』就是了。」

臥煙說著瞥向殊殺尊主橫躺的方向。復活的那具裸體如今不是穿我的上衣，而是八九寺從櫃子挖出來的純白服裝，卻令我覺得更像屍體。

總之，這或許是臥煙施加的簡單封印，避免她一清醒就突然暴動……不過這麼一來，雖說只是簡單的封印，但我無法理解忍為何坐視「老相好」遭受這種處置，而且也沒特別多說什麼。

「……既然這樣，應該認定另一名失蹤的社員，也已經在某處悄悄化為木乃伊嗎？」

「至少沒有可以樂觀的要素。而且不一定會在第五人告一段落。」

第五人——木石總和。

現在眾人應該正在全力找她吧……

「我的話會埋到土裡。這樣就更難找了吧？」

八九寺隨口說出殘酷的推理。再怎麼殘酷也必須考慮這個可能性。

「是的，我認為很有可能喔。之所以這麼說，是因為我收容殊殺尊主姊姊時的狀況，也大致是這種感覺。」

「……當時殊殺尊主被埋在土裡？」

忍訝異詢問。

「與其說是土裡，應該說山裡。」八九寺回答。「就在這座山。『被埋』是我單方面的見解，可能是她自己鑽進去的。因為木乃伊也有這種性質。」

嗯……也對，自己埋到土裡化為木乃伊的儀式，自古以來在各地都看得到。

「吾無法接受此等道理。說起來，吸血鬼若要隱藏屍體湮滅證據，最適合隱藏之場所即為自己之胃袋。」

忍難得說出冷靜的意見。

真的很難得。

不對，雖然她看起來不太高興，但這是因為至今被蒙在鼓裡而壞了心情，看起來不像是要特別袒護殊殺尊主。

這次將忍蒙在鼓裡，是因為無法預測她這個心理不穩定的前怪異之王，得知打造她又為她取名的吸血主來到日本時會如何行動。話是這麼說，不過像這樣看起來，這份不安應該不會成真。

最壞的可能性——忍站到殊殺尊主那邊，和臥煙等專家們再度決裂對峙的可能性，目前完全看不出徵兆……為什麼？

因為忍知道嗎？知道沒必要袒護？

和她的前身雅賽蘿拉姬一樣，確信殊殺尊主是清白的？

「總之，八九寺小妹和殊殺尊主的關係，我晚點再重新問清楚，在這之前得先告訴曆曆一件事。」

重視程序的臥煙自然而然回到正題。她的主持功力令我這種容易分心的人心懷感謝。

總之，晚點不只要聽八九寺的意見，當然也要聽忍的意見，就算這樣，也不能光憑這些意見就證明殊殺尊主的清白。

說起來，即使將「對於吸血鬼來說，吸血不是罪」這個前提放在一旁，也無法保證目前失蹤的女高中生在被吸血的時候也被整個吞下肚。

我思考著這種事，並且像是複誦般反問。

「得先告訴我一件事？」

聽到她有事要告訴我，我內心並沒有底。

「就是暗號。」

臥煙小姐極為理所當然般這麼說。

「第四具木乃伊官宮鶚小妹被發現的現場，和第三具木乃伊口本教實那時候一樣留下暗號。但是不確定這是曆曆命名的生存訊息，還是吸血鬼的簽名。」

022

原來如此，我明白自己為什麼沒被開除了。臥煙所說「信賴」這個情感上的理由應該不是謊言，但是實際上的理由是我以暗號解讀班的身分，被認可繼續留在搜查小隊。

命日子，謝謝妳！友情萬歲！

交了朋友之後，我的人類強度提升了！

雖然不確定搜查方針轉換得和翻書一樣快是不是好事，不過官宮留下（或是吸血鬼留下）的訊息（或是簽名）如下。

「820／280／610／160」。

很適合數學系挑戰的謎題。

不對，我的意思不是由我挑戰，是由命日子挑戰，不過這次沒有混入英文字母，是只有數字的暗號。

四組數字。

和目前發現的女高中生木乃伊數目一樣，這會成為某種關鍵嗎？

這次也和質數有關？不，既然是偶數，而且尾數是零，在這個時間點就絕對不可能是質數……

「話說，若要當成簽名來思考，吾認為殊殺尊主對於質數一無所知喔。畢竟吾亦不知道什麼質數。」

忍在一旁愛理不理般這麼說。我對她的粗魯態度無法苟同，不過在死屍累生死郎那時候，她甚至沒加入討論，這次的態度和當時差太多了。

這是她自己的方針轉換嗎？

回想起來，忍如今稱不上是純粹的怪異，變化或變心是可以被允許的。不會因而從這個世界消滅。

和關係匪淺的死屍累生死郎進行一場爭奪妖刀「心渡」的攻防之後，若是幼女因而有所成長，也沒什麼好奇怪的吧。我是這麼想的，專家臥煙對此有什麼想法就不得而知。

「嗯，其實我也沒有自己說的那麼懷疑殊殺尊主。不過既然發現那種暗號，她確實是不容忽略的頭號嫌犯就是了。」

臥煙像是贊同般這麼說。

撤回前言的這種做法，並不是不可能發生在臥煙身上，不過說起來，臥煙沒讓我知道她將殊殺尊主列為嫌犯。

若說原因在於還沒確信，倒也沒錯。

「那麼，如果有其他嫌犯，您推測會是什麼樣的吸血鬼？」

凶手肯定是吸血鬼。

雖說是前吸血鬼，是吸血鬼的渣滓，不過以這個意義來說，忍姑且也是嫌犯候補。

「雖然要避免講得太具體，但可以推測有某個吸血鬼想嫁禍給殊殺尊主。」

「嫁禍……」

慢著。

就說了，關於吸血鬼吸血是不是犯罪，這會成為另一個議題。獅子吃人有什麼錯嗎？

我也和雅賽蘿拉姬稍微討論過這個主題。

「將知名的殊殺尊主塑造為虛擬凶手，自己就可以安全地進行吸血行為。如果有某個吸血鬼在打這種算盤……」

為此讓殊殺尊主化為木乃伊？

那麼，假設「B777Q」是署名，這個署名也是假的署名？既然這樣，即使殊殺尊主不知道質數是什麼，也可能留下這個署名。

因為這是別人留下的假署名。

「即使那是生存訊息也一樣喔。如果吸血鬼向女高中生自稱『我正是決死、必死、萬死之吸血鬼——迪斯托比亞・威爾圖奧佐・殊殺尊主』，全盤相信的受害者就很可能留下這個名字吧？」

「唔～～……」

我確實不能只因為解開暗號就滿足，應該思考到這麼深入……說起來，暗號甚至不是我自己解開的。

只不過，聽到臥煙這麼說，我難免感到失望。這會讓我質疑自己究竟為什麼要監視忍至今。

「結果我因而下了一趟地獄，所以還算好吧。」

「這種事豈能算好？」

被忍吐槽了。

總之，更正確來說是上了一趟天堂，但是如果我這麼說會更加離題。和「國色天香姬」的那場邂逅該怎麼告訴忍，是我的一大難題。

所以現狀的設定是我將血池地獄的藥湯（不是公主大人的唾液）含在嘴裡，因而成功復活第二次。

總之，不管是天堂還是地獄，想到我害得忍與八九寺那麼難過，就覺得一個人果然不被允許輕易死去。

小扇也經常批判我這一點。死而復生果然是一種風險。是更勝於風險，也是在風險之前的問題。

我差點再度步入歧途。

為了懲罰自己，我在此發誓，今後要找時間去老倉的新家玩。

「不過，殊殺尊主和忍不一樣，是沒被認定無害的吸血鬼，所以即使她在這個事件是清白的，對於專家來說依然是肅清的對象喔。不過我們是穩健派，不會這麼做就是了。事到如今就覺得幸好這次的事件沒找艾比所特過來。」

艾比所特啊……

確實，如果和死屍累生死郎那時候一樣，找艾比所特來到這座城鎮，說不定會重現春假的那個場面。基於這層意義可以說多虧臥煙一如往常有著先見之明，但是有一件事情不能忘記。

臥煙基於這個先見之明叫了影縫過來。

不適合以「穩健」這個詞來形容，甚至比「哥德蘿莉」這個詞還不適合的暴力陰陽師。可以赤手空拳殺害不死怪異，業界唯一的人類兵器。

「關於這一點，我不太想思考太多。」

臥煙將雙手枕在頭後，講得像是在逃避現實。

「不過在緊要關頭，確實需要那傢伙的能力——需要那傢伙的暴力。如果可以現在叫正弦過來，說不定可以中和一下，可惜那個傢伙總是獨立獨行。」

無論如何，若能在影縫抵達之前收拾事態是最好的，這一點看來沒變。

話說回來，暗號嗎……

假設留下暗號的是受害者，那麼官宮學妹也是艾勒里・昆恩的書迷嗎？哎，有可能。既然加入同一個社團，也可能基於集體意識而喜歡閱讀同一位推理作家的作品……

不過必須相當沉迷，否則應該寫不出這種頗為用心的死亡訊息（生存訊息）才對。這段暗號解開之後也會變成「D／V／S」，或是意味著「迪斯托比亞・威爾圖奧佐・殊殺尊主」的詞嗎？還是說，會導出完全不同的答案……

只有這一點沒辦法多說什麼。我沒辦法。只不過，即使要再度拜託今日子，我也想要更多解讀用的材料。

「這段暗號是在什麼狀況發現的？您剛才說官宮學妹的木乃伊沉在蓄水池底對吧……該怎麼說，在汙濁的水裡，要怎麼留下暗號？」

以手指寫在水底的泥巴？這樣的話，在將木乃伊從水底打撈上來的過程中，泥巴應該會被攪得不成原形……

雖然也有文具可以在水裡書寫，但應該不像單字本那樣，是女高中生平常使用的東西。

「不愧是曆曆，明察秋毫。不愧是女高中生的專家。」

「我不是女高中生的專家。咦，我明察秋毫了什麼？」

「女高中生以平常使用的工具留下訊息……也就是手機。」

「手機？不對，這在水中真的……」

我錯了。

我使用的手機沒這種功能，不過完全防水的耐用機種確實存在。防水防塵，泡在水裡也沒問題，只要水壓不造成問題，在水裡也能像是在陸地上使用。

「這是顯示在手機畫面的號碼。剛開始我以為她在水底想打電話求救，還沒撥打就用盡力氣，不過號碼位數不夠，也沒打區碼，所以依照我自己的解釋，這應該不是什麼訊息，是暗號。」

「820／280／610／160」。

哎，與其說是電話號碼，感覺更像是暗號。

「在臥煙小姐的世代，應該會用呼叫器跟朋友互傳這種暗號吧？」

八九寺這麼問。

大概是從手機聯想到的吧。

她居然多嘴問這種問題。

其實我也對年齡不詳的臥煙冒出這個想法，但是沒說出口。

「哈哈哈，即使在我的世代，也已經沒在使用呼叫器了喔。八九寺小妹，屢次失態的妳是否能繼續擔任神明，目前完全是由我來定奪喔，切記切記。」

「咿！」

掌權者即將動用權力，使得八九寺臉色鐵青。她不擅長面對逆境。

這部分就是八九寺無法變得像是地濃小妹那樣的原因。

「請……請等一下，阿良良木哥哥。這說法聽起來像是我比那個人渣還晚出道……」

「如果想裝出前輩風範，差不多該讓路給後進了吧。妳這老不死還要占著位子多久？」

「老不死？阿良良木哥哥，全世界只有您沒資格講這種話喔。請稍微效法戲言使者或莉絲佳下臺一鞠躬的灑脫好嗎？」

「莉絲佳還沒完結吧？」

「聽說十七年後會出最後一集喔。」

那還很久吧？

無論如何，先不提先人後進的是非，這確實很像呼叫器的暗號。這樣的話就沒有數學上場的餘地，應該由諧音學上場。

命日子也擅長解讀諧音，應該不會陷入苦戰，若說會有什麼問題，在於命日子這傢伙雖然和我是同一世代，卻沒將手機當成聯絡工具活用。

如果要找那傢伙幫忙，就必須等到明天第一堂課的時間。雖說唯一的方法是直接見面，但是和老倉寄宿的場所不同，我不能在深夜上門造訪。

我想和她當個好朋友，為了讓男女的友情成立，我想好好遵守男女分際。

「臥煙小姐，我明白了。我也會姑且盡力挑戰看看，不過這種暗號由同一個人來解讀，答案應該會比較統一，所以方便等我在明天中午之前給您解答嗎？」

曲直瀨大學的第一堂課從八點開始，命日子肯定會提早十五分鐘坐在教室。如果以我蹺課為前提採取行動，別說中午之前，早上九點之前就可望有所進展。

「你的新學友是時鐘之類的嗎？不過，這部分交給你處理吧。我雖然無所不知，卻不擅長解讀暗號。怪異奇譚也經常出現類似的東西，但這部分是忍野比較擅長。只是，比起留下暗號，受害者將暗號留在手機，是更好運用的調查材料。因為和至今受害者的手機不一樣，這支手機已經解鎖了。」

臥煙對我抿嘴一笑。不是呼叫器權威而是手機權威的她，以這張笑容代表自己即將發揮本領。

「這麼一來，受害者的個人情報完全由我掌握了。先前提著刀子趕過來拯救曆曆，所以還沒開始分析，不過可以期待取得不少情報。」

她動不動就對我施加壓力。

該怎麼說，雖然必須這麼做，不過擅自查看別人手機沒有合法或道德可言，而且感覺將會窺視到我不想進一步窺視的女子籃球社黑暗面，所以我無法率直感到高興。

「好啦，我這邊的情報鉅細靡遺公開到這裡結束，接下來是我期待已久的部分，來聽聽八九寺小妹的說明吧。」

臥煙手中的情報不可能這樣就鉅細靡遺公開完畢，不過我沒有追究，而是重新面向八九寺。

暗號令我好奇，但我更好奇另一件事。這位城鎮之神究竟是以什麼樣的原委收容木乃伊幼女？她說殊殺尊主的木乃伊埋在山裡是怎麼回事？

剛才被她叫來之後，我立刻以急救為優先，但是我滿頭問號。

如果她不肯說明，我的天堂之旅也白跑了。

「不只因為是緊急事態，也因為當事人要我保密，所以這方面的說明一直對阿良良木哥哥與大家拖延到現在……不過，既然現在背負這種嫌疑，也不能堅持下去了。我要放棄緘默權，活用張揚權。」

新的神明帶著嘆息這麼說。

有這種權利還得了？

023

「那是距離現在一週之前的事。我一如往常進行每天例行的瀑布修行……」

「您說什麼？不准從第一句話就騙人？」

「沒禮貌喔，阿良良木哥哥。我不會說謊以及綁雙馬尾。」

「不過我的髮型是雙馬尾。」

「每天例行的瀑布修行確實是謊言，但是我第一句說的『一週之前』不是謊言。」

「實際上我當時在境內發呆。發呆是每天的例行公事。」

「某個怪異通過保護城鎮的結界，引起我的注意。雖然應該不必說明，但姑且提一下您可能忘記的模糊設定吧，這道結界是昔日忍野扇姊姊為了驅趕忍野咩咩先生與影縫余弦小姐而設立的，我拿來重新利用。」

「現在回想起來，使用結界驅趕擅長架設結界的那兩位，很像是忍野扇姊姊會做的挖苦行徑，總之能將結界重新利用並且和平利用，算是一件好事。不過當然不是我的功勞，而是由那邊那位偉大的專家——臥煙伊豆湖大人的功勞。」

「別說我在諂媚掌權者好嗎？」

「以我的狀況，這可是攸關我的生命喔。不是生命，是使命才對。所以從結論來說，當時前來的怪異不是別人，正是決死、必死、萬死之吸血鬼——迪斯托比亞・威爾圖奧佐・殊殺尊主小姐。」

「請不要露出求我稍微口誤的表情。以為我會說『抱歉，我口誤』嗎？」

「總之，我自認沒因為她的六歲兒童外表而掉以輕心，但我感覺不到威脅。之所以這麼說，是因為殊殺尊主小姐降落在境內的時候，做出刻意迴避我的貼心舉動。」

「不過她因為刻意迴避我導致降落失敗，摔得粉身碎骨就是了。啊哈哈！」

「您說這不是什麼好笑的事？嗯。實際上，那位小姐因而死了一次。」

「不過她是吸血鬼，所以很快就復活了。」

「看來，好像又死了——她當時這麼說。這是口頭禪嗎？還是招牌臺詞？」

「她的死狀像是習以為常，或許沒誇張也沒造假，她真的是萬死之吸血鬼。這是吸血鬼的不死特性嗎？」

「然後，復活的她向我說明來訪的目的。說不定誤以為我是入境管理官之類的。您想想，我會給人這種感覺對吧？」

「所以我煞有其事問她來到日本的目的，她說她是來『拜訪昔日的好友姬絲秀忒・雅賽蘿拉莉昂・刃下心』。總之用不著她說明，敏銳的我只要看她那頭漂亮的金髮，就猜到她和忍姊姊有某種關係了。」

「不過，畢竟發生過死屍累生死郎先生的那件事，不能只因為有關係就給予特別待遇。畢竟如臥煙大人所說，吸血鬼本身就是具備威脅性的怪異。」

「但原本是迷路蝸牛的我，只因為她是怪異就拒絕她入境也很奇怪。」

「畢竟殊殺尊主小姐是來見她的『老相好』，我沒什麼特別的理由給她吃閉門羹。」

「她看起來不像在說謊。」

「最重要的是，既然她問我路，我就不可能不回答。因為我就是這種神，我的職責是引導迷途的孩子。」

「我刻意沒提到忍姊姊的現狀，送她離開神社。所以我一直以為她後來完成感動的重逢。」

「一週後，也就是今天。」

「不過已經是昨天了。」

「我發現了悽慘埋在這座山裡，化為木乃伊的來訪者。」

024

然後八九寺連忙拜託斧乃木找我們過來，來龍去脈就這麼接上了。

我一直不懂為什麼斧乃木會在這時候出現，不過好像是斧乃木以前失誤陷入危機的時候獲得八九寺的協助，欠下一份人情……我無法相信斧乃木會失誤，不過既然這麼說了，我在臥煙面前也不方便追問。

「原來如此。所以太古的吸血鬼一週前就已經突破結界，來到這座城鎮……嗯。」

臥煙像是細細咀嚼八九寺的話語般說。

「是的。詳情請閱讀極短篇〈真宵・歡迎〉。雖然在各短篇之中很難取得，不過我認為極短篇大概會在十七年後集結出書，請靜心等候。」

「誰等得了這麼久啊？」

我想在這兩天就解決這個事件。

話說，如果我們十七年後還在做這種事才是問題。必須認真思考進退。

「總之，包括她出國的目的，都在設想的範圍內。」

是的。

忍是原因，或者說是誘因。基於這層意義，雖然有著階級差距，但還是可以說殊殺尊主與死屍累生死郎是一樣的。

不對，也不能這麼說。

以死屍累生死郎的狀況，他來見忍的理由和妖刀「心渡」有關。至於殊殺尊主為什麼來見忍，只從剛才的說明還不清楚。

明明六百年來連一次都沒見過，為什麼現在——事到如今才來見面？

既然還沒釐清這個問題，就絕對不能掉以輕心……不過回想剛才和雅賽蘿拉姬的對話，應該不像死屍累生死郎當時那樣，有著扭曲的愛恨情仇……

只不過，即使殊殺尊主沒有危害忍，也無法否認她再度拉攏忍企圖亂來的可能性。

臥煙說的「設想的範圍內」應該也包括這一點，但她接下來這麼說。

「不過，她是突破結界過來的，這部分令我在意。沒有啦，我原本就認為她不可能在八九寺小妹不知道的狀況下來到這座城鎮，但是……該怎麼說，我幾乎沒想到她會這樣光明正大找上門。她是吸血鬼，所以像是讓身體變成霧或是躲進影子，應該有很多方法可以選吧。」

臥煙說。

「確實，以那種大跳躍降落在山頂，愛現的人才會這樣惡搞，笨死了。」

八九寺，妳有資格講別人嗎？

想被惡搞嗎？

何況殊殺尊主降落的時候有避開八九寺，光是這一點就可以說她很聰明（不過結果好像導致她死了一次，這部分怎麼解釋暫且不重要）。她以這個迴避的行為獲得八九寺一定程度的信任，獲准進入城鎮。

「不過套用小忍的說法，這種超高調的登場方式正是殊殺尊主的行事風格，這部分我也有所耳聞。只不過，關於她能夠穿過結界的原因……」

嗯？換句話說，原因在於她是強力的吸血鬼吧？無論是結界還是魔界，強行突破應該不是什麼難事。

「哎，也對。反正這部分問當事人就知道。曆曆孤軍奮戰之後好不容易從那個世界帶回來的特效藥可不能白白浪費。好好找她問個清楚吧。」

臥煙不是說「地獄」而是說「那個世界」，意思是也包括天堂這個選項，我總覺得自己被她看透。感覺她確實是看透萬物的達人──忍野的學姊。

「在這個時間點，如果以可能性最高的材料來建立假設，那麼問題就在於殊殺尊主在八九寺小妹的目送之下前往城鎮，還沒見到小忍的這段期間，『不知為何』在各處引發事件，而且『不知為何』化為木乃伊。真是莫名其妙。」

「真是莫名其妙耶。」

莫名其妙。

只不過，這兩個「不知為何」必須確實分開思考。前者單純是生態使然，雖然只鎖定女子籃球社社員確實不合理，但如果解釋成吸血鬼偏食，這個「不知為何」就可以忽略。

問題在於後者的「不知為何」。

原本要來見忍的前主人，為什麼以埋在土裡的狀態被發現？說真的，如果沒有統治城鎮的神明八九寺，如果沒有住在這座山上的八九寺，應該無法輕易找到她。

嫁禍——

為此必須取走當事人的性命——

還有那些讓推理迷躍躍欲試的死亡訊息，在這種狀況，真凶是熱愛推理小說的吸血鬼嗎？

這就某方面來說也是偏食，是偏愛。

「正是如此，只能聽本人怎麼說了。吾亦開始在意起來了。光是她還活著就令吾深感驚訝。不過，汝這位大爺，若是這齣推理劇演變為官司，吾還是會為被告辯護喔。」

幼女說出最近學到的詞。

為被告辯護——忍野忍會站在殊殺尊主那邊。

與其說這在設想的範圍內，這肯定是令人懼怕的事態，但是我與臥煙說些什麼之前，忍就開口了。

「因為，這傢伙不可能是凶手。吾剛才就想告訴汝這位大爺了……」

忍繼續說。

「這傢伙，如今不能吃吾以外之食材。」

025

喜歡的不是百匯，是單品料理。然而美食家吸血鬼的這種偏食習慣，似乎比忍暗示的還要沉重，也比雅賽蘿拉姬說明的還要悲慘。

不是「只」吃美味的食材。

是「只能」吃美味的食材。

這個習性完全超越堅忍克己的程度，徹底到不可能修正的程度，實際上，認定「國色天香姬」是美食的殊殺尊主，據說甚至因而餓死好幾次。

「吾當時之記憶亦已模糊，不過殊殺尊主曾經在吾面前逐漸弱化——逐漸幼女化。退化為可愛的幼女。明明原本之外型比吾之完美形態還要年長，是壯烈又妖豔之熟女。」

「熟女……」

「曆曆，你對『熟女』這個詞起反應往我這裡看，大姊姊我直到變成熟女都不會忘記這件事喔。」

個性大而化之的大姊姊，做出百感交集的這個反應。

「不然的話，既然曆曆也已經十九歲，就以大姊姊我的技術手法讓你欲仙欲死吧？將你現在的人際關係全部毀掉吧？」

好恐怖。用不著這麼生氣吧？

成為熟女又何妨？

成為壯烈又妖豔的熟女又何妨？

「就吾所見，她比當時更加退化。想必如此。一旦品嘗過『國色天香姬』之血液，其他人類之血應該清淡到連水都不如吧。」

忍的記憶之所以變得模糊，可以推測原因在於她將「國色天香姬」切割到天堂。總之，我理解她的說法。

剛才我只是含著唾液，不是血液，即使如此，也不知道一旦吞下去會發生什麼事。

「血池地獄之血即使效果再好，只要殊殺尊主之意識還在，她應該絕對不會喝吧。」

忍說的和那位雅賽蘿拉姬一樣，實際上不只如此，我甚至覺得血池地獄的藥湯不會有效果。

至少公主大人這麼認為。

害得殊殺尊主罹患偏食偏愛之拒食症狀的公主大人說，她讓生態系變質了。

生態系——屍體系。

如同狗原本是肉食動物，卻在和人類共處的過程中變成雜食動物嗎？例如無尾熊變得會吃有毒的尤加利葉，或是熊貓只吃營養價值低的竹葉。

「嗯……？慢著，可是不對啊？即使沒有意識，地獄之血池真的合殊殺尊主之口味嗎……？吾之主讓殊殺尊主飲用之液體，難道是……？」

不妙。忍開始發揮前所未有的敏銳直覺。

提出這個治療方法的八九寺聽到這句自問，也露出「說得也是」的表情。

沒辦法了，雖然現在不是等待良機的場合，但是為了補強忍的說法，我就在這時候插嘴說明我的死後體驗吧。

「小忍，妳說這什麼話！曆曆不可能對小忍這個永遠的搭檔，對八九寺小妹這個超級好朋友撒這種謊吧？不然妳的意思是曆曆在騙我們嗎？」

臥煙以誇張到不必要的話語幫腔。求求您，請站在超然的立場好嗎？

明明只是錯過時機沒有先講，這樣不就逐漸成為意圖欺騙的既成事實嗎？

不准硬是賣人情。

「此言甚是。」「說得也是。」

她們兩人真是相信我。

全方位相信我。

總之，即使絕佳時機來臨，我見過忍前身的這段經歷，我應該也無法好好說明，而且這樣會變成要追究八九寺的失敗……

忍回到正題。

「因此，吾以為她早已毀滅，但吾之血不愧是極品。雖說變成更小之幼女，但吾很驚訝她依然健在。所以說，吾不認為殊殺尊主會襲擊鎮上之女高中生，做出這種暴飲暴食之行徑。」

說到這個世界上最不可靠的東西，忍的斷言當之無愧，不過只有現在的這段斷言具備一定的說服力。

能夠為六百年前往事做證的證人並不多見，這也是部分原因。

「嗯。總之，這是值得採用的證詞。」

臥煙也同意了。

她沒透露私怨的氣息就同意了……真是一位大而化之的大姊姊。

「『屍體城』的城主迪斯托比亞‧威爾圖奧佐‧殊殺尊主惡名昭彰，但是相對的，即使是關於她的傳說，也幾乎沒提到她實際造成什麼危害，是一個奇妙的吸血鬼。這種不平衡的奇妙感，也令她的惡名更加昭彰就是了。但我好像明白原因了。她看上眼的食材，遭到她魔掌的食材太稀有了。」

在這次的事件，日本的女高中生或許湊巧是這種稀有食材。既然沒有證據能否定這個可能性，就不能完全洗刷殊殺尊主的嫌疑。

果然得先聽她本人怎麼說。

「『不能吃的心態有兩種：因為喜歡所以不能吃、因為討厭所以不能吃』。俗話說得真好。」

「哪裡好了?聽妳說得像是陳腔濫調，不過八九寺，這是誰的金句？」

「我的金句。」

「我想也是。」

她真正想說的反倒是「我的金句」這句話吧。

「反過來也說得通喔。『想吃的心態有兩種：因為喜歡所以想吃、因為討厭所以想吃』。這是八九寺小妹的金句。」

「天啊！居然將功勞讓給我，臥煙大人，您是神！」

妳才是神。

不愧是在奇人異士群聚的專家集團位居頂點，臥煙掌握人心的技術達到連神明都能掌握的等級。

只不過，無論要不要按照這段格言，將殊殺尊主塑造為連續吸血犯，忍的這段證詞也意外產生一個新的可能性。

打造忍又為忍取名的吸血主——決死、必死、萬死之吸血鬼，為什麼如今，為什麼事到如今，在相隔約六百年的現在，造訪鐵血、熱血、冷血之吸血鬼？

該不會是在挨餓虛弱到成為幼女之後，成為幼女達到極限之後……

來吃她唯一能吃的「老相好」吧？

026

後來，事態沒什麼特別的進展，我們就這麼迎接日出。推測將是第五名受害者的木石總和，臥煙沒收到她被發現成為木乃伊的報告，也沒收到殊殺尊主以外的「真凶」被發現的報告。

若要說有什麼救贖，就是臥煙也沒收到又有其他意想不到之受害者被發現的報告，或是協力者遭到反擊而傷亡的報告。因此，搜查工作重新來過。

「既然太陽東升，殊殺尊主應該要到晚上才會完全復活清醒吧。在這之前，大姊姊我想採用新查明的事實，擬定新的方針……雖然這麼說，不過白天要做的事情和昨天一樣，也就是盡量收集情報。」

「我負責官宮學妹留下的生存訊息對吧？」

「應該說，你負責的可能是官宮小妹留下的生存訊息，可能是凶手寫下的署名，也可能是凶手為了嫁禍給殊殺尊主而進行的偽裝手法。總之就是負責解讀那個暗號。大姊姊我要先解析儲存暗號的那支手機，要去窺視女高中生社團活動的黑暗面。」

「請小心別被吞噬了。」

嘗盡人生酸甜苦辣的大人不需要我這句忠告，但我還是不得不這麼說。反正臥煙不可能認為「孩子們都是可愛又純真」，不會抱著這種可愛又純真的想法。

「雖然有點晚，不過我去巡邏一下城鎮吧。因為說起來我是迷路之神，是散步之神。就以神的視角協助搜查吧。」

八九寺說。她或許也只是想說「神的視角」這四個字，不過她允許入境的海外怪異可能在城鎮造成危害，既然得知這個可能性，她也無法繼續自詡中立吧。

這麼一來，與其說是夾在人類與怪異之間兩難，不如說接下來要讓八九寺成為怪異與人類之間的橋梁。

到目前為止的人員配置，就某方面來說是順理成章。

「吾白天也睡個覺吧。」

忍這麼說。

「入夜之後，吾亦會協助喔。聽殊殺尊主說明時，吾在場比較好吧。不然亦可以由吾負責問訊。」

「那麼，可以拜託妳嗎？」

被封印的怪異為什麼這麼積極表態協助？臥煙在這時候沒有特別提問，應該可以說她相當了不起吧。而且她反倒是趁著忍還沒改變主意，二話不說就接受這樣的人事安排。

和嫌犯吸血鬼交談的時候，舊識的吸血鬼若能在場，確實是求之不得。

只不過，考慮到我剛才想到的可能性——殊殺尊主或許是來吃忍的可能性，如果忍到時候也在場，應該會有危險吧……？

無論如何，隊長的決定不可違抗。別忘了，我、忍與八九寺是「失敗組」。

要是繼續失分，或許無害認定會被解除，或是被拉下神明寶座。如果「失敗組」講起來不好聽，可以改稱為「保護觀察組」。

必須展現能幹的一面，否則我們一樣危險。

只不過，忍主動向臥煙表態協助，應該不是出自這種小家子氣的計算吧（忍不會計算）……

畢竟這是敏感的問題，等到我們兩人獨處的時候再好好談吧。

「那麼，我就這麼不回家直接去大學，晚點要在哪裡會合？我負責暗號的解讀，所以我覺得最好和昨天一樣當面說明。」

如果是必須以圖表或公式說明的暗號，應該還是不方便隔著電話說吧。

「那麼在直江津綜合醫院會合吧。到時候我來介紹第四具木乃伊官宮鶚。」

即使介紹，總不可能握手問候吧，不過這部分真的是親眼看看比較好……

如果只能把怪異現象的受害者當成數字來認知，我就無法批判那個只為金錢而活的騙徒了。

「既然發現的受害者達到第四人，情報操作與情報分割也終究達到極限。無所不知的大姊姊我所架設那道無所不藏的結界，效果也是有限的。雖然事件會變得複雜，不過無論真相為何，都必須在今晚做個了結。不然從上到下都會雞飛狗跳喔。」

臥煙說。

只不過，她之所以急著解決事件，應該不只是因為會變得雞飛狗跳吧……不希望出現更多受害者的正義感也是原因之一，卻不只這個原因。

如果到了明天早上，這一連串的事件都沒能解決……

影縫將會趕上。

027

雖然找她過來的我講這種話不太對，但如果我事先知道這個事件牽扯到知名的迪斯托比亞．威爾圖奧佐．殊殺尊主，我就不會叫那種活人炸彈回來了——我回想臥煙的這段感嘆，開著金龜車前往曲直瀨大學。

「以她身為學姊角色之立場，或許一直在找機會要將棘手之可愛學妹從北極叫回來喔。」

忍說著出現在副駕駛座。

出現在我安裝的兒童座椅。

忍是走到落魄盡頭的吸血鬼，所以雖然不是非常擅長面對陽光，卻也不會因為是白天就完全無法活動……嚴格來說不是夜行性，是夜貓子。

只要抱持堅定的意志，在白天也能出現……反過來說，她在白天醒著的時候維持著堅定的意志。

「怎麼了，忍，妳不是睡了嗎？」

我出言試探。

「快睡了。在這之前，想說汝這位大爺可能想問吾某些事。」

她這麼說。像是在和臥煙對抗般看透我的心。

不，這應該形容為心領神會吧。

分也分不開的主從關係。

「哎，我只是覺得妳意外地願意協助。對我就算了，而是對臥煙小姐。明明上次那麼拒絕協助……」

不只是拒絕協助，還四處逃避，甚至有所反抗。為了提防重蹈覆轍，這次我將她蒙在鼓裡，這部分如我先前所說。

「妳的心態是怎麼變的？單純是妳經過那個事件有所成長，我可以這麼解釋嗎？成長到我必須把那個安全座椅換新的程度。」

「這尺寸本來就不合吾之體型了，感覺彷彿全身被裹小腳。嗯，總之，不提這個。吾亦有所成長喔。當時要是從一開始就乖乖聽汝這位大爺與那個總管所說的該有多好……吾亦學會了這一點。」

如果她是說真的，我會很開心，而且她應該不會完全在騙我，但我總覺得有點納悶。

「吾和汝這位大爺是生死與共之異體同心，所以既然汝這位大爺有所改變，吾亦會有所改變。昔日是高中生搭檔之吾，和現在是大學生搭檔之吾，已經堪稱是判若兩人喔。」

「確實，原本坐在腳踏車籃子裡的妳，現在已經坐在兒童座椅了。」

「這算是成長嗎……不，總之，這就某方面來說無妨。」

無妨嗎？

忍在這種局面沒有亂賭氣頂嘴，這方面可以說她確實變得圓融，但是這樣反而變得難以捉摸。

就像是隨口說「好啦好啦」帶過。

敷衍帶過。

「我說忍，妳沒在胡思亂想吧？」

「胡思亂想？有喔有喔。都五百九十九歲了還被迫坐在兒童座椅，誰能在這種狀況維持正常啊？」

「妳應該沒要讓殊殺尊主吃掉妳吧？沒在正經思考這種事吧？」

如同我在十七歲春假做的那樣。

或者說如同六百年前，雅賽蘿拉姬對當時的殊殺尊主做的那樣。

「咯咯。還以為要說什麼，吾嚇了一跳喔。吾直到剛才都完全沒冒出這種想法。胡思亂想應該是汝這位大爺吧？吾是在想，要是讓汝這位大爺男扮女裝給殊殺尊主吃掉，她究竟會回復活力，還是會更加退化為四歲兒童之程度。」

「為什麼吃了我會變成四歲兒童？還有，不准讓我男扮女裝。這種事做一次就足夠了吧？」

「足夠讓汝這位大爺上癮了。」

「在那之後我再也沒做過！」

主導話題的大姊姊不在之後，我們離題到天邊。閒到不行的閒聊。

「懷疑那個暗號和殊殺尊主有關時，立刻率直拜託吾不就好了？這麼一來，或許意外地會在昨晚就結束本次事件喔。反省一下吧，明明說好關於怪異之事不准相互隱瞞，忘記和吾之約定了嗎？」

「如果我記得沒錯，這個約定應該是我和女友立下的……」

嗯。

不過，忍這樣一笑置之，話題就難以順利進展下去……當然，不能把責任全推到忍身上。

雖說比不理不睬的那時候好得多，但是我平常和忍的對話過於親近隨和，頗難以嚴肅的態度討論事情。

如果以不怕誤會的方式來說，與其讓忍依循我這個前例，決定給逐漸成為極限幼女的殊殺尊主吃掉她自己，那我寧願她背叛人類，成為連續吸血魔之一。但要我不怕誤會對忍這麼說，幾乎是不可能的事。

我也無法像是高中時代那樣清高。無法將吸血鬼襲擊人類吸血的行為單純斷定為邪惡。

再也無法和當時一樣，對瀕死的吸血鬼說出「因為妳吃人類，所以去死吧」這種話。

當我容許斧乃木存在於世間的時間點，這種話即使不是撕破嘴也說不出口，我也感到不齒。

那句話是在那個時候，只在那個時間點說得出口，十七歲青年的主張。那麼若問我現在是否說得出不同的答案，倒也沒這回事。

當時，十七歲的羽川說過，看到吸血鬼吃人感到厭惡，就像是在說牛或豬很可憐。中年的忍野說過，這就像是看見可愛的貓咪在吃老鼠，導致幻想破滅。

哎，應該吧。

不過，我在天堂見到的雅賽蘿拉姬，她的意見更高一階。將吸血鬼當成獅子先生或大熊先生做比較，並不是正確的做法。

我才大學一年級，不可能達到那種境地。

和那時候相比，我在好壞兩方面都明顯成為大人，卻沒能成為賢人或超人。

或許一輩子都不可能。

「總之，忍，別這麼想不開。殊殺尊主清醒之後，總之先建議她吃 Mister Donut 看看吧。說不定甜點會意外令她覺醒。」

「這就某方面來說是破壞生態系喔。」

「對了，拜託老倉做一頓飯給她吃吧。那傢伙獨居的時間久，其實廚藝好到驚人喔。好到連那位黑儀小姐都嫉妒的程度。」

「那個傲嬌姑娘嫉妒的應該是另一件事吧？」

真是犀利的指摘。深深插入我內心。

總之，忍被 Mister Donut 籠絡，始終是她不再是吸血鬼之後的事……但即使不抱成功的期待，應該也值得試試看吧。

無尾熊吃毒性強烈的尤加利葉，也是求生的智慧。和人類吃河豚大不相同。

「不過河豚應該也同樣嚇了一跳吧。『咦，天底下居然有傢伙會吃我？』這樣……總之，吾將來亦想吃吃看那個易怒姑娘親手製作之料理。那個姑娘實質上等同於怪物，她製作之料理或許很合怪異之口味。」

我的兒時玩伴被說得好過分。

怪異之王認定她實質上等同於怪物。

「……假設殊殺尊主不是這次的連續吸血魔，假設她今晚順利清醒，最後還是會被專家肅清嗎？她只是沒被認定無害，應該不像以前的妳被懸賞通緝吧？」

「是沒錯，但是既然那個暴力陰陽師出馬，事情就不一樣。那傢伙將正義灌輸在拳頭上。」

「……如果妳堅持的話，我可以幫忙主導，讓殊殺尊主被認定無害喔。」

只要我放棄「大學畢業之前不再有所牽扯」的這個約定，臥煙應該會接受這種程度的無理要求吧。不過當然只限於殊殺尊主在本次事件完全清白的狀況。

我知道要讓怪異被認定無害並不容易，但是聽過說明就覺得這次有認定的餘地。因為殊殺尊主自從六百年前將「國色天香姬」收為眷屬之後，幾乎沒有造成任何危害。

比起事發當時在城鎮造成實際損害的死屍累生死郎，這部分不一樣……無須雅賽蘿拉姬的指摘，死屍累生死郎的那個事件，相較於先前聊到的獅子先生、大熊先生或牛豬貓狗的話題，風險的層級不一樣。

說穿了，就像是生化危機等級的病毒。

必須在議論之前處理妥當。

相對的，雖然不確定美食家吸血鬼以前造成何種危害，但畢竟是六百年前。

即使日本的刑事訴訟法已經廢除殺人案件的追訴權時效，但是六百年前的犯罪行為，全世界找不到任何法律能夠制裁。

並不是「唯有肅清」的狀況。

雖然單純是巧合，不過殊殺尊主現在化為幼女，這個條件也和忍一樣。至少表面上應該滿足無害認定的要項。

「咯咯。要不要亦將殊殺尊主封印在汝之影子看看？在影子飼養兩個幼女，汝想要成立後宮之心願終於變得不再是夢想喔。」

不准說我有想要成立後宮的心願。阿良良木後宮這種東西，從以前到現在都不存在，今後也不會存在。

而且也不准說我飼養幼女。

講得不客氣一點，妳這狀況比較像是寄生。

「省省吧。那傢伙並非吾這種後天產物，貨真價實是天生之吸血鬼。如同汝想維持人類身分，那傢伙亦想維持吸血鬼身分。對於真正之吸血鬼而言，無害認定只會成為一種侮辱。」

受人厭惡、排擠、恐懼，才是真正的怪異。

奇怪又特異。

「不提這個，吾之主，吾無論如何都想說的是另一件事，吾就是為此忍著睡意，像這樣硬塞在兒童座椅。」

「仔細想想，妳不願意硬塞的話，出現在後座不就好了？所以妳無論如何都想說的另一件事是什麼？」

「嗯。」

忍停頓片刻。

然後像是下定決心般開口。

「向殊殺尊主問訊時，面對久違六百年重逢之老相好，吾想要顧及面子，所以雖然吾是汝這位大爺之奴隸，但只有今晚就好，能設定為汝這位大爺是吾之奴隸嗎？」

028

「神原，不好意思，可以暫時當我的奴隸嗎？還有，妳家今晚借我。」

「知道了。」

第二隻奴隸確保成功。

「老倉，今晚當我的奴隸，親手做一頓料理給我。」

「別以為你活得過今晚。」

第三隻奴隸確保失敗。

失敗的原因應該是我心急說成「我的奴隸」吧……哎，我也不敢要求她成為金髮金眼幼女的奴隸。

神原這邊也是，回想起她和臥煙的關係，總不能正式將她捲入這個事件，所以能夠借用她家就夠了。

用來當成怪異之王的「城堡」。

我昨天就得知神原的爺爺奶奶正在旅行，既然這樣，就請神原到日傘家，甚至到阿良良木家的火憐房間舉辦睡衣派對，這段時間容我在她家為所欲為吧。

雖然我說得目無法紀，但這是迫不得已的決定。說到看起來像是吸血鬼根據地的建築物，在這座城鎮裡，我只想得到神原的宅邸。

決死、必死、萬死之吸血鬼——迪斯托比亞・威爾圖奧佐・殊殺尊主，昔日曾經入住「屍體城」。那麼鐵血、熱血、冷血之吸血鬼——姬絲秀忒・雅賽蘿拉莉昂・刃下心入住的地方，必須是頗具特色與歷史的建築物。

雖然是相當日式的城堡，應該說是一棟日式宅邸，不過殊殺尊主應該是第一次來到日本，無法嚴謹區別日本的城堡與宅邸。連我這個日本人都無法區別了。

「慢著，不只是因為吾想顧及面子喔。千里迢迢前來尋找之昔日眷屬，如今成為無害之幼女，被封印在變態……更正，封印在人類之影子。殊殺尊主要是知道這種事，或許會封閉內心，連一句話都不肯說喔。以最壞之狀況可能被她宰掉喔。這樣沒關係嗎？」

「不，關係可大了……」

「那麼，就久違地和去年春假一樣成為吾之奴隸，準備城堡與美食吧。讓吾之君臨具備說服力。若能順便多準備兩三隻假眷屬就更是無從挑剔。」

封在我影子裡的奴隸，在兒童座椅挺胸如此下令。

那個……

「妳想用這種時尚的主從關係迎接老相好？」

「時尚在待客時非常重要吧？吾對時尚很講究喔。如同巴黎女郎那樣。」

「慢著，妳不是什麼巴黎女郎，是愛面子女郎。忍，恕我冒昧建言，這種小伎倆應該很快就會穿幫……」

「喔，汝早早就進入狀況了耶。『恕我冒昧建言』是吧。咯咯，汝這奴隸演得挺像樣的，該不會以前當過奴隸吧？慢著，確實當過吧！咯咯，正式上場時麻煩維持這個水準喔。」

忍高聲笑著沉入影子，真的很像主人會有的樣子……這幅光景看起來像是她逐漸和兒童座椅同化。

這傢伙真誇張，明明像是要接受我的詢問般現身，卻只把她想說的說完。不過，我將金龜車停在停車場之後，立刻聯絡還沒上學正在晨跑的神原，以及在寄宿場所睡懶覺的老倉。

神原很乾脆地一口答應（過於乾脆到恐怖的程度，所以晚點再打電話給她，好好說明各方面的細節吧），老倉則是拒絕了（只要不管她，晚點她肯定會再打電話過來，到時候就適當由衷道歉吧，料理則是另外找人做）。

總之，忍愛面子是一如往常的事。

我不免想叫她在我面前也多多顧好面子，不過想到她這次願意協助，我可不能用冷屁股給她的熱臉貼……臥煙那邊也要好好說明才行。

回想起來，神原是「那位臥煙的姪女」，但是反過來看，臥煙是「那個神原的阿姨」，要是向她說明這種做法，她躍躍欲試地說「那麼大姊姊我也要！我要我要，我要當奴隸！」該怎麼辦……我不想看到這樣的臥煙。

她們那一家人真的很奇怪。

反過來說，我爸媽明明是正常的公務員，為什麼孩子們會變成這樣？

這樣看來，「受害的盡是直江津高中女子籃球社社員」的現狀，也可以說成「受害的是神原的學妹」，以那傢伙為主軸來思考案情，或許也是一種方法。

即使美食家殊殺尊主基本上只能吃「國色天香姫」，不過神原駿河是如今幾乎被當成傳說的臥煙遠江親女兒，那麼受到神原影響，就某方面來說幾乎算是眷屬的那些社員，或許具備被凶手鎖定的資質……

既然這樣，凶手對神原本人下手不就好了？不，這也是很有可能的事。既然這樣，以神原家當成面會場所的構想還不錯，可以藉此觀察殊殺尊主的反應，但是務必要讓神原離遠一點。

思考這種事的我，比預定時間還早抵達曲直瀨大學的校內，所以先閒晃打發時間（這所大學占地很廣，我還沒看遍校內的所有設施。聽說逛完所有設施需要四年以上。這裡是大英博物館嗎？），在將近七點四十五分的時候，來到國際語言學的教室敲門。

雖說是語言學，卻和一般的語言學不同，是不問知名度，將古今東西全世界的語言一視同仁，詳細進行比較與檢討，看不見終點的無意義課程。

大學有很多莫名其妙的課，而且我喜歡莫名其妙的東西。這或許是小扇的影響。這是在數學系難得偏向文組的課程，即使除去上課時間太早的問題，也稱不上是熱門課程，不過命日子將來想找暗號領域的工作，訂下這個目標的她不可能沒選修這門課。總之對於那傢伙來說，國際語言學並不是「莫名其妙的課」就是了（相對的，命日子不太擅長一般的語言學）。

「歐啦～～阿良良木同學，你好早來耶～～好認真耶～～」

「比我早就座的傢伙說我早也不太對吧？歐啦～～」

而且我接下來準備蹺課。說來遺憾（不太對），今天的這門課沒有停課。過幾天大概要向命日子借筆記本來看。拜託她的事情愈來愈多，改天得回禮才行。

我們握拳互敲之後，我坐在命日子旁邊。「可以再請妳解讀暗號嗎？」我說著拿出自己的手機，讓她看手機顯示的數字串。

「820／280／610／160」。

其實拿筆寫在紙上也行，但我想盡量重現訊息的原貌。可惜我的手機沒有防水功能，所以無論如何都無法正確重現。

「唔～～唔～～嗯～～？」

一般來說，連續兩天劈頭就接到這種解讀的委託，應該會覺得可疑，在挑戰解讀之前詢問委託的意圖，不過以食飼命日子的個性，只要眼前有暗號就會忍不住想解。

雖然是麻煩的個性，但我覺得這樣挺好的……雖然不能一律認定是錯的，不過像是我，或是我高中時代引以為傲的人脈，行動的時候都會講求邏輯或目的。

連羽川與忍野都是如此。

正在趕來這座城鎮的暴力陰陽師影縫，其實也是講邏輯的人。行動的時候會被獨自的邏輯束縛。

所以我一直隱約認為人類都是這樣，但是和命日子成為朋友之後，我得知世間也有人不是這樣。我覺得受到她的啟蒙。

命日子好像也對我不拘小節卻頗為講求邏輯的個性感興趣，所以這方面算是彼此彼此吧。

為了維持這樣的關係，我果然再怎麼樣都不能將我的人脈（例如老倉）介紹給命日子。我和老倉升上大學依然斬不斷的這段孽緣，我當然也絕對不想放開，但與其說那傢伙想斷絕這段緣分，不如說我搞不懂那傢伙是在氣我什麼。

「手機啊～～是記錄在手機的暗號嗎？」

「嗯，對。不過，我不知道記錄在手機有沒有特別的意義就是了……」

「說得也是。畢竟手機如今已經像是大腦的一部分了。有人批判現在即使去旅行看風景，到頭來也是透過手機的小小畫面在看，不過用手機鏡頭看風景，和親眼看風景應該沒什麼兩樣吧？對電車上滑手機的乘客有意見，或許是自己沒能和手機成為好搭檔的證據？」

我用起手機也不算是得心應手，所以不方便舉雙手同意她的意見，但我可以理解她想說的意思。

「所以，這次只有數字啊～～嗯。解開了～～我解開了。」

「已經解開了？居然這麼快，妳果然有一套。老實說，我完全沒有頭緒。」

把問題一股腦扔給她，我並不是沒受到無力感的苛責，而且可以的話我想自己解開暗號，所以原本想在零碎的時間挑戰看看，但是剛才一路上幾乎都把時間用在和忍交談。

「不是記錄在紙上而是手機，果然和暗號本身沒關係的樣子。以數字當暗號很方便對吧？語言無論如何都會隨著各區域的文法或文化而不同，但是數字是萬國共通的。在宇宙的任何一顆星星，一加一都是等於二，質數也一定是質數。」

「其實也沒共通喔。例如在尼泊爾語，會把阿拉伯數字的『1』寫得很像是『9』，所以在日本人眼中，他們的計算方式乍看之下無法成立，像是不同的理論。相對的，以『正』字代表『5』是日本特有的做法，而且有人會在『7』的中央加個橫槓，藉以和『1』做區分，不過對我來說，那根橫槓反而讓我看不出那是數字的『7』。」

「這樣啊～～以我的狀況，加上橫槓的『7』顛倒過來很像漢字的『七』，所以反而會混淆耶。阿良良木在這方面比我高明耶～～」

這種對話沒有誰比較高明的問題吧？不過我一直很想進行這種對話。

我忽然想到。

昔日身為「國色天香姬」毀滅各國的忍——雅賽蘿拉姬，以人類身分遇見吸血鬼的時候，是否抱持相同的心情？

即使是吃與被吃的關係。

主人與眷屬、主人與奴隸這樣的解釋，和忍所說「老相好」這種刻意裝得輕鬆有趣的說法恰恰相反。

忍說過她活用了死屍累生死郎那時候的反省，所以我把原因解釋為這次的主從關係和上次相反，難道其實不是這樣，忍純粹把殊殺尊主當「朋友」看待嗎？

或者是神原與日傘那樣的關係。

依照八九寺所說，殊殺尊主將忍稱為好友。

好友——朋友是嗎……

某個抱持壯烈覺悟的班長，甚至斬釘截鐵說過「如果不能為對方而死，我就不會把對方當作是自己的朋友」這種話。如果忍是以這種心態和殊殺尊主見面……

我有資格阻止嗎？

這時候提到「資格」這種東西，看來我果然是我。即使會悔不當初，依然會先以理性為優先。等到最後基於感性行動的時候，一切都來不及了。

得稍微向新朋友學習才行。

要求的不是資格，是資質。

「唔～阿良良木同學，怎麼了？在想事情？」

「不，我在努力不讓自己想事情。所以，暗號的答案是？」

「和昨天的那個一樣，雖然解開了，卻是不清不楚的死胡同耶～明明好不容易解讀成功，壓力卻累積個沒完沒了喔～這次也是英文字母。」

「英文字母……那麼，又是『D／V／S』嗎？」

「不。這次是『F／C』。」

「F／C」？

029

「如果『F／C』也是縮寫，那麼問題就在於女子籃球社的社員，是否有人的姓名是這樣縮寫的。」

講求邏輯的代表人物臥煙，聽完我的報告之後這麼說。

這裡是直江津綜合醫院，不同於昨天那三間的另一間病房——官宮鶚的木乃伊分配到的病房。

「將訊息留在手機也是這種暗示嗎？你想想，她們不是都掛著同款的縮寫吊飾嗎？」

「啊啊……這麼說來，確實是這樣。」

基於這層意義，我的解讀材料明明比命日子多……

雖然不是比賽，但我有點不甘心。

「順帶一提，官宮小妹的手機也掛著吊飾喔。她叫做官宮鶚，所以是『M・K』。」

「咦，可是臥煙小姐，請等一下。既然這樣，難道您的意思是說，我們在找的吸血鬼，在女子籃球社的社員之中嗎？」

如果死亡訊息……更正，生存訊息顯示的是特定社員的姓名縮寫，而且凶手企圖嫁禍給殊殺尊主，那麼真相將會是這麼回事。

「F／C」。

「我沒這個意思。說不定受害者只是以朦朧的意識寫下腦海臨時浮現的同伴名字，說不定這也是要誤導我們的幌子。也可能是殊殺尊主的偽裝手法。」

想將吸血行為怪到人類身上的吸血鬼——總覺得心胸狹隘到令人同情，和吸血鬼的形象一點都搭不起來，不過考慮到真凶捏造罪證讓殊殺尊主背黑鍋的可能性，也必須考慮反過來的可能性。

極端來說，目前也可能是要讓我們誤以為殊殺尊主背黑鍋的偽裝手法。真的很像是正統推理作品的辦案過程。

講求邏輯的人。

「我想也是。社員之中有吸血鬼……這種真相也太令人意外了。」

「我也不記得否認過這種可能性。像曆曆你這樣若無其事上學的怪異，你不敢說沒有第二個吧？」

「您說笑了。」

這是惡質的玩笑話。

「若無其事」這種說法聽起來也很刺耳。

「不完全是說笑喔。總之，目前是在清查所有的可能性。人海戰術的地毯式作戰。畢竟昨晚的事件確實使得殊殺尊主的嫌疑稍微減少。『F／C』這個縮寫感覺不常見，即使女子籃球社社員有一百人，應該也能縮小範圍到數人吧……」

臥煙說著翻閱向日傘借來的名冊，開始檢查。先前說好不會製作複本，所以這是正本。

「曆曆，方便問一下解讀暗號的步驟當參考嗎？說不定解讀的步驟暗藏更進一步的線索。」

「知道了。不過我認為沒什麼關聯性喔。」

「即使沒有關聯性，我也想聽。大姊姊我不是理組，卻也不討厭數字猜謎。畢竟動動腦也可以發洩一下心情。」

「解悶？」

先不提動腦不動腦……雖然看不出來，但臥煙現在心情處於低潮嗎？辦案時間拖延得比預定的還久，影縫一分一秒朝這座城鎮接近，加上不能忘記我先前的背叛行為，臥煙的煩惱自然是無窮無盡吧。

總之，如果說明解讀的步驟能稍微讓她發洩心情，就容我接下這個任務吧。這是我背信的補償。

「雖然這麼說，但這次的暗號不是數學猜謎，也和質數無關。即使分類在理組，卻不是數學，而是理科的領域。」

「理科。說到理科的領域，在國中分為一類與二類對吧？」

「若要這麼說的話，就是屬於一類。是自然科學——攝氏與華氏。」

也就是溫度表記。

和數字一樣，在全世界的各處，或者是全宇宙的各處，高溫就是高溫，低溫就是低溫，絕對零度就是絕對零度。即使如此，溫度也不會以同樣的形式標示。單位會不一樣。

攝氏與華氏就是兩種不同的單位。

「啊啊……所以是『F』與『C』？」

懂邏輯的人果然理解得快，臥煙說完闔上名冊。看來已經檢查完畢。閱讀速度也很快。

「不過，『820／280／610／160』要怎麼變成攝氏與華氏？正確來說，攝氏是『C』，華氏是『F』，所以應該問『要怎麼變成華氏與攝氏？』才對。」

「無論是攝氏或華氏，都會在斜上方標示『度』，會加一個『。』。是的，和標示次方的位置一樣。」

「這種舉例，你們理組自己去說就好。講『斜上方』我就懂了。曆曆，麻煩不要天外飛來一筆。所以呢？」

「把這個『。』解釋為『0』。換句話說，暗號串每一組數字的個位數，『820』的『0』、『280』的『0』、『610』的『0』、『160』的『0』，都不要當成數字，當成符號來判斷。這麼一來，『820／280／610／160』就變成『82°／28°／61°／16°』。」

「喔喔，最高氣溫與最低氣溫嗎？」

就是這麼回事。

官宮鶚留下的暗號，是以攝氏與華氏兩種方式標記昨天的氣溫。如同堪稱暗號解讀始祖的羅塞塔石碑那樣。

不過這麼一來，最重要的英文字母——「F」與「C」被省略了。

「所以『F／C』是這串暗號的解答文。啊，英文字母的縮寫應該不能算是『文』吧。不過……原來如此。真虧她想得到這個。」

「是的。每天確認最高氣溫與最低氣溫，以體育社團來說或許理所當然，但在意識朦朧的時候應該不會想到這個對吧？」

「不，我是在稱讚曆曆的學友。」

臥煙要是對她太感興趣，想將她納入旗下，我會很為難的。

雖然這樣完全變成出自私心，但是必須在臥煙委託進行第三次解讀之前解決這個事件才行……

一下子拜託八九寺，一下子請忍幫忙，一下子借用神原家，總覺得我的初衷毀得差不多了，乾脆放棄堅持，今後的暗號解讀任務就拜託小扇算了……可是那孩子只會解謎，不像命日子願意很乾脆地告訴我解答。

那孩子也是講求邏輯的人。講求奇怪的邏輯。

無論如何，回到正題吧。

為了保護命日子，也為了解決事件，回到正題吧。

「不提這個，女子籃球社的社員裡，名字縮寫是『F・C』的女高中生有幾個人？還得調查這些人有沒有掛吊飾……」

第一具木乃伊貼交歸依沒有掛吊飾，由此看來，並不是所有人都有掛。或許社團內部也允許對於同儕壓力進行這種程度的小小反抗。

「零人。」

「咦？您說什麼？」

「抱歉我講得怪怪的。零人。也就是說，名字縮寫是『F・C』的女高中生並不存在。」

030

「反過來的縮寫也查過了嗎？您想想，把日本人的姓名寫成縮寫的時候，不是有『姓／名』與『名／姓』兩種模式嗎？」

「當然。就算這樣還是沒有。」

難道是命日子解讀錯誤？

不，沒那回事。

「擴大搜尋範圍比較好嗎？要不要把退休的三年級也列進來？」

「唔～～……」

如果透過神原拜託日傘，想拿到校友名冊也不是不可能吧，但要這麼做嗎？如果擴大調查到這種程度，感覺會沒完沒了。

硬是牽強附會找出縮寫是「F・C」的人物也沒什麼建設性……雖說這個縮寫看起來稀奇，卻也不是完全找不到。

「剛才以吊飾為線索推測是女子籃球社的社員，不過是否可能像是『D／V／S』那時候一樣，是印象中某個知名吸血鬼的姓名縮寫？」

「在這種狀況想到的吸血鬼是海外的怪異，一般來說都有中間名……只有兩個英文字母的話不太自然。」

「這樣啊……」

明明勞煩命日子幫忙（不過她很高興），還因而蹺了課（就算不是為了這個事件，我或許也會蹺課吧），卻沒能成為良好的線索……哎，反正忍野也說過，實地調查就是不斷做白工。

切換心態不屈不撓也很重要。

「話說臥煙小姐，您看起來心情不是很好，難道我不在的時候又收到不如意的消息嗎？」

「嗯？我看起來這樣嗎？我自以為假裝得若無其事，不過既然你這樣擔心，無所不知的大姊姊我也沒什麼形象了。我明明希望自己在你心目中永遠是可靠的大姊姊……」

「別這麼說，以臥煙小姐的本事，一定能成為可靠的熟女……」

「我並不是想成為可靠的熟女喔。沒事，我才要說，你的擔心完全猜中了。早知道就不看女高中生手機的內容了。不只如此，目前也沒什麼豐碩的成果，所以我現在滿氣餒的。」

臥煙說著看向床上的木乃伊。她所提到那支手機的擁有者官宮鶚。

穿著病患服躺在病床的模樣，即使不到看慣的程度，也終究不會大驚小怪。

也可以說，人類一旦變成皮包骨就難以區別。而且躺下來之後，身高差距也變得不明顯，加上運動社團的女生都把頭髮剪短，所以也無法從這部分區別。

神原在現役時代也剪短頭髮，難道這些人不是因為加入運動社團，而是模仿神原留類似的髮型嗎……？

大家都類似……嗯？

「就算是這樣，大姊姊我也不會驚訝了。真是的，被迫看見那麼錯綜複雜的人際關係之後，我再也不怕什麼吸血鬼了。」

「居然說被迫看見……臥煙小姐不是擅自偷看的嗎？」

「我無從反駁。有人說過不可以檢視搭檔對象的手機，這是真理。如同你窺視深淵的時候，深淵也在窺視你。」

那支手機裡是什麼樣的內容？

老實說，聽她說到這種程度，我反而好奇了……但還是別碰比較好吧。不只是尊重隱私，更是為了我自己的健康……連臥煙都這樣了，我說不定會住院。

而且看完手機的成果不甚理想，那就更不用說了。

「總之，也是因為女子籃球社比較特殊吧。身為大人，我終究不希望這是通例。這種社團活動真神奇，簡直像是自己霸凌自己。」

「可是，學長學弟制的運動社團，或多或少都有這一面吧？如果是名校更不在話下。」

以直江津高中的狀況來說，應該是「前」名校。

只不過，這也可能反而導致學長學弟制更加嚴重……

「唔～～我從女高中生時代就是領袖性質的指揮官類型，不過確實和學長學弟制的那些人不太相容。」

「臥煙小姐也有女高中生的時代啊。」

「大姊姊我可不是一出生就成為大姊姊喔。更沒有成為熟女。」

「我不是這個意思……這麼說的話，我最難想像女高中生時期的人是影縫小姐。」

感覺影縫不是文組也不是理組，不屬於文化社團也不屬於運動社團……她當年究竟是什麼樣的女高中生？

「說來意外，那傢伙當年是正經的學生喔。但我知道的不是女高中生時代，是女大學生時代。在那個時代的三傑之中，她是唯一順利畢業沒輟學的人。」

原來如此。

真的不能只從單方面來看一個人。

「慘了啦～～毫無覺悟闖入女高中生的領域，陷入軟爛的無底沼澤爬不出來的這段時間，影縫要來了啦～～」

居然用「要來了啦～～」這種可愛的語氣哀嘆，臥煙的這種態度更令我想要嘆息。

真希望她繼續當個可靠的熟女。

「我會這麼想是在所難免，不過臥煙小姐，您太提防這位學妹了吧？雖說那個人無法控制，卻也不是完全不聽妳的話吧？」

實際上，影縫這次基本上也是因為臥煙叫她幫忙，她才會從北極千里迢迢回來這一趟，而且如果她真的無法控制，應該會撕毀無害認定等任何限制，直接除掉我與忍。

即使暴力得不得了，也只是手段上的問題，只要好好談肯定能讓她理解。她是講道理的人。

「好啦，這是重點。只要說明原由，不必除掉殊殺尊主的理論或許會成立。化為幼女到那種程度的殊殺尊主，或許也可以獲得無害認定。」

即使在女高中生們的無底沼澤爬不出來，但臥煙終究是總管，看來她早就考慮到我思考的問題，對我這麼說。

「嗯。實際上，我得知殊殺尊主突破八九寺小妹的迷牛結界時，這個想法就已經掠過我的腦海。殊殺尊主或許不是以蠻力突破結界，單純只是虛弱到結界不會起反應的程度。」

「…………」

可能嗎？

考慮到傳說中的怪異是由她打造並取名，這個現狀過於令人心痛不捨。

「即使是這樣的現狀，至少應該還是有能力吸食女高中生的血，所以殊殺尊主光是位於這座城鎮，就肯定是本次事件的頭號嫌犯。但她化為木乃伊的原因，或許不是遭到某人襲擊，可以解釋成她終於弱化到極限而主動進入乾眠。」

「照這個說法，她躲進山上是自己這麼做的？」

「嗯，畢竟躲在土裡應該比較安全。當一個乾眠、冬眠、假眠之吸血鬼。這麼一來，她或許是在回去找入境管理官八九寺小妹的途中不支倒地。總之這也是諸多假設之一。實際上，即使她餓到襲擊女高中生的可能性最高，目前依然適用於無罪推定原則。不過，要是牽扯到影縫就行不通了。」

「……為什麼？」

臥煙莫名地頑固。

連我都願意信任，就某方面來說粗枝大葉的這位大姊姊，卻只有在這次對於影縫的事情異常頑固。

「告訴你一個小祕密，之所以會這麼說，是因為問題所在的殊殺尊主以及大問題所在的影縫，彼此有段過節。」

「問題……以及大問題……」

「即使殊殺尊主不是這次的凶手，即使殊殺尊主這六百年來沒有實際危害到人類，得以獲得無害認定，這段過節依然會讓我們無法阻止影縫。脫離常軌，只以標榜正義做為唯一限制器的那個陰陽師，只有這次可能會基於私怨行動。」

私……私怨？

那個正義感的化身有私怨？

「如果對策用錯，我將落得再度將學妹逐出門派。我就是不想這樣。」

031

由於是影縫的私怨，我覺得局外人不方便涉入，所以言歸正傳。雖然這個外傳怪談在性質上逼近正傳，總之還是言歸正傳。

畢竟臥煙已經明示了擅闖隱私的風險，透露這個祕密的她也沒要刻意詳細說明這段過節，甚至可能是因為陷入女高中生的黑暗才說溜嘴。

說到陷入黑暗，臥煙之所以從「F・C」這個縮寫立刻聯想到女子籃球社社員，不只因為發生過字母吊飾那件事，好像也因為她窺視了官宮鶚手機顯示的社團黑暗面而耿耿於懷（臥煙好像還檢討過官宮在意識模糊的時候，將「吸血罪」嫁禍給死對頭社員的可能性），但是名冊裡沒人的姓名是這樣縮寫。而且既然不含中間名，那麼也不會是吸血鬼的署名。

在將調查範圍擴大到校友之前，我想到另一個可能性。

「這會不會不是縮寫，是英文單字的簡稱？」

「簡稱？……換句話說，是人名以外的英文單字？」

平常的臥煙應該瞬間就想得到，但她畢竟正陷入女高中生的爛泥……陷入可能對大人造成更大打擊的爛泥。

我深刻覺得別人的隱私只會是一種劇毒。

「應該不會是 Franchise（ＦＣ）……比方說，像是 Football Club（ＦＣ）之類的？」

這是妥當的推測。

相對於 Basketball 社的 Football Club——足球社。

將吸血鬼製作眷屬的程序解讀為 Franchise（加盟連鎖），雖然勉強卻也不是不行，但是不必牽強附會到這種程度。

只是在猜測的時候千萬別忘了，除了直江津高中足球社，那所高中存在著一個更應該列入考慮的組織。

「Fan Club（ＦＣ）。」

「嗯？」

「曾經有這種組織喔。很久以前……也沒那麼久啦，有一個超級明星神原駿河的非官方粉絲團。」

和女子籃球社是不同的組織，但是基於和女子籃球社不同的意義，是受到神原強烈影響的組織。

剛才，我想到木乃伊的髮型幾乎一樣時，我想起這件事。我想想，記得那個粉絲團叫做「神原姊妹會」？

「那是什麼？類似流川楓親衛隊的感覺嗎？」

「一點都沒錯。只是當時那個組織不知道在想什麼跑來找我的碴，我就把她們逼到解散了……」

「曆曆，你說得像是短短的開場白卻語出驚人喔。居然逼到解散？你正如傳聞是不良學生吧？」

「不過該組織的餘黨，也可能涉入這次的事件。」

「女子籃球社社員之中有吸血鬼」的假設沒有可信度，同樣的，「神原駿河粉絲團混入吸血鬼」的可能性也低到荒唐。

但是現狀已經火燒眉毛，不得不以荒唐為理由，檢討這個荒唐的可能性。

「無所不知的大姊姊我，真不想知道這個現實。啊啊，不過，我敬愛的姊姊在女高中生時代也擁有這樣的應援團喔。」

「感覺應該沒什麼關聯性，不過既然想到就沒辦法了。我的妹妹雖然不是粉絲團的會員，卻和那個組織離得很近，所以我找她打聽一下吧。」

「妹妹？」

臥煙表情一沉。

「我的妹妹（大隻的）。」

我見狀重說一次。

臥煙聽完像是鬆了口氣，露出微笑。

「啊啊，是說火憐小妹啊。收到收到，拜託你了。容我苦口婆心——苦口熟女心提醒一下，唯獨月火小妹，千萬不要把她捲進這個事件。你原本就拜託過我說不想為家人添麻煩，但即使除去余弦的問題，那孩子一旦介入，順利的事情也可能變得不順。」

我的妹妹（小隻的）被講得好慘。

「還有，抱歉這件事是先斬後奏，不過在那之後，忍雖然答應協助向殊殺尊主問訊，卻開出一個條件。」

我向臥煙說明了假主從關係的概略。聽到這段說明的人，或許會無視於時間場合忍不住笑出來吧。

「嗯，無妨吧？」

不過指揮官批准了。

說來理所當然，臥煙並沒有提出「我要我要，我要當奴隸！」這個要求。

「不過與其說是問訊，這幾乎像是誘餌搜查了。如果誤認小忍在這個國家過得順遂，殊殺尊主或許也會放下戒心從實招來。」

誤認。哎，是誤認沒錯吧。

實際上別說過得順遂，還差點被除掉，被殺到差點沒命，最後沒死成，化為幼女，還被封進一旁青少年的影子。

無論如何，既然獲准執行作戰，那就沒什麼好說了。雖然不知道我這種人是否能勝任奴隸一職，不過盡力而為吧。

「這麼一來，即使沒有粉絲團那件事，最好應該還是和神原見面好好溝通一下，請問到時候有什麼要注意的事嗎？不過狀況又和昨天不同就是了。」

「要注意的事……就是希望她好好避開這場風暴吧。她或許難免感到責任，但是不要胡亂介入後輩們的情感糾葛。」

臥煙不是以專家身分，而是以人生前輩的身分如此建議，不過臥煙被各種怪胎尊稱為前輩，神原也應該要聽從她的建言吧。

即使不能提到臥煙的名字。

即使我不覺得神原會聽話。

「我就這麼留在醫院耐心分析手機資料，同時等待搜索隊的報告，為晚上做準備。」

「我去找小憐與神原打聽情報，之後有空的話會去找老倉玩。」

「先不提你那個兒時玩伴，關於你妹妹與駿河，你必須等她們兩人從高中放學吧？曆曆，你差不多也最好回家小睡一下喔。即使吸血鬼體質熬夜不會累，也還是有極限吧？」

說得也是。

仔細想想，吸血鬼只是夜行性，白天是睡覺的時間……如同現在的忍。

其實我已經規劃腹案，要到老倉寄宿的地方玩到她們兩人放學，不過看來不得不放棄了。

不只是規劃，睡覺也是工作之一。

反正到了這個時間，那個早上頭腦不靈光的數學迷也應該在大學上課……

「啊，對了。不然折衷一下，我去老倉寄宿的地方睡覺好了。反正她有給我備用鑰匙。」

「兒時玩伴的關係，局外人也不方便涉入耶。」

032

我還是決定正常回家睡覺。不只是為了補眠，我差不多也想洗澡了。老倉寄宿的地方終究沒放我的換洗衣物。這部分改天處理一下。

此外，我覺得應該為昨晚的事情向斧乃木道謝。當時匆忙出門，所以包括她幫八九寺傳話，以及她後來帶臥煙到神社，我都沒有好好表達謝意。

就斧乃木看來，我應該是拿到神籤之後突然出門，然後擅自下地獄的怪傢伙吧……要是斧乃木把我當成怪人，我會受不了。

阿良良木家是雙薪家庭，長女是高中生、二女是國中生，所以家裡白天基本上沒人。我可以和偽裝成布偶潛入的斧乃木聊個痛快。

要說是謝禮也不太對，不過影縫現在就像是發威的颶風一分一秒接近這座城鎮，這件事應該可以告訴斧乃木吧。對於我與臥煙來說，影縫的接近事到如今有害無益，不過對於將影縫視為「姊姊」仰慕（？）的式神女童來說，或許是一個好消息。

斧乃木不知道在忙什麼，沒有參加這次的工作，但她和得知事件真相之前的忍不一樣，並沒有被蒙在鼓裡。如果聊得愉快，先前不知不覺忘記詢問，應該說想問又不敢問的那件事——殊殺尊主和影縫的過節，斧乃木或許會委婉說明。

大概是別有居心招來壞運，我回家一看，不只是爸媽與姊妹，身穿荷葉邊洋裝面無表情的布偶也不在。

看來那個女童比公務員或國高中生還忙。和大學生相比就更不用說了。

總之，如果她肯說，我就想聽，但我可不想主動打聽這段過節……真要說的話，我該做的是扼殺伏筆，以免這段過節曝光。

阿良良木曆要當個伏筆殺手。

就這樣，我感覺掃興與安心的心情各半，洗完澡之後爬上床。

我好像不知不覺累積不少疲勞（應該也包括精神上的疲勞），就這麼熟睡到下午，聽到火憐回家的聲音醒來。那傢伙明明立志鑽研武道，舉止卻總是發出聲音有夠吵，所以我一聽就認得出來。

「喲，小憐。話說回來，我想問一些關於神原粉絲團的事情。」

「單刀直入過頭了吧？我連鞋子都還沒脫耶？好歹說聲『妳回來了』好嗎？誰會用『話說回來』進入正題啊？連開場白都沒有？發生什麼事？」

阿良良木火憐。十六歲。

身高超高的大隻妹。

私立栂之木高中一年級。沒參加社團，至今也在打擊型的格鬥技道場習武。大概是這種感覺。

還有，她髮型改回馬尾了。

「神原老師的粉絲團？啊～～啊～～哥哥毀掉的那個吧？」

「當時要是沒毀掉，我會被毀掉。光是回想都令我全身發毛。」

至今都尊稱為「神原老師」，這傢伙也相當放不下，不過火憐對神原的這份憧憬有點特殊。

我也不能熱心詳細說明，所以我沒說明理由，就這麼詢問「有聽說她們最近重新開始活動的消息嗎？」推動話題。

「唔～～不，我認為不會喔。畢竟那種組織一旦拆散就很難再度集結。」

「是這樣嗎？」

「而且關鍵人物神原老師引退了。粉絲總是易熱又易冷。」

嗯……聽她這麼說就覺得或許如此。

火憐說得對，在神原依然是現役選手的時候，粉絲團也可能改朝換代吧，不過崇拜對象如果是引退選手，就不容易招收新會員。畢竟神原自己也不喜歡以這種型式吸引眾人注意。

當我察覺解讀出來的暗號「F／C」可以當成粉絲團的縮寫時，老實說也覺得自己難得靈機一動而感到亢奮……不過我想得太美了。

神原自己也是成員的女子籃球社，相較於始終是非公認外部組織的粉絲團，性質上果然不同。若是不含當事人就能貫徹鋼鐵紀律，充滿禁慾主義的粉絲團，在日本應該是一等一的水準吧。

如果這個暗號是「C／F」，至少可以解讀成「Center Forward」，也就是籃球場上的中鋒位置……

總之，無論真凶在女子籃球社或粉絲團，依然不改吸血鬼或許若無其事就讀直江津高中的這個現實。居然有這種事？

只不過，即使不提臥煙暗示過的我，像是戰場原黑儀、羽川翼、神原駿河與忍野扇，少數學生和怪異有所交集。

哎，比起男高中生是吸血鬼，女高中生是吸血鬼比較賞心悅目吧……對了。

「小憐，妳現在是女高中生對吧？」

「怎麼突然講這個？不過，沒錯喔。已經是可以結婚的立場了。」

「可以結婚不是因為女高中生的身分，只是因為妳年滿十六歲吧？以立場來說反而變得比較難結婚喔。尤其是和我。」

「哥哥你一直都是全世界最難和我結婚的立場吧？因為我是妹妹。」

「成為女高中生之後怎麼樣？和新朋友過得順利嗎？」

說來遺憾，我假扮成寵壞妹妹的哥哥，為了聽取最真實的意見而進行調查。能讓開朗的臥煙都消沉的那種複雜人際關係，不知道火憐是否也正在體驗。

「我不知道『過得順利』是指哪種校園生活，總之新天地很快樂喔。我甚至連週末都想上學。」

這也很厲害。

不過說得也是，並不是所有女高中生都為錯綜複雜的人際關係所苦。這部分有個人差異，也會因環境或狀況而異。

火憐的個性講好聽是直腸子的開朗，講難聽是直腸子的笨蛋。要是周圍的人們氣氛險惡，再怎麼開朗的笨蛋都會消沉吧。只不過，火憐畢竟信奉神原——

「——對了。小憐，可以再問一個問題嗎？」

「怎麼回事，今天老是問我問題，完全不揉我的胸部耶。」

「不准說成我總是二話不說就伸手摸妳胸部。我今年都沒摸吧？」

「直到去年都在摸就是一大問題吧？居然把別人的胸部當成黏土揉捏……所以，另一個問題是什麼？」

「妳和小月搭檔組成的火炎姊妹，不是在妳畢業的同時解散了嗎？那個組織後來怎麼樣了？」

「沒能怎麼樣。我之前說過吧？現在月火一個人以月光戰士之類的名號在努力喔。」

感覺好像聽過，無奈妹妹的情報相當模糊。

雖然沒資格說別人，不過我對那個妹妹認識的程度也差不多。

我想問的是，和女子籃球社一樣，身為主軸暨核心的火憐離開之後，栂之木二中的社群後來經歷何種變遷。是否為了由誰接棒成為月火的搭檔而產生抗爭，或是爆發派系糾紛？

「負責參謀的月火在這方面好像處理得很好。月火在好壞兩方面認為自己很特別，所以不認為包括我在內的其他人做得到她那種程度。」

嗯。我一直擔心小妹自視甚高與自我感覺良好的問題，不過這是一種氣度。

神原犯了努力向上的超級明星經常犯的毛病，對自己的評價很低，相信「我做得到的事情，任何人只要努力都做得到」。站在人性的觀點，她這種想法比較值得讚賞，不過全國大賽水準的明星認真宣揚「只要拚命努力終將實現夢想」這種觀念，就會有後進囫圇吞棗信以為真。

即使知道不是神原的錯，不過女子籃球社的現狀，應該是信仰這種努力觀念而形成的習慣吧。

真要說的話，神原因為左手而退出社團活動時，不應該完全交給日傘善後，而是要好好培育繼承人。不過事到如今講這個也沒用。

「月火基本上主張『無謂的努力是白費力氣』。她說過『該做的不是努力，而是做該做的事』、『無謂的努力反而會害得夢想遠離』這種話。」

「給人的印象果然不算好吧……」

「她總是主張『能夠成為幸運男孩或灰姑娘的路要由自己去找』。」

「看來只有小月絕對不能出勵志書籍害人。這麼說來，比起高中生的妳，我更擔心國中生的小月這麼晚回家。摸摸。妳說那傢伙是月光戰士，她獨立之後究竟在做什麼？」

「這我也不清楚。與其說獨立，不如說她從以前就是懷抱獨立精神的依賴型性格。哥哥，剛才你是不是連趁亂都沒趁，做出今年第一次的揉捏動作？聽說她在做魔法少女助手之類的工作，但是真假不明。」

「嗯……」

畢竟影縫將再度來訪，我希望那傢伙安分一點，但這個妹妹不聽哥哥的話。

如果能和斧乃木談談，就可以拜託她顧慮這方面了……這個妹妹與說令人擔心，不如說令人心累。

當哥哥是一輩子的工作。

「那麼小憐，我現在要出門一下，今天應該就不會回來了，這段時間幫我好好看著小月啊。」

「是今天『也』不會回來吧？大學生夜遊真夠誇張的。哥哥也正在迎接新生活，現在是重要的時期，所以千萬別和之前成為高中生那時候一樣學壞啊。」

「受教了。我會銘記在胸。」

「別銘記在我的胸部啊。」

033

我要讓八九寺坐上兒童座椅。這個連神都不怕的策略，最後以失敗收場。

將還在等待清醒（日落）的太古吸血鬼從北白蛇神社運到神原家時，我建議負責人八九寺坐在金龜車的副駕駛座，殊殺尊主則是安置在後座。不過考慮到運送對象的體型，將六歲幼女體型的殊殺尊主固定在安全座椅在法規上比較安全，我在這個理論面前敗北了。

總之，八九寺的外在年齡固定為小學五年級的十歲兒童，要她坐在兒童座椅原本就終究太勉強了。八九寺在十歲兒童之中算是發育很好的。我去年親手量遍她全身上下的尺寸，所以這是確定的情報。如果反而坐壞兒童座椅就得不償失。

我想永遠使用這張兒童座椅。

只不過，一旦離開神域，走下靈山，我擔心殊殺尊主即使在白天也會突然暴動，所以我打電話和臥煙討論，決定對她多加一層封印，並且固定在兒童座椅。

八九寺依照臥煙指示進行的封印，簡單來說就是眼罩、手銬與腳銬，不過身穿白衣的幼女被矇住雙眼戴上手銬腳銬，還被綁在兒童座椅的構圖，老實說，我絲毫感覺不到這法規上有什麼安全可言。

要是現在遭遇臨檢，可不是吊銷駕照那麼簡單。

我的人生會吊銷。社會層面的吊銷。

「哎呀～～熱愛腳踏車的阿良良木哥哥改成開車到處跑，讀者為此分成贊成與反對兩派，不過必須承認機動力確實有差。真的是想去哪裡就去哪裡耶。」

八九寺在後座說得悠哉。順帶一提，現在是出門模式，所以她從白衣換成市民的外出服，背著背包。

她面對後方坐著，從後擋風玻璃看著後方，靜不下來的雙腳不斷擺動。當自己在遠足嗎？

「八九寺，妳白天的散步有成果嗎？既然妳找不到，就代表第五具木乃伊還沒製作出來……是嗎？」

「這可不一定。說起來，剛成為神明的我，要是能確實看見這座城鎮的每個角落，就不會發生這種事件。但是我不後悔在毫無警戒的狀況下讓殊殺尊主小姐入境。」

「哎，也是啦。」

以八九寺的角度來看，她也算是救命恩人。殊殺尊主來到日本的時候，即使八九寺連同那座山被她踩扁也不奇怪。

因為雖說是神明，我們的八九神也不強。即使在弱化的殊殺尊主眼中，她也可能是比運動社團女高中生更好解決的怪異。

「居然叫我八九神，請不要為我取奇怪的綽號。這樣對神明不夠尊敬喔。」

八九寺旋轉半圈，以正常姿勢坐好。

「忍姊姊在死屍累生死郎先生的事件失誤兩次，這我早就知道了喔。我也希望這次的安排可以成為一個好機會，撫平忍姊姊那道無法彌補的心理創傷。只不過，忍姊姊現在實質上成為人類的奴隸，讓這樣的她和殊殺尊主小姐見面，說我不擔心是騙人的。所以我暫且贊成演一齣假的主從關係給殊殺尊主小姐看。」

八九寺說。

「但我認為事後應該要好好說實話。為了面子而失去友情會很寂寞。我生前在班上也和一個男生很要好，卻因為奇怪的愛面子心態……」

「八九寺，這件事我改天再聽妳說。剛才我打電話請臥煙小姐傳授封印方法的時候試探過，那邊好像也還沒發現第五具木乃伊。」

「阿良良木哥哥，您對我的回憶場面太不感興趣了吧？」

「臥煙小姐也繼續分析手機內容，但她說受害者失蹤之後，電話、電子郵件與應用程式都沒有使用過的痕跡，所以很難確定吸血時間。換句話說，殊殺尊主的不在場證明還沒成立。」

我看向副駕駛座的幼女。

固定在兒童座椅，身穿白衣，戴著眼罩、手銬與腳銬的金髮幼女。

「這樣啊。總之，這也攸關我的信用，我會竭盡所能協助喔。我也裝出奴隸的樣子就好嗎？唔嘿嘿嘿。」

「妳這樣不是吸血鬼的奴隸，比較像是金錢的奴隸喔。唔～～我也想過這件事就是了。」

「您想過？想將八九寺真宵化為奴隸？」

「不過，吸血鬼的奴隸果然要有吸血鬼特性，否則可能會穿幫。如果是斧乃木小妹應該可以勉強勝任，但那傢伙和忍交惡，而且也不在這裡，那麼這時候只能由我自己來了。八九寺，我反倒希望妳以當地神明的身分，擔任我與忍主從關係的保證人。」

應該不是保證人，而是保證神。

就像是適時出現的仲裁者。

我思考著這種事，差不多快抵達神原家的這個時間點，我像是插著般、放置在駕駛座與副駕駛座中間飲料架的手機響了，這次是臥煙主動打給我。難道是第五具木乃伊——木石的木乃伊被發現了？

我頓時緊張起來，但是畢竟正在開車，不能接電話。

這裡就交給祕書吧。

「誰是祕書啊？喂，您好，我是八九神。」

妳明明很喜歡這個綽號吧？

「阿良良木正在開車。是。是……好的，原來如此。知道了，我會轉達。」

八九寺簡短結束通話，將手機放回原位。

「怎麼了，有進展嗎？」

我提心吊膽詢問。

「不是進展，是後退。」

八九寺這麼回答。

「先不提『F・C』這個縮寫，針對名冊所記載女子籃球社其餘社員進行的地毯式清查結束了。不過，所有人好像都確認平安無事。」

確認所有人平安無事？

「這不是很好嗎？這是好不容易收到的好消息喔，值得祝賀的這個吉報有什麼好後退的？」

「既然無事，那就意味著無罪喔。因為調查完畢之後可以確認，籃球社的社員之中沒有吸血鬼。」

回到起點。

034

女子籃球社社員擺脫嫌疑，粉絲團也擺脫嫌疑，從「F／C」聯想得到的其他吸血鬼也沒有動靜。

這麼一來，迪斯托比亞・威爾圖奧佐・殊殺尊主與其說是頭號嫌犯，不如說她成為唯一的嫌犯。相信她清白的根據，只有忍所說「超越偏食達到拒食境界的殊殺尊主，不會對尚未成熟之女高中生吸血」的這段證詞。

今晚的偵訊愈來愈重要了。要說我這場奴隸遊戲扛起所有成敗也不為過。

成為幼女的奴隸欺騙幼女，這樣的機會居然造訪我的人生，人生還真是難以捉摸。

基於各種原因，我以為高中時代是我人生的顛峰時期，不過只要活下去就還會遭遇許多有趣的事。

所以，我去和贊助者神原打招呼。

我將金龜車停在神原家的停車場，將被封印的少女以及升格為神的少女留在車上。冷氣當然繼續開得很強。將孩童留在車上，等到回來發現兩具木乃伊熱騰騰出爐……我可不想體驗這種事件。

「嗨，阿良良木學長。明明昨天才見面，卻覺得好像是很久以前的事了。」

「沒那麼久喔。」

「那麼，來，這是我家鑰匙。請隨意使用。」

我重新覺得一般人不可能模仿她這種平易近人的個性。如果勉強自己裝出天真爛漫的樣子，將會承受不了壓力而崩潰。

不過，俗話說一個人有幾把鑰匙就會遭遇幾次不幸，那我這輩子究竟將會擁有多少鑰匙？

「今晚我決定在日傘家開睡衣派對。如果昨天的事情有什麼進展，我來幫學長轉達吧。」

沒有進展，只有後退。

這句話我難以啟齒。

只不過，畢竟幫都幫了，我就好人做到底吧。關於女子籃球社的現狀，事到如今我也不想置身事外。

無論本次的事件以何種形式落幕，之後我還是協助神原與日傘，思考如何改革或打破現狀吧。前提是不違背臥煙的想法。神原剛才說要開睡衣派對，不過實際上應該是召集女子籃球社的校友，說明後輩們的現狀……

雖然不是引用火憐的說法，但我身為那所高中昔日的墮落學生，不能對即將墮落的學生們見死不救。不過擅自墮落的我，不該和受到社團束縛即將墮落的現任社員們相提並論就是了。

「對了，神原。妳在直江津高中和崇拜的學姊黑儀重逢的時候，是怎麼顧好面子的？」

「顧好面子？那是什麼？」

我想也是。

即使對方是敬愛的學姊，她也不是會偽裝自己的類型，是以真實自我突擊的類型。

真要說的話，當時顧面子的反倒是黑儀吧。

或許她顧的不是面子，是骨氣。

但也因為這樣，所以到頭來，戰場原黑儀與神原駿河花了一年多的時間，才重新搭檔成為聖殿組合。

「怎麼回事？聽學長這麼說，感覺像是小忍要和老朋友重逢，所以找我集思廣益？」

「我可沒這麼說。」

根本沒提到小忍的名字。

不愧是臥煙的姪女，不能掉以輕心。要是貿然說溜嘴，這個成材的後輩可能會主動涉入。

可能會主動參加奴隸遊戲。

死屍累生死郎那時候，我因為私人原因把她捲進來而感到過意不去，所以這次想避開這種事態。

不惜編藉口也要轉移話題，盡快把她趕出去才行。這裡明明是她家，卻必須把她趕出去才行。

「對了，神原。」

「阿良良木學長經常會突然想起某些事耶。怎麼了？」

「我還想拜託妳一件事……」

035

雖說外景地點選在神原家，但我這個學妹的房間散亂到毀天滅地，要在日落之前整理乾淨，事實上是不可能的任務，就算這麼說，即使已經准我隨便使用，總不可能侵犯神原爺爺與奶奶的領地，所以我使用日式宅邸的庭園做為迪斯托比亞・威爾圖奧佐・殊殺尊主復活的場所。

如同京都龍安寺的枯山水石庭。

總之，雖然是苦肉計，不過與其進入室內，在戶外觀看這座宅邸，應該比較能傳達城堡的氣氛吧。

昨天感覺是還沒做完該做的事就迎接夜晚來臨，今天則是做完該做的事，說穿了是在沒哏的狀態迎接夜晚來臨。好啦，就看接下來事件會如何進展。

「久等了。那麼，開始吧。」

在太陽西沉約一半的時間點，臥煙單手提著大酒瓶出現了。迎接她的是我、早早醒來爬出影子的忍、見證人八九神，以及橫躺的殊殺尊主。束縛手腳的幼女倒在地面終究令我心痛，所以我鋪了涼席。（涼席是在神原房間找到的。她為什麼有這種東西？）

演員到齊了。

好戲即將上演。

「我繞了這座宅邸一圈，在周圍架設結界，所以萬一演變成戰鬥場面也沒問題喔。」

「我只想避免這種萬一……所以臥煙小姐，那個酒瓶是？」

「別看我這樣，我姑且是專家。雖然對吸血鬼獻上葡萄酒比較好，但我想說這次採用日式做法，對鬼獻上御神酒。」

總之，地點是神社神明負責見證的日式宅邸，總不能依靠十字架或聖水……雖然臥煙一副來參加深夜酒宴的樣子，不過搭配日式宅邸也別有風情。

「您乾脆正裝前來不是很好嗎？」

「曆曆想看大姊姊我穿巫女服嗎？很抱歉，我不像咩咩那傢伙那麼重視形式或儀式。我是和平主義者，同時也是合理主義者。」

確實，現在回想起來，那個看似隨便的中年夏威夷衫大叔，意外地講究程序或是合理不合理之類的……而且臥煙那瓶酒，仔細看會發現很像是在折扣商店買的便宜酒……用那個當成御神酒應該不可能吧。

把不可能變成可能，這就是臥煙的作風嗎……

「真是的，神原家將我引以為傲的姊姊拒於門外，我卻像這樣入內叨擾。因果循環確實有其定數啊。」

臥煙像是打趣般這麼說，隨手將大酒瓶倒過來，將白衣幼女的全身淋溼。

與其說這是超自然儀式，不如這麼說吧，比較像是橄欖球社沖臉用的水壺。太好了，從臥煙泰然自若的動作來看，她好像順利掙脫女高中生充滿各種複雜情感的泥沼了。

「喔喔。白衣溼透緊貼幼女的身體，看起來好色耶。」

八九寺說出不像神明會說的低俗感想。話說在前面，雖然我基於好心所以沒有觸及（兩方面的意味），不過昨天沖瀑布搞笑的妳也是這種感覺吧？

不提這個。

「我說，忍大人。」

「…………嗯？啊，吾之主，這是在叫吾？」

妳完全沒進入狀況吧？

奴隸性格滲入骨子裡了。

「更正。吾之廝役，何事？」

「緊急改口也沒用吧……算了。我說忍大人，吾之主，方便在下不才我請教一件事嗎？」

「如果正式上場亦是此等水準之演技，到時候穿幫將是汝這位大爺……是汝之過錯喔。」

我覺得彼此彼此就是了。

但是沒時間了，所以我沒吐槽，繼續詢問。

「雖然至今沒深入想太多……不過活六百年是什麼感覺？」

「嗯？」

「沒有啦，要是容在下不才我述說自身的感覺，光是回顧這一年就覺得日異月殊。」

「給吾正常講話。吾完全聽不懂汝在說什麼。」

嗯。

我也完全聽不懂自己在說什麼。

「隨著時間的流動，意見會改變，心情會改變，會察覺什麼是錯的、知曉什麼是對的，不是嗎？『我不交朋友，因為會降低人類強度』——我講這種話的那時候，是當真相信這個道理，如今我在大學正常交到朋友，當時的我應該不敢相信吧。」

短短一年就這樣了。

如果是六百年……回顧過去的時候會是什麼感覺？我不禁感到好奇。

「即使汝正常講話，吾亦完全聽不懂汝在說什麼。因為吾記不住之往事，吾都已經快刀斬得一乾二淨了。」

究竟是記不住？還是不想記？她大概連這都不記得了。

沒關係。我也是在講連我自己都不太知道的事情。即使正常講話，我也完全聽不懂自己在說什麼。

即使睽違六百年重逢，也不必做出和六百年前一樣的決定。我想說的是這件事嗎？不過，如果姬絲秀忒·雅賽蘿拉莉昂·刃下心再度在路邊奄奄一息，我也會和一年前一樣獻出我的脖子吧？

「說起來，怪異是不死之身，更是不變暨普遍之身。不會像人類動不動就有所改變。」

「那麼，那年春假問過的問題，我再問妳一次。忍，對妳來說……」

對妳來說，人類是什麼？

當時，還沒成為忍野忍的忍野忍，還處於吸血鬼時期的姬絲秀忒·雅賽蘿拉莉昂・刃下心，想都不想就回答這個問題。

想都不想就回答是「食物」。

對於現在的忍來說，這不是正確答案。

即使前提是因為她被封印，即使除去這一點，也不是正確答案。不過，她現在的答案又會是另一個問題。

此時，就像是趁忍之危，就像是瞬間抓準讓我們閉嘴的時機，臥煙開始詠唱像是數十年前風靡一世的魔法咒語。

「啃食者啊，吸食者啊，爬行者啊！聖日西下之刻，正是裂棺覺醒之刻！以血燉肉，以骨攪湯吧！」

聽起來像在搞笑，不過她是當真的吧？

「伴隨闇夜而來吧！迪斯托比亞・威爾圖奧佐・殊殺尊主！」

如果她在最後加句「我瞎掰的」，我應該會接受吧，她念的咒語就是這麼落入俗套，不過在念完的這一瞬間，躺在地上被廉價酒淋得溼答答的幼女身體發出金光……的樣子。

是我多心了。我誤會了。

實際上，像是安息般沉睡的她，只不過是突然睜大雙眼。眼罩彈開，和頭髮同為金色的雙眼外露，感覺彷彿射出金光。

至今看起來和斧乃木一樣毫無表情的殊殺尊主睜開眼睛之後，我得以看清她的容貌。即使同樣是金髮金眼，給人的印象也和忍差得多了。

剛才淋在身上的酒瞬間蒸發。不只是手銬腳銬，連白衣的腰帶都和遮眼布一樣彈飛。

究竟是臥煙解除封印？還是幼女自己解除封印？在遠處觀看的我無法判斷。不過真要說的話，我的感想比較偏向後者，不禁懷疑殊殺尊主究竟哪裡弱化。

就這麼讓她維持木乃伊的樣子比較好吧？輕率的治療行為不禁令我想起那年春假，產生後悔的心情。

就在這個時候，幼女的臉轉向我。

就這麼躺著，只轉動脖子看向我。

不對，那雙金眼注視的不是我，是站在我影子上，位於這座庭園的另一個幼女。太古吸血鬼清醒之後，一瞬間就感應到昔日的眷屬。

然後……

「哈！」

笑了。

「哈「哈！」

笑了。

「哈「哈「哈！」

笑了。

「哈！「哈哈！「哈哈哈！「哈哈哈哈！「哈哈哈哈哈哈！「哈哈哈哈哈哈哈哈哈！「哈哈哈哈哈哈哈哈哈哈哈哈哈哈哈！」

她就這麼躺著，在低得不能更低的位置，發出高得不能更高的笑聲。

聽到大笑聲的忍，目睹昔日「主人」復活模樣的忍……

「哈！」

笑了。

「哈「哈！」

笑了。

「哈「哈「哈！」

笑了。

「哈！「哈哈！「哈哈哈！「哈哈哈哈！「哈哈哈哈哈哈！「哈哈哈哈哈哈哈哈哈！「哈哈哈哈哈哈哈哈哈哈哈哈哈哈哈！」

以笑聲回應。

「哈哈哈哈哈哈哈哈哈哈哈哈哈哈哈哈哈哈哈哈哈哈哈哈哈哈哈哈哈哈哈哈哈哈

「哈哈哈哈哈哈哈哈哈哈哈哈哈哈哈哈哈哈哈哈哈哈哈哈哈哈哈哈哈哈哈哈哈哈哈哈

哈哈哈哈「哈哈哈哈哈哈哈哈哈哈哈哈哈哈哈哈哈哈哈哈哈哈哈哈哈哈哈哈哈哈哈哈哈哈哈哈哈哈「哈哈哈！」

如果沒架設結界，想必會吵到鄰居的高聲互笑——如同麥克風嘯叫現象的相互大笑，不知道會持續多久。

六百年左右？一千年左右？

還是會永遠持續？

如同當成我、臥煙與八九寺不在這座庭園，旁若無人又毫不客氣的狂笑，以一句話打上了終止符。

「看來，好像又死了。」

開口的是躺在地上的幼女。

忍聽完聳聳肩。

「彼此年紀都大囉。」

她這麼說。

兩名幼女相隔六百年之後重逢了。

036

到頭來，忍好像放棄排場，阿良良木曆失去了發揮演員實力的機會。

大概是實際見面之後，覺得這種像是短劇的計畫很蠢吧。回想起來，殊殺尊主也一樣，雖說是簡單的封印，卻在化為幼女的狀態被封印，以吸血鬼的丟臉程度來說是同一等級。

順帶一提，我之所以用「好像」或「大概」來說明，是因為兩名幼女交談到一半，無視於人類們（包括原本是人類的神明）說起異國語言。

她們說的到底是哪一國的語言？是「國色天香姬」昔日所毀滅某個國家的語言嗎？無論如何，我們完全被晾在一旁。

不過，兩名幼女嘻笑的模樣，看起來單純令人會心一笑，沒什麼好氣的。不只是第一次看見忍那種表情，殊殺尊主就我所見也是久別重逢互訴衷情。化為木乃伊的影響大概還在，她沒能從涼席起身，但她表情豐富，看得出她真的很高興再度見到忍。

這幅光景使我感覺各方面的辛勞都獲得回報。不過這些辛勞幾乎是自找的。

而且就某方面來說，這可以算是符合計畫。

問訊。連續吸血事件的全貌。

不過該怎麼說，前提是忍沒忘記原本的目的……

「看來她們和樂融融聊得很愉快，這裡就交給八九寺小妹見證，人類暫時離席吧。曆曆，跟我來。」

「咦？慢著，可是，我和忍以影子相連……」

「我設定成只要在這道結界，你們就可以維持連結分頭行動，所以放心吧。八九寺小妹，拜託囉。」

「好的，交給我吧！」

嗯？先不提八九寺身為神明卻逐漸成為掌權者的忠實部下，臥煙剛才說的是怎麼回事？

可以分頭行動？

這麼做沒關係嗎？雖然只在限定區域，但我與忍的連結是可以切斷的？我不禁感到疑問。換句話說，臥煙從一開始就相信重逢本身會順利？居然架設這麼耗費工夫的結界……

不對，不是這樣。無論重逢是否順利，依照計畫，臥煙從一開始就打算讓我與忍分頭行動嗎？

即使不太懂臥煙的意圖……不過，既然忍沒把我當成奴隸引介，我也不能介入那傢伙與殊殺尊主的對話（我選修的外文是英文與西班牙文。歐啦～～），這時候只能垂頭喪氣跟著臥煙走吧。從女高中生內心黑暗面，應該說從女高中生內心泥沼重振的臥煙即使有什麼企圖，我也必須問清楚她的企圖才行。

「她和死屍累生死郎重逢的時候，我原本也想營造那種感覺。」

聽起來不像隨口說說，臥煙一邊如此低語，一邊帶我到神原的房間。在別人家也熟門熟路，不愧是無所不知的大姊姊。

姪女房間的位置也早就查明。

「只要有建築知識，從外面也看得出房屋格局喔。這還真慘。原來駿河和姊姊一樣是不會收拾東西的女生。」

雖然這麼說，但散亂程度還是令她吃驚的樣子，她一進房就傻眼說出這種感想。

「不好意思，其實我昨天應該收拾乾淨才對，但因為日傘學妹在場，我覺得終究不能當著神原朋友的面打掃房間，不然神原很丟臉。」

「不該說什麼『其實』還是『才對』，而且我很詫異曆曆為什麼非得對駿河體貼到這種程度。你不只是駿河的學長，還逐漸變成她老媽了。比她的親生母親還要有母性。」

臥煙說。

至今聽過各種形容我的話語，但我第一次聽人說我有母性。不過比較的對象是鼎鼎大名的臥煙遠江，我也不太能率直高興就是了。

「所以臥煙小姐，有什麼事？雖說八九寺幫忙看著，不過忍和殊殺尊主小姐……應該說殊殺尊主小妹？總之怎麼稱呼都好，讓兩個幼女自己聊天，我有點擔心。」

從當時的氣氛來看，應該不會立刻演變成「我是來吃忍的」與「吾就給汝吃吧」這種危險局面，卻也不能過於樂觀。坦白說，怪異之所以是怪異，就是因為完全無法預測下一瞬間會如何行動。

可以的話，我想趕快回去。

「有兩個壞消息。」

臥煙說。這是我的人生，所以即使臥煙說的不是好消息，如今我也不會感到驚訝，不過居然是兩個壞消息。

我冒出兩個討厭的預感。

「長話短說吧。首先，目前下落不明的女子籃球社社員最後一人，木石總和小妹的私人物品找到了。」

「私人物品……只有私人物品嗎？」

「對。不只是手機與學校背包，還包括制服、隊服與籃鞋。啊啊，籃鞋的意思是……」

「籃球鞋對吧？我也愛看《灌籃高手》所以知道。不過……只找到私人物品卻沒找到本人……」

沒發現當事人成為木乃伊的模樣，究竟是好事還是壞事？總覺得意見會分成兩派，但是只發現當事人的私人物品確實是壞消息。應該說是不祥的消息。扔在路邊的兒童書包，不可能演變出會心一笑的劇情。同樣的，現狀我只覺得木石出事了。

「在哪裡找到的？她房間嗎……」

第二具木乃伊，本能焙的木乃伊是在她房間找到的。我想起這件事，舉出即使找得到私人物品也不突兀的場所。

「你的思考方向不錯。」臥煙這麼回應。

「是在直江津高中體育館的女子更衣室置物櫃找到的。」

「女子更衣室……？」

「別對女子更衣室起反應。不用擔心，我是派女性搜查隊過去。」

「我並不是疑惑您為何沒把這項任務分配給我。」

說起來，無論派男性還是女性，讓外人入侵高中的時間點，臥煙也已經踩到紅線。她確實就是這種人。

說不定，和直到去年的我一樣，現在就讀直江津高中的學生之中，也有人和臥煙建立合作關係。這種事不無可能。

「講得詳細一點，是女子籃球社專用的女子更衣室。每個社員都借用了專屬的置物櫃。」

女子籃球社真是備受禮遇。

也可能是因為有這種福利而難以退出。

這是神原的功績，也無法否認其他運動社團多麼不成材。但是這麼一來，即使比不上自家房間，不過私人物品在這種場所被找到也沒什麼好奇怪的吧？

如同我直到某段時期，都把課本與筆記本塞在教室抽屜不管，木石只是把私人物品塞在自己的置物櫃不管吧？

「說起來，能夠入侵女子更衣室就算了，私人置物櫃的鎖是怎麼打開的？」

「把入侵女子更衣室視為理所當然，有這種想法的曆曆真是討我歡心。個人置物櫃是轉盤鎖。我從你向前任主將借來的那本名冊，從那本個人情報的寶庫類推暗號。雖然終究不是直接沿用出生年月日，不過也不是信用卡卡號，所以日常使用的暗號都會選用和個人情報相關的號碼。」

臥煙面不改色這麼說。

個人情報外洩有夠恐怖。

「我以同樣的手法，全力挑戰解讀第一到第三具木乃伊的手機認證暗號，但是這部分終究很難。」

「哎，應該比置物櫃難破解吧。而且輸入錯誤太多次，手機的資料可能會被刪除。那麼，不提這個，找到私人物品有什麼好說的？從置物櫃找到制服或隊服很正常吧？」

「如果是找到『制服或隊服』就很正常。」

臥煙說。

「但如果是『制服與隊服』就怪透了。所以木石小妹是光著身子放學，然後下落不明嗎？即使沒化為木乃伊也是天大的騷動吧？」

天大的騷動……沒錯。

再怎麼崇拜神原，也不可能跟著做出裸體逛大街的行徑（神原也沒真的這麼做，只是嘴上說說）。

「也不會是因為有備用的制服或隊服。即使比不上這個房間，那個置物櫃也塞得亂七八糟，就像是把礙事的東西隨便塞進去。」

或許木石是不擅長整理東西的類型，不過這部分也能以其他方式解釋。木石的私人物品可能成為證據，襲擊她的犯人為了藏匿證據，將這些物品粗魯塞進置物櫃。

而且可能不是「犯人」。

是「犯鬼」。

「多虧曆曆的諜報活動，雖然以結果來說順序顛倒了，但如果先發現木石總和小妹的木乃伊，身上的私人物品又被剝得精光，應該會很難查出當事人的身分吧……

換句話說，等同於事件將會很難解決。」

「就像推理小說會毀掉受害者的指紋或長相，類似這種滅證行為嗎？」

化為木乃伊就無法區別。

除非像是忍與殊殺尊主那樣擁有血緣關係……或是擁有經過六百年也斬不斷的交情。

「只是，說來奇怪，凶手為什麼只對木石學妹做這種拙劣的滅證行為？」

「不拙劣喔，很惡質喔。手機當然早就關機，私人物品塞進置物櫃的樣子看似粗魯卻細心。而且吸血鬼已經踏入學校，對於女子籃球社的社員來說，這個事態太危險了。」

「…………」

說得也是。這是嚴重的事態。

已經同樣入侵學校的專家們無須強調這一點。

「可是為了滅證，不只要入侵學校，還得先打開木石學妹的個人置物櫃吧？如果是使用同一間更衣室的女子籃球社社員就算了，不是社員的吸血鬼應該開不了置物櫃啊？」

女子籃球社社員已經洗刷嫌疑。吸血犯是怎麼「細心」打開置物櫃再關上？轉盤鎖。認證暗號。

不破壞的話要怎麼開關？

臥煙對此的答案簡單明瞭。

「兇手和置物櫃的主人接觸過，應該是直接問的吧。」

應該問得出來吧。

只要不擇手段。

「而且曆曆，若要推測兇手只針對木石小妹進行滅證行為的原因，會得出相當討厭的結論喔。換句話說，對方已經知道我們會從木乃伊的私人物品調查受害者身分。」

「啊……」

「我們的搜查情報，很可能已經洩漏到吸血鬼那邊了。」

不只是壞消息的程度。

這是最壞的消息。

037

擔憂個人情報外洩的我們，可能已經洩漏目前的搜查情報。得知這一點的我感到錯愕，但是最壞的消息反倒是埋伏在這個消息之後。

就像推理小說會毀掉受害者的指紋或長相——我剛才是這麼說的，不過說起來，木乃伊採得到指紋嗎？冒出這個疑問的我開口詢問。

答案很單純是「NO」。

「如同長相無法判別，整個人只剩下皮包骨了。如果可以正確採取指紋，某些手機也可以用指紋解鎖。」

對喔，在現代社會，指紋基於這層意義來說，是個人情報的聚合體。不過好巧不巧，臥煙不惜暫時切斷我與忍的連結也要告知的第二個壞消息，剛好和我的這個疑問有關。

「說到個人情報的聚合體，就是DNA鑑定。」

「但我們也不能這麼做。吸血鬼化的基因要是拿到醫院解析，真的會被當成怪病，到時候免不了引起恐慌。」

臥煙說。

「嗯，我想也是。所以我也一直迴避就醫與健檢。」

「不過反過來說，吸血鬼化的基因並不是不可能進行解析。至今發現的四具木乃伊，我已經簡單分析DNA了。」

「嗯？是喔……這麼做有什麼意義？」

「原本是為了查明是否是同一人犯案。若要網羅所有可能性，那麼襲擊四名女高中生的吸血鬼不一定是同一個吧？也可以假設這座城鎮有四個或五個吸血鬼來訪。」

真是不得了的假設。

因為神明長期不在，這座城鎮的怪異早就過多了。

「所……所以結果怎麼樣？該不會……」

「不，從結論來說，她們四人都是被同一個吸血犯吸血的木乃伊。也可以說是同一個吸血鬼的眷屬。」

就像是以ＤＮＡ鑑定來判定親子關係吧。

拜企業的努力所賜，怪異的世界也在進步。

如同黑儀昔日因為重蟹怪異的症狀定期到醫院就診，或許總有一天，怪異現象真的能被當成罕見怪病進行治療。

「那麼，不必改變方針是吧？」

「不只是不必改變方針，這樣下去將會回到原點。」

臥煙此時雙手抱胸這麼說。

「問題在於這些吸血鬼基因，和我昨晚採取的殊殺尊主基因幾乎一致。」

以ＤＮＡ鑑定來判定親子關係。

拜企業努力所賜的驗證能力。

「…………」

這下子……糟了。不，並不算糟，但是到目前為止，之所以將迪斯托比亞・威爾圖奧佐・殊殺尊主視為頭號嫌犯，始終是基於現場證據與刪除法。原因在於事發現場遺留的暗號訊息，以及她在這個絕妙的時間點造訪這座城鎮。

但如果進行DNA鑑定，鑑定結果的物證價值截然不同。這在現代的司法制度被當成傳家寶刀在使用，也就是王牌證據。

「但我認為這種想法也有危險。DNA鑑定失敗的例子比比皆是，這個領域還有許多發展的餘地，而且無論如何都無法避免人為錯誤。由於硬是將其當成王牌證據在使用，所以也可能等同於犯罪的溫床。」

沒錯。現在斷定還太早。臥煙也使用「幾乎一致」這種慎重的說法。

而且，即使殊殺尊主與四具木乃伊的吸血鬼基因一致，從理論來說，我與忍的吸血鬼基因也肯定「幾乎一致」。

親子關係——以殊殺尊主的立場來看，我算是「孫子」……只不過，現在的我與忍等同於沒有吸血能力……

「嗯，所以說，殊殺尊主嫌疑加重是事實，今晚問訊的意義也不一樣了。無論那個幼女怎麼說，都必須先把她抓起來。所以我才架設了特別的結界，但我也一樣想要避免這次的問訊演變成戰鬥。不提我的和平主義，殊殺尊主現在餓到弱化變成幼女，要除掉她或許很簡單，但要是這麼做，至今站在協力立場的小忍不知道會連帶採取何種行動。既然不知道小忍會採取何種行動，那麼也不知道你會連帶採取何種行動。」

「不，我並不會……」

我說不出這種話。我並不是很清楚我自己會怎麼做。昨晚才大幅失去信用的我，如今想說什麼都沒有說服力。

「……假設罹患拒食症的吸血鬼殊殺尊主餓到受不了，隨便看見附近的女高中生就下手，那麼如果化為木乃伊的她們能夠復原，殊殺尊主就不會因為本次的事件受到制裁嗎？」

怪異原本就無法以人類的法律制裁。即使不指望獲得無害認定，好歹也可以通融一下，偷偷放她一條生路吧……即使還留著無法忽視的問題……

「如同吃過一次人類記住味道的熊非死不可，端看這種意見被採用到何種程度吧。說穿了，殊殺尊主就像是一直節食了六百年。曆曆你自從化為吸血鬼，應該就和節食無緣，不過斷食的習慣一旦崩毀，就會以驚人的力道反噬，變得大吃大喝，暴飲暴食。」

「可是……」

「曆曆，別這麼急。我是從結論說起，但你別急著下結論。也有證據可以否定殊殺尊主的嫌疑喔。即使不提小忍的證詞會被採用到什麼程度，不過活了千年的太古吸血鬼居然悄悄溜進女子更衣室，悄悄對置物櫃動手腳，你覺得這種奇妙推測成真的可能性有多少？」

臥煙說得沒錯。真要說的話，將第四具木乃伊官宮沉入蓄水池延後發現時間的做法，果然是傳統怪異不會做的奸詐伎倆。

殊殺尊主自己也化為木乃伊的原因，目前也無法以這個奇妙的假設說明。

查不出殊殺尊主進入乾眠的過程。

前因後果對不上，拼不出全貌。

嫌疑只增不減，可信度愈來愈低。

到頭來，只有緊張感突然增加，現狀還是只能聽當事人怎麼說了。

「汝這位大爺。」

我如此心想的時候，剛才關上的拉門後方傳來忍的聲音。

「殊殺尊主似乎想和汝這位大爺談談。方便過去見她嗎？」

038

「本大爺是決死、必死、萬死之吸血鬼——迪斯托比亞・威爾圖奧佐・殊殺尊主。過來吧。」

看來她已經起得來了，幼女單腳跪坐在日式宅邸枯山水庭園的石頭上，對於解除封印時敞開的白衣不以為意，掛著淒愴的笑容迎接我。剛才幼女們高聲對笑的時候我就在想，忍……或者說姬絲秀忒・雅賽蘿拉莉昂・刃下心獨具特色的那種笑法，看來是來自打造她並且為她取名的吸血主。

因為是金髮金眼，所以容易給人相近的印象吧……但即使同樣是幼女，即使掛著同樣的表情，我依然覺得殊殺尊主和忍不怎麼像，這應該不是我想太多。

與其說她不像忍，應該說她像是「以前的忍」。

這也證明那個吸血鬼經過一年的洗禮，變得多麼平易近人又圓滑世故。殊殺尊主肯定也有這種感覺吧。

「初……初次見面。我是阿良良木曆。那個……」

我不知道該怎麼自我介紹。

雖然不必假裝成奴隸，不過老實說，我也不方便據實以告。要是說出我將忍封入影子當半個奴隸使喚的隱情，我可能會沒命……忍的這份擔憂不全然是用來顧及面子的藉口。

忍在這方面是以異國語言怎麼說明的……說起來，殊殺尊主聽得懂我用日語自我介紹嗎？不過聽她剛才的自我介紹，她好像精通日語……

「本大爺可不是平白活了這麼久。大部分的語言都學會了。」

喔喔。

真想把這種生活態度分享給命日子。

「和食材對話，是用餐的基本功。」

……我絕對不會分享。

而且拜託一下，不要講這種加重嫌疑的話。因為雖然維持一段距離，不過專家總管臥煙和八九寺一起坐在宅邸的緣廊。

進食的價值觀嗎……

總之，只吃植物就足以存活的人類，不惜刻意花費心血養育動物也要吃肉的原因，只能說不是為了「活下去」，而是因為「好吃」，所以我也同樣不方便高姿態說些什麼。

要是邏輯方向錯誤，很可能做出「從倫理道德來說，以陽光與水進行光合作用就能生存的植物，享有最高水準的生活方式」這種結論。

不過相較於幼女外表，總覺得殊殺尊主有種風流倜儻的形象。部分原因在於她將白衣當成罩衫或長袍那樣穿出俊俏少年的感覺，不過幼女直到六歲左右都沒有明顯的性別差異。

真正的吸血鬼，太古的吸血鬼嗎……

真是充滿紳士氣息。

這麼看就覺得她那件敞開的白衣比起長袍或罩衫更像披風。基於和「雅賽蘿拉姬」不同的意義，這個幼女擁有令人想下跪稱臣的領袖氣質。

「用不著這麼畢恭畢敬。又不會把你這傢伙吃掉。」

這句慣用語聽起來可不是開玩笑的。

順帶一提，她用起「你這傢伙」這種稱呼有模有樣，完全不會惹人不高興。這個幼女如同紳士氣質的化身。我自認精通各種幼女，不過原來也有這種類型。

「本大爺叫你這傢伙過來是想道個謝。總之不只是這個原因，不過首先要道謝。」

「道……道謝？」

「幾件事要道謝。首先，好像又死掉一次的本大爺，是由你這傢伙復活的。再來，本大爺昔日的眷屬姬絲秀忒．雅賽蘿拉莉昂．刃下心，也是由你這傢伙復活的。謝謝你。」

幼女說完低下頭。

總覺得她低頭的動作也很帥氣。幼女外型就這樣了，全盛時期的她不知道具備何種領袖氣質。

話說，聽到她率直道謝，我覺得被她先下手為強了。她漂亮地先發制人。

這邊明明是以懷疑的目光，抱著疑神疑鬼的心態前來面會……我求助般看向忍。

「總之，吾大致說分明了。」

她冷淡回應。

不，與其說冷淡，不如說她自己也在為難。

「但吾之說明不得要領，畢竟吾亦非完全掌握現狀。所以想說既然如此，與其兩人繼續談，不如讓汝這位大爺加入對話。」

總之關於連續吸血犯之嫌疑，她已經否認了——忍像是隨口補充般這麼說。

這可以當成隨口補充的情報嗎？是重點中的重點吧？

無視於困惑的我，殊殺尊主繼續說。

「雖說是眷屬，但本大爺早早就讓雅賽蘿拉姬——姬絲秀忒自立門戶獨立出去了。自詡是監護人跑來這裡出鋒頭挺遜的，不過聽到她在這個國家被肅清的傳聞，本大爺也沒辦法隱居下去，姑且想確認她平安無事。雖然看起來不太算是平安無事，然而光是活著就可喜可賀。無論如何，見得到面真是太好了。」

「這樣啊……」

明明六百年來音信全無，為何在這個時間點前來見面？殊殺尊主的解釋還算合理。還沒詢問就得到答案，這也令我再度覺得被她先下手為強。

每次都被她搶先。

這在將棋與圍棋都算犯規吧？

總之，殊殺尊主說她是因為擔心忍的安危，想看看忍過得怎麼樣，才會拖著一把老骨頭，千里迢迢來到這個國家。

始終不是要來把忍當成美食吃掉。

「哼，吾亦以為汝早就死了。」

忍如此咒罵，但看起來意外地不甚抗拒。

如果殊殺尊主所說的自立門戶是真的，或許這兩人的交情不是主從關係，而是朋友關係。

能夠對等交心，相視而笑的朋友嗎……

想到我與命日子的關係，就隱約明白朋友有多麼重要。雖然我和羽川、八九寺與神原之間毋庸置疑存在著友情，但是和她們之間無論如何都會摻雜恩怨、損益或俗世道義之類的東西。

該怎麼說，兒時玩伴老倉或許意外成為代表性的例子，即使沒了友情，也會有種無法絕交，難分難捨的感覺。

就算這麼說，還是有千石這樣真正絕交的例子，這種絕非所願的要素，正是人際關係的奧妙之處。

「總之，原因不只是這個，也因為本大爺明明會日語，卻沒來過日本，想看看富士山長什麼樣子。」

「居然講這種假到不行之謊言。」

忍傻眼這麼說，但妳自己去年也說過這個謊。

親子關係——親子判定。

「…………」

「所以，前刃下心的前眷屬小弟，本大爺有個請求。既然確認姬絲秀忒平安無事，本大爺想早早回到老窩，不過氣氛好像變得有點肅殺。打個商量吧，看在交情的份上，可以協助本大爺辦妥出境手續嗎？」

這個幼女大概以為現狀是她在旅行地點辦理出境手續的時候出了差錯。不過這也是相當嚴重的狀況就是了。

「畢竟有個可怕的小姐一直瞪著這邊看。」

殊殺尊主說著瞥向臥煙。但臥煙不是可怕的小姐，是無所不知的大姊姊。問訊的公開透明化也做得太徹底了。

「對了對了，說到這個國家的恐怖小姐……不，總之不提這個。所以，前刃下心的前眷屬小弟，怎麼樣？」

這種稱呼方式也怪怪的。

傷腦筋，沒想到她會找我商量逃亡出國的事宜……既然臥煙靜靜旁觀，意思是要我就這麼繼續以對話試探嗎？

「說穿了，得知那個『國色天香姬』似乎找到理想的白馬王子，本大爺很高興喔。不過既然機會難得，本大爺也想見識這位王子的本事。怎麼樣？可以幫本大爺這一次嗎？」

可以幫我這一次嗎？

阿良良木曆對這句話沒有抵抗力。

高中時代的悲劇，可以說一切都是從這句話開始的，最後也是因此給小扇可乘之機。

不過和當時比起來，我稍微長大成人了。具體來說是一年份。我知道某些事情自己做得到，某些事情做不到。

比方說即使女友這麼稱呼，我也知道自己不是白馬王子。

「別講得這麼羞死人啦～～」

忍莫名亢奮地表達害羞的心情。這種平輩語氣是怎麼回事？

妳的角色設定出遠門了嗎？

「……忍的親人就是我的親人，所以我不吝協助。不過在這之前，某些事情我想問清楚。某些事情一定要問個清楚。」

殊殺尊主剛才說氣氛肅殺，但她肯定不是說得出這種話的局外人。我該怎麼問呢？

既然她已經對忍否認自己的嫌疑，那我問一樣的問題也沒意義。應該換個方式嗎？

雖然她可能已經和忍說明完畢，但我就問這個問題吧……

「殊殺尊主，像您這樣的存在，為什麼會化為木乃伊埋進地底？」

我對殊殺尊主沒有熟悉到說得出「像您這樣的存在」這種話（我直到昨天都不認識她），然而怪異之王是由她打造並取名，光是這樣就足以令人敬畏。

基本上是如此……

「咯咯！為何埋在土裡不關本大爺的事。大概是某人擅自埋的吧。」

「某人……」

「化為木乃伊的理由，本大爺倒是可以稍微簡單說明。這部分也還沒告訴姬絲秀忒。」

是嗎？我以視線確認。「啊啊，這麼說來，這方面還沒說。」忍這麼回答。雖然不知道是否因為心情亢奮，但是當初說好的問訊，可不能就這樣草草了事。

不過，哎，這也難免吧。

死亡是家常便飯，彼此都不把生命當成一回事的兩個吸血鬼，或許會覺得「為什麼死掉」這種問題過於基本，難以當成話題來聊吧。

正如「看來，好像又死了」這句招牌臺詞所說，或者是正如『決死、必死、萬死之吸血鬼」這個別名所說，對於殊殺尊主而言，死亡絕對不是什麼大事。

我以這個說法要說服我自己。

「即使活了一千年，不過就本大爺所知，那種死法是第一次的體驗。」

但是我不得不對她這句話起反應。這真的是大事。

「什……什麼意思？您的死因——當時的死因是什麼？」

直接向受害者詢問死因，我這個問題就像是通靈型推理作品的實踐版。

「食物中毒。」

殊殺尊主以高傲態度回答我。

「食……食物中毒？」

「嗯。本大爺吃了怪東西。我想想，在日文裡……」

殊殺尊主繼續說。

「那個食材好像叫做『女高中生』？」

039

「記得那是……一週前的事情嗎？」

「畢竟時間單位這種東西因為地區而異，而且對於本大爺這個太古吸血鬼來說，一週前跟一千年前都沒什麼兩樣。」

「管他是一週前還是一千年前……總之，是一週前的事情。」

「本大爺來到了這座城鎮。聽聞已久的極東島國日本。『極東島國』不是稱讚的話語嗎？」

「不管是什麼東西，本大爺覺得達到『極致』都很了不起。」

「原本是想確認本大爺打造的傳說——姬絲秀忒・雅賽蘿拉莉昂・刃下心是否安好，但是一抵達就不確定本大爺自己是否安好，笑死我也。」

「降落失敗，摔得血肉模糊。」

「看來，好像又死了。」

「不過在那個時候，有件事比死亡更令本大爺吃驚。當時那邊那個神明出來迎接本大爺，不過聽她說，原本有架設叫做結界的東西。」

「保護城鎮的結界。」

「依照這個國家的文化傳統，好像要說『鬼往外，福往內』嗎？咯咯，『鬼往外』

是吧……對於吸血鬼來說，這種招呼可不好受啊。」

「這可不是在說本大爺被這層結界害得粉身碎骨喔。本大爺的萬死，第一萬次或第一億次或第一兆次的死，始終是降落失敗自取滅亡。」

「這是家常便飯。」

「那邊那個神明架設的結界，雖然不知道是從誰那裡繼承過來的，卻不是這種攻擊性的結界。是悄悄引人迷失，妨礙行進的結界。」

「就某種意義來說，這種結界很惡質，積極進攻的結界還比較好懂也容易處理，問題在於這種惡質特性，完全不會對本大爺產生作用。」

「這種保全機制，講白一點就是入境海關的金屬探測器，對於本大爺迪斯托比亞．威爾圖奧佐．殊殺尊主完全沒反應。」

「換句話說，沒把本大爺視為威脅。」

「沒錯。本大爺並不是以強橫的蠻力突破結界入境。」

「正因為沒有這種強橫的蠻力，才得以順利入境。」

「居然弱化到這種程度，本大爺自己都錯愕。」

「真不想上了年紀啊。」

「只不過，本大爺並不是立刻就察覺這一點。沒有自覺症狀才麻煩。沒察覺自己是老骨頭的老骨頭才麻煩。如果是老害蟲就更不用說了。」

「那邊那個神明進行入境審查的時候，本大爺後知後覺注意到自己現在是什麼模樣。」

「聽說日本的人類即使老了依然是娃娃臉，不過這個國家的神明居然這麼年幼，這種異國文化上的差異，使得本大爺回歸童心滿懷期待，不過狀況似乎不大對勁。」

「比起年幼的神明，本大爺還要年幼。」

「原本又酷又硬派的本大爺，個子比她矮，軀體比她瘦，手掌比她小，手臂比她細，雙腿比她短，體重比她輕。」

「真要說的話，只有頭髮比她長。」

「喔，原來如此。」

「如果沒找人當鏡子做對比，如果沒找人講話，就不會察覺自身的變化了。因為隱居生活過得久了吧。」

「吸血鬼照不了鏡子，這不是什麼好事。」

「看來毫無節制反覆死亡至今，逃離凶惡吸血鬼獵人的追捕至今，本大爺被逼到甚至無法在表面上維持完美形態了。」

「看來，化為幼體了。」

「沒什麼啦，只是本大爺在擔心姬絲秀忒之前，應該先擔心一下自己。距離鬼門關比較近的，原本就是本大爺。」

「從那個神明話中有話的簡介聽起來，傳說中的吸血鬼，本大爺命名的姬絲秀忒·雅賽蘿拉莉昂·刃下心確實在這座城鎮，但若本大爺以這種狀態去見她，別說敘舊，應該只會害她擔心吧。」

「這部分有段心理創傷。」

「很久以前，本大爺讓自己疼愛的眷屬百般操心，最後害他猝死，因而留下一道心理創傷。當時好像也化為幼體。」

「咯咯。」

「厚著臉皮沒自殺，頑強活那麼久的臭皮囊居然變回幼體，以吸血鬼來說何其諷刺，但即使是活了上千年，看著歷史反覆上演的本大爺，也不想讓自己的失態反覆上演。」

「這算是耍帥吧。」

「以這個國家的語言來說，就是『虛榮』。」

「活了上千年的本大爺，有著相應的驕傲。打造她並且為她取名的本大爺，有著相應的尊嚴。嘴裡說不想讓她擔心，只是表現能力的運用。」

「總歸來說，本大爺想顧及面子。」

「不想讓久違六百年重逢的好友失望。」

「不希望她覺得『這傢伙變了』，也不希望她覺得『這傢伙沒變』。」

「只是希望她覺得，『這才是我的好友』。」

「希望她這麼想。」

「像這樣實際見到面，才發現彼此都化為幼體，清楚得知自己這種想法是白費心思的摸索嘗試，不過當時的本大爺非常認真。」

「又酷又帥氣的認真模式。」

「講成『當時』聽起來像是很久以前，不過剛才就說了，是一週前——和一千年前沒什麼區別的一週前。」

「在重逢的時候，本大爺希望至少在表面上體面一點。即使無法回到完美形態，至少看起來要打扮得體。」

「所以，本大爺對當地的食材出手了。」

「對女高中生伸出魔掌——露出毒牙。」

040

和先前說的不一樣吧？殊殺尊主不是否定自己是連續吸血犯嗎？

而且，殊殺尊主六百年前吃過「國色天香姬」之後，不是為她的美味著迷，所以羅患拒食症，吞不下其他「食材」嗎？

不是因為年紀大了而化為幼體，始終是因為營養失調，從熟女化為幼女才對吧？各式各樣的問號穿梭在我的腦海。

但是，我開不了口。

殊殺尊主述說的時候，我無法插嘴。忍也同樣保持沉默。

忍在思考。是在做某種決定嗎？

要站在人類這邊？還是站在怪異那邊？

她在思考這種事嗎？

還是說，即使聽完如此光明正大的自白，依然相信朋友無罪？

相信朋友是清白的？

站在中立立場，以神明身分居中協調的八九寺，在這時候沒插嘴是理所當然的，不過臥煙也坐在緣廊沒有動作，這就令我有點意外。她明明可以基於這段供述確定殊殺尊主有罪，迅速進行具體的裁決才對。

一下子說吸血鬼不像是會使用質數暗號，一下子質疑吸血鬼是否會滅證，不過到頭來，總歸來說就是奧卡姆剃刀原理，事件真凶是太古的吸血鬼——真相就是這麼平凡無奇嗎？

即使再多的問號滿天飛舞，從現在的供述來看，也沒有值得大書特書的疑點嗎？DNA鑑定的結果或是「B777Q」的訊息，就這麼率直接受就好嗎？

對女高中生伸出魔掌。

為了顧及面子。

殊殺尊主述說時毫不愧疚，我對她的這種態度有印象。不用說，這正是我經歷地獄般的春假時，姬絲秀忒·雅賽蘿拉莉昂·刃下心展現的態度。

彼此都想要打腫臉充胖子，聽起來就像是隱含道德教誨的童話，這部分也令我感受到物以類聚的道理，但是說到態度上毫不愧疚的相似程度，就沒那麼令人會心一笑了。

在那個春假，怪異之王把人類當成糧食的時候，真的不抱持任何疑問。甚至認為人類是為了被吸血鬼食用而活。

食物鏈的頂點。

遙不可望的顛峰。

毫不客氣在我面前講這種話，魯莽到令我不覺得魯莽。只不過，以殊殺尊主現在的狀況，她在這時候當著我們的面進行名為自白的演講，不只是魯莽更是自殺行為。

自殺行為。

志願自殺的吸血鬼。

這我也有印象。

記憶猶新——尚未褪色。

別說只經過一年，經過千年也不褪色。

毫不愧疚，毫不羞恥，反倒像是得意洋洋——迪斯托比亞・威爾圖奧佐・殊殺尊主就這麼繼續說下去。

041

「走下神明居住的山，本大爺鎖定一個獨自走夜路的女高中生。」

「坦白說，誰都可以。這是緊急糧食。」

「啊啊，啊啊。本大爺當然知道。這正是機會主義者的想法。年紀大真是要不得。姬絲秀忒，就算妳像這樣不說話，本大爺也知道喔。這種想法反倒令妳失望對吧？」

「不惜扭曲身為美食家的原則也想顧及面子嗎？如果當時有人這麼問，本大爺也只能承認。」

「所以遭到懲罰了。」

「如果要放下原則，乾脆割捨得乾乾淨淨比較好，身為美食家的矜持卻深植在本大爺心中。」

「始終當成緊急措施的緊急糧食。由於內心堅定這麼想，所以刻意不去研究食材。」

「想說適當就好，隨便就好，不去挑選就直接吃掉。一旦挑選的話，這個食材不就像是成為本大爺心目中的『特別』了嗎？」

「這可不行。」

「就算不願意，但是不情不願吃下肚也不太好。理想狀況是食材在本大爺張開嘴巴的時候自己跑進來，就有理由解釋本大爺為何吃下不合己意、看不上眼、違反信念的食材。」

「沒錯，前刃下心的前眷屬小弟，如同你請本大爺享用血池地獄的湯品那時候一樣。聽說你是用這種方法讓我『復原』，對吧？看你的表情挺微妙的。」

「總之，基本上，六百年前的那種甘露只要嘗過一次，就不會指望吃得到更好的食材。不管吃什麼肯定都不覺得美味。」

「一旦知道什麼是極品美食，之後就只能將就吃次級以下的食材。雖然知道這一點，卻依然保有堅持至今，這就是本大爺無藥可救的傳奇事蹟。」

「不過，雖說是為了盛裝打扮，但要是在這時候進行『挑選』，這個食材將會和

『國色天香姬』平起平坐。」

「想將扭曲原則的程度壓到最小，果然也是在顧及面子嗎？就像是年紀大了還想把彎曲的腰桿挺直嗎？」

「總之無論如何，現在回想起來，這麼做對食材毫無敬意。」

「這個國家的餐桌禮儀，有『我開動了』與『感謝招待』這兩句話對吧？本大爺實在搞不懂。」

「沒有其他話語比『我開動了』這四個字更令本大爺不以為然。用『感謝招待』這四個字答禮簡直是糟蹋。」

「本大爺是這麼想的。」

「對食材懷抱謝意，這是怎樣？莫名其妙。懷抱謝意吃下肚很偉大？吃剩的話沒禮貌？不應該以食用以外的理由殺害生物？」

「進食原本應該是最將生命當成玩具的行為才對。是一種娛樂。」

「不過正因如此，對本大爺來說，『進食』代表的不是『活下去』。」

「『進食』代表的是『愛』。」

「在那個時候，本大爺應該說聲『我開動了』才對。所謂的入境隨俗。這應該是本大爺造的業。」

「即使如此，本大爺依然毫無節操，當成在試吃，抱著『這種程度不算是真正吃東西』這種節食者的心態，朝女高中生咬下去，然後受到懲罰。」

「結果就是食物中毒。」

「中了女高中生的毒。」

「看來——本大爺好像又死了。」

042

……嗯？怎麼回事？

她的說明唐突結束，我一時來不及理解。剛才那段主題沉重，因而令人心情疲憊又沉重的說明，是怎麼收尾的？

食物中毒？

日本女高中生的血液，和她的體質不合嗎？就像是到了另一個國家，導覽手冊一定會說明哪種水能不能喝——硬水或軟水、生水或飲用水之類……

單純來說，也可能因為餓太久之後突然吃某些東西而弄壞身體。節食結束之後突然解禁享用大魚大肉，因而吃壞肚子（最壞的狀況是胃被撐破）……這種例子也是存在的。

或者說……

女高中生的毒。泥。愛恨情仇。

直江津高中女子籃球社內部的愛恨情仇，連身經百戰的臥煙，都因而在一時之間陷入情緒低潮，殊殺尊主吞下的血液，也算是一種個人情報的聚合體，她因而體驗到這些愛恨情仇？

血液裡也有這些愛恨情仇？

這都只是推測，恐怕是基於複合理由產生的合併症狀吧。只有一項解釋不能忘記。無論是哪個國家哪種形狀的哪種無毒食材，無論是血是肉，殊殺尊主的身體不會接受「國色天香姬」以外的人類。

拒絕反應。拒食反應。

這件事本身沒問題。可以和道德觀念一起硬是暫時放在一旁。

照這麼說的話，殊殺尊主是在對女高中生伸出魔掌「之後」，才變得像那樣乾巴巴的。

陷入乾眠。

化為木乃伊。

充滿紳士感的這段自述即使稍微加油添醋，聽起來也不像在說謊，可是這樣不會很奇怪嗎？

受害者是四名女高中生，也可能是五名。

即使如此，她卻在「最初的時間點」化為木乃伊，那麼這個事件的連續性就斷掉了……連續性？

「連續性」？

殊殺尊主對忍否定的內容是說，她不是「連續吸血犯」。換句話說？

「……哎呀～～無所不知的大姊姊我，這次還真是不中用啊。」

緣廊傳來臥煙消沉的聲音。

「落得這種下場，我真的在後輩們面前丟盡面子了。我發誓今後再也不會自稱『臥煙．THE無所不知．伊豆湖』。」

慢著，妳不曾以這麼誇張的名號自稱吧？

加上「THE」是怎樣？

「既然以『化為吸血鬼失敗而成為木乃伊』這個可能性當成基調來辦案，應該也要考慮到『吸血失敗而化為木乃伊』的可能性。雖然早就知道了，不過這種例子很貴重。」

基調與貴重。

同音不同義的這兩個詞，使得來自海外的客人詫異顫動金色的眉毛，我也有類似的心情。

這是怎麼回事？就算臥煙巡自先察覺真相，我也不知道該怎麼辦。

即使化為木乃伊的原因是食物中毒，這個謎反而更令人不解吧……這是怎麼回事？

原來如此，我知道殊殺尊主化為木乃伊的原委了。

想吃的心態有兩種：因為喜歡所以想吃、因為討厭所以想吃。不能吃的心態也有兩種：因為喜歡所以不能吃、因為討厭所以不能吃。

這兩段都是八九寺真宵的金句，不過正因如此，所以殊殺尊主不會挑剔，沒有好惡，看到什麼就吃什麼。

還以為美食家不會像這樣看到能吃的就拿來吃……以這種做法吃下的東西不會算是「正餐」，這是節食者的智慧。

總之，殊殺尊主為了這種小聰明而付出代價，這部分也和節食者一樣，可說是受到了某種教訓。但是殊殺尊主食物中毒，為了緊急避難而乾眠化為木乃伊之後，究竟是誰將她埋在山裡？這個謎完全沒有解開。

吸血失敗的吸血鬼，心情上大概是有洞就想鑽進去吧，不過是誰讓她如字面所述鑽進地底？

是誰將她活埋的？

「化為吸血鬼失敗而成為木乃伊的女高中生，吸血失敗而化為木乃伊的吸血鬼。

如果要再加入一種可能性，就是『化為吸血鬼成功的女高中生』。」

專家總管從緣廊站起來這麼說。

「這一連串的犯行為何總是對不上前因後果又拼不出全貌，我終於明白了。吸血鬼不只一個。吸血鬼在中途替換了。」

「替……替換？」

不只是艾勒里．昆恩，這種手法在推理作品裡都是正統的詭計……不過，犯人應該不可能是複數吧？

吸血鬼並沒有結伴來到這座城鎮，而且還有剛才得知的DNA鑑定結果……

啊！

雖然慢了點，但我的理解終於趕上了。

一旦認為是這麼回事，就只會是這麼回事。替換、對調。

直到前天，我都沒深入思考自己當時化為吸血鬼失敗的結果，大概是因為這樣，所以我反而不知為何，從某個時間點開始，認定本次怪異事件的吸血鬼化都是以失敗收場，不過當然可能不是這樣。

可能有成功的案例。

即使結果導致吸血主化為木乃伊，眷屬依然健在……可能有這樣的案例。

換句話說，殊殺尊主隨便看見就咬下去的女高中生，跑去咬了之後的女高中生。只要這麼想，就可以理解前因後果為什麼對不上了。

ＤＮＡ鑑定出現「幾乎一致」的結果也是理所當然。既然彼此是親子關係，是子孫關係，吸血鬼基因就會一致。

不知道是天堂還是樂園，總之在這種地方品嘗過雅賽蘿拉姬唾液的我，如果以過來人的經驗來說，以那種美味為基準的美食家吸血鬼，居然只鎖定日本的未成年人連續下手，這種無事原則的行徑極為不自然，但如果是女高中生鎖定女高中生下手，反倒令人覺得合情合理。

不對，不是女高中生對女高中生下手。

如果是女子籃球社社員鎖定女子籃球社社員下手，就更加合情合理。

動機要猜的話猜不完——愛恨情仇。

斯巴達訓練。同儕壓力。挫折。嫉妒。互扯後腿。體罰。不和。連帶責任。翻臉。猜忌。負擔。被害妄想。跌打損傷。心理障礙。不安。成績退步……

「咦，不過，阿良良木哥哥，請等一下。女籃不是洗刷嫌疑了嗎？您該不會忘記我代接電話的功績了吧？」

「八九神，妳光是代接電話就想扛起這麼重的責任，我會很為難的。」

是的。這部分沒錯。

臥煙參考那份名冊，已經確認女子籃球社的社員無事也無罪。因為臥煙在保護這上百名社員的安全，同時也在監視她們的行動。

不過，只有一個女子籃球社的社員沒受到監視。直到演變成這個狀況都沒察覺，我真是有夠糊塗。

木石總和。

神原所說的這名「失蹤者」，如今幾乎可以確定遭到吸血鬼的毒手，然而即使這個說法屬實，她也不一定已經化為木乃伊。

說不定，她成功化為吸血鬼了。

而且，說不定她正躲在闇夜之中，對人類時代的同伴展開報復行動。

043

直到剛才都在擔心其安危的女孩，如今卻得視為襲擊社團隊友的凶惡犯人。這種起伏對我軟弱的精神來說是頗為煎熬的石子路，但如果我在這時候扔下一切不去面對，我就無法自詡從十七歲春假或十八歲的黃金週至今有所成長。

我裝作自己是敢坐上三百六十度雲霄飛車的男子漢，暫時整理情報吧。

木石總和。記得是二年級。

當然，即使名冊有她的名字，但她已經失蹤，所以不同於其他社員，我們沒確認她的安危，真要說的話，我們正在找她的木乃伊。

不可能找得到。

因為這種木乃伊不存在。

在直江津高中體育館女子更衣室個人置物櫃找到的制服、隊服、手機與學校背包等物品，又該怎麼說明？

如果將這些物品塞進置物櫃的是她本人，那麼要入侵學校以及女子更衣室都是易如反掌吧。只要她走自己的路線，以自己的手打開自己的鎖就好。

假設這邊的搜查情報外洩，她得知臥煙團隊正在尋找木石的木乃伊，那她將這些私人物品塞進自己的置物櫃，就可以擾亂推理。即使木乃伊本身不存在所以無從找起，只要將制服與隊服同時塞進櫃子，就可以偽裝成搜索對象已經遇害。

偽造自己已經化為木乃伊的既成事實，在這段期間自由行動。真要說的話，請命日子解開的兩個生存訊息（或者是署名）也是如此。

「D／V／S」、「F／C」。「DEATHTOPIA・VIRTUOSO・SUICIDEMASTER」、「FANCLUB」

事到如今，暗號這樣解釋應該是完全正確，不過這是木石故弄玄虛的結果。

殊殺尊主將木石當成撲火的飛蛾……更正，當成撲口的日本女高中生吸血的時候，當然報上了自己的名字吧。如同剛才對我那樣，報上「迪斯托比亞・威爾圖奧佐・殊殺尊主」這個名字。

換句話說，木石知道襲擊她的吸血鬼叫什麼名字。

而且從她後來將殊殺尊主的木乃伊埋在山裡藏起來的行為來看，她企圖將自己接下來的吸血行為嫁禍給殊殺尊主。

很像人類會做的事。

以忍為例，看來只要被殊殺尊主吸血，就會得到金髮金眼的「遺傳」，可以想像木石的外表與氣氛都和人類時代大不相同。

我被姬絲秀忒・雅賽蘿拉莉昂・刃下心吸血的時候，雖然沒變成金髮金眼，但是體格明明沒鍛鍊卻變得健壯無比。

女高中生將制服與隊服都塞進置物櫃，難道是半裸放學回家嗎？先前也討論過這個問題，但如果是木石將殊殺尊主的木乃伊埋在山裡，這一點也可以說明得清清楚楚。

裸體幼女的木乃伊。

八九寺說，幼女木乃伊從一開始就是光溜溜的。

既然木乃伊的前身是殊殺尊主，那她變成裸體之前穿著什麼衣服？這些衣服去了哪裡？

如果沒有一起埋進去，那麼某人——將殊殺尊主埋在土裡的某人，現在或許將衣服修改之後穿在身上，自稱是決死、必死、萬死之吸血鬼，假扮這個身分襲擊同伴。

在單字本留下死亡訊息的口本教實，或許沒察覺襲擊她的是昔日同伴，因而上了這個當，留下「Ｂ７７Ｑ」這段訊息。

訊息本身也可能是木石對搜查小組施放的煙霧彈。至少「Ｆ／Ｃ」肯定是這樣吧。

雖然無從想像個中原委，不過木石得知我們在懷疑女子籃球社的社員之後，試著將搜查小組的注意力引導到另一個方向。

也就是神原駿河粉絲團。

女子籃球社的社員受到神原的強烈影響，所以不可能不知道這個組織。只不過她們終究不知道該組織已經解散到無影無蹤的樣子。

無論如何，包括銷聲匿跡、隱藏罪行、推卸責任、偽造證據，看起來都是吸血鬼不會去做的事情，與其說創新不如說充滿新奇性的這種不自然行為，解釋成「她是剛誕生不久的吸血鬼」就可以接受。

湮滅證據、製造不在場證明、捏造線索、擾亂推理……充滿人味的吸血鬼，做出像是人類會做的犯罪行為。

這麼一來，先不提殊殺尊主的木乃伊化，女高中生們的木乃伊化，或許不能說是失敗。

我甚至覺得，將這些人逼到不生不死，半死不活的瀕死狀態，正是木石的報復行為。畢竟將殊殺尊主的木乃伊埋到土裡的時候，質感之類的細節應該足以成為參考吧。

但也可以從好一點的方向解釋，或許她不忍心真的殺掉人類時代的同伴……

「解開錯綜複雜的部分之後，就發現總歸來說是順序問題。我們發現的第二具與第三具木乃伊，實際上被吸血鬼襲擊的順序相反。同樣的，我們認定已經化為第五具木乃伊的木石總和小妹，其實是第一號受害者——不對，是第零號受害者。」

換句話說，就是這麼回事。

木乃伊的發現順序如下。

第一具木乃伊——貼交歸依。

第二具木乃伊——本能焙。

第三具木乃伊——口本教實。

（幼女木乃伊——DVS。）

第四具木乃伊——官宮鶚。

第五具木乃伊（暫定）————木石總和。

但是實際受害的時間順序如下。

第零號受害者————木石總和。（吸血主：DVS）
第〇・五號受害者————DVS。（食物中毒而自滅）
第一號受害者————貼交歸依。（吸血主：木石）
第二號受害者————口木教實。（吸血主：木石）
第三號受害者————本能焙。（吸血主：木石）
第四號受害者————官宮鶚。（吸血主：木石）

就是這樣。

因為是吸血鬼的木乃伊，所以每具木乃伊都無法推定死亡時間，像是沉入蓄水池的官宮，連推定詳細的犯罪時間都很難……不過以上就是從大前天晚上到昨天晚上發生的連續吸血事件真相。

「喔～～原來如此。那個女高中生跟你們的腦子都很靈光耶。」

殊殺尊主由衷佩服般這麼說。不過聽起來也像是打從心底消遣我們。

總之，在親眼見證國家衰亡，誕生於「屍體城」這座城堡，也目擊許多戰爭的太古吸血鬼眼中，高中社團五名成員經歷何種際遇的這種討論，或許只像是以毫米為單位的小工程吧……

而且，雖然應該可以確定殊殺尊主不是連續吸血犯，但至少如她自己所說，她肯定是事件的開端。

第一人的血液是她吸的。她再度成為吸血鬼的打造者。

雖然她像是要進行司法交易，要求我協助她辦理出境手續，不過說來遺憾，這下子實在沒辦法將她無罪釋放。

雖然沒辦法，不過這種案例會怎麼裁決？我完全沒有頭緒。

剛開始是受害者的木石，後來卻成為主犯……受害者轉變為加害者。

「和千石姊姊的案例有點像耶。」

八九寺這麼說。多嘴這麼說。

「而且千石與木石在字面上也很像。」

這句話真的很多嘴。

不過，這和千石那時候又不一樣。

沒字面上那麼像。

意外獲得吸血鬼超級能力的女高中生，為了發洩「生前」的怨氣，充分活用自已擁有的能力。真要說的話，比起吸血鬼吸血這種等同於食慾的生理現象，這才是嚴重的問題。

說穿了，她就這麼維持人類時代的價值觀，以吸血鬼的能力作亂……一個不小心的話，將會成為「闇」的案件。

「開始搞不懂是誰的錯了。」

八九寺為難般低語，但這本來就沒有明確的答案。這不像我高中時代常做的那樣，並不是我一個人背負汙名就能解決的問題。

我也沒必要這麼做。這次事件終究和我沒什麼關係。

我不是政治家，不會為了陌生人致力到這種程度。

連面都沒見過，走在路上也沒碰過，沒有絲毫交情與關係。要拯救這樣的女生，確實不是一件簡單的事。

「之後的事情之後再想，說到現在該做的事情……」

構圖像是正片反轉為負片般顛倒過來，導致現場進入膠著狀態。說來意外，在這個時候提供方針的居然是忍。

「化為吸血鬼之女高中生，就吾看來算是年紀小很多之妹妹，難道無法阻止她嗎？即使構圖顛倒，該做之事情本身應該沒變吧？」

她說得沒錯。只不過，從尋找全身乾枯的木乃伊改成尋找金髮金眼的閃耀吸血鬼，尋找的方式也要改變。

「要是由怪異之王坐鎮指揮，我的生意就做不下去了。那麼，現在負責找木乃伊的人員，就這麼改成找木石小妹……曆曆，你認為她接下來的目標是誰？」

「咦……那個，我想，果然是發生過摩擦的女子籃球社社員……對吧？所以只要搶先一步準備……」

不對。以結果來說，這邊已經搶先一步準備好了。

名冊記載的人員已經全部納入保護。

疑似以某種方式取得這邊搜查情報的木石，不可能不知道這件事。她不可能笨到自投羅網。

「該不會已經斷然放棄報復，在家裡呼呼大睡了吧？本大爺就會這麼做。」

殊殺尊主一臉正經說出相當粗枝大葉的想法。事到如今，我不禁詫異自己為何懷疑這個傲慢的幼女是算盡心機、心思縝密的犯人。

她的心思一點都不縝密，冒失到有剩。

「哎，沒錯，木石小妹確實在迴避我們。至今的偽裝與匿跡手法就是很好的證據。這麼一來，她應該不會不惜突破監視眼線也要襲擊女子籃球社的社員。說起來，她的怨氣是否累積到想讓所有人都化為木乃伊也很難說。肯定也有正常來往的好朋友才對。」

現在被發現成為木乃伊的四人，是她恨得最深的四人？還是湊巧獨自放學回家，或是天生沒什麼戒心，基於這種理由而容易下手的四人？說不定襲擊這四人之後，她就已經完全消氣了？

但是我可不能樂觀看待。身為搜查小組的一員，反倒應該認定犯行是以愈來愈激烈為前提。如同勉強節食會招致復胖，被迫像是苦行僧參加社團活動的十幾歲女孩，獲得像是漫畫劇情的超級能力之後，激進程度會如同電扶梯上升般只升不降……

「啊！臥煙小姐，大事不妙是也！」

我從來沒用過這種語氣說話。我不以為意，繼續說下去。

「神原今晚找她的同學到日傘學妹家，要舉辦睡衣派對！」

這種說法聽起來，像是把神原舉辦睡衣派對這件事視為齷齪下流又不道德的行為，但我當然不是這個意思。

直江津高中女子籃球社已經退休的三年級，黃金時代的這些校友們，像是等著被一網打盡般齊聚一堂，這是非常不妙的狀況。

奠定現在的社團活動內容。

堪稱元凶的黃金世代。

這是絕佳的獵物——是主菜。

044

八九寺剛才稱讚過，我從騎腳踏車改成開車之後，機動力提升許多，不過事情演變成這樣，我深深後悔高中畢業時為什麼沒央求爸媽買F1賽車給我……更正，深深後悔為什麼沒將打工存下的資金拿去買F1賽車。

即使如此，冷靜計算就會知道，從神原家的日式宅邸到日傘家，開車還是最快的方式。

只要是能夠出動的人員，臥煙都派去保護與監視現役的社團成員，雖說自己的親人和這個事件有關……不，正因為自己的親人和這個事件有關，所以不能排除在保全範圍之外。

即使如此，臥煙好像還是後悔沒派人保護神原。

「啊啊，真是的。我要被老姊咒殺了。」

她在金龜車的後座這麼說。

總之，這位老姊沒那麼厲害，不過真要說的話，神原曾經因為這位老姊而差點被咒殺……

說起來，就是因為神原遠江的事件（以及貝木的關係），才導致臥煙不方便接近神原，這一點也應該考慮在內吧。

而且沒派人保護神原，並不是臥煙的本意……要反省的人反倒是我。

我以為讓神原離開神原家，就可以確保那傢伙的安全，實際上即使不到弄巧成拙的程度，我也為真凶製造了易於下手的機會。

吸血鬼不會襲擊校友，這又是我單方面的判斷。雖然也可以說我這種視野狹隘的毛病和高中時代一模一樣，但是部分原因也在於我思考的時候，無法巧妙將現在的女子籃球社和去年之前的女子籃球社連結在一起。

其中的誤差很可能就這麼造就真凶下手的動機。要是我早點察覺就好了……

「總之，這就某方面來說也是單方面的判斷喔。木石小妹不一定知道神原駿河與日傘星雨體制的人員正在聚會，即使她知道，或許她始終只鎖定現役社員下手。」

一點都沒錯。所以不能派人行動，只能由我與臥煙行動。

由於要從神原家周圍架設的結界外出，所以忍也同行，不過事實上，接下來不能請忍協助。

那傢伙也沒坐兒童座椅，很乾脆地縮回影子了……也是啦，因為先前說好只請她協助向殊殺尊主問話。

「只將八九寺與殊殺尊主留在那裡，我還挺擔心的……沒問題嗎？」

「拒食症好像是真的，所以八九寺小妹不會被吃，而且也跑不掉。和八九寺小妹的結界不同，我架設的那層結界類似牢籠。就讓神與鬼愉快聊聊吧。」

臥煙是這麼說的，總之就是打算讓八九寺監視殊殺尊主吧。即使因為神原的事情而著急，她在這方面依然安排得萬無一失。

沒忘記殊殺尊主並非無罪。

「不過……暫且不提吸血鬼不把吸血當成作惡，對於吸血鬼來說，製造眷屬果然也不是作惡吧？而且在這次的狀況，木石學妹明顯利用自己化為吸血鬼的優勢，私自恣意採取行動。這對受害者本人來說是利不是弊，所以從人類角度……從專家角度來看，這也不算是作惡嗎？」

「這方面的艱深問題，就依照小忍的方針，事後再思考吧？總之，若要進一步補充，殊殺尊主向木石小妹吸血的行為與眷屬化的行為都失敗了，說穿了就是未遂。」

「未遂……？這可不一定吧？吸血鬼化不是成功了嗎？」

「失敗的是『眷屬化』喔。忠實的奴隸會將主人的木乃伊埋在山裡嗎？」

不會。

埋木乃伊的山是八九寺居住的山，可說是本次事件少數的僥倖之一。否則殊殺尊主的木乃伊或許要找更久。

「這就像是養小孩用錯方法。不對，殊殺尊主咬木石小妹，應該不是為了製造眷屬。如果相信她的說詞，她只是想讓重逢場面好看一點而攝取營養，卻意外將木石小妹化為吸血鬼，基於這層意義，吸血鬼化果然也算是失敗吧。」

不管哪件事都是失敗連連。

這麼想完才發現，原本以為失敗的某些事卻是成功的。

「……我隱約想像得到，成為『吸血鬼化失敗之木乃伊』的女高中生們，其實還有回復為人類的餘地。畢竟我在平行世界看過類似的可能性。」

正因為失敗，所以能夠回復為人類。

這是一種奇妙的論點，但如果能回復原狀是更好的。只是……

「即使殊殺尊主沒那個意思，卻成功化為吸血鬼的木石學妹又如何？她能回復為人類嗎？」

「首先要看她自己是否想回復。總之，專家的世界也是日新月異，比起你經歷的那個春假，技術也確實突飛猛進。不過都得見過她本人再說。金髮金眼的女高中生嗎……真是叛逆耶。我想她現在大概長這樣吧。」

在我不耐煩停車等紅燈的時候，臥煙將操作過的平板電腦遞給我。

「我將木石小妹的大頭照加工成金髮金眼的樣子。這張照片已經寄給所有人了，曆曆也記在腦子裡當參考吧。」

原來現在做得到這種事了。

日新月異。

那份純文字的名冊原本沒附上大頭照，臥煙是從什麼管道取得照片的？我目前不過問。現在正處於緊急事態。

「我不能接近駿河，所以雖然會陪你到日傘小妹家門前，不過就由你直接保護駿河與她的朋友們吧。我會直接借用你的愛車，試著從別的角度著手。」

「要怎麼從別的角度著手？」

「那還用說嗎？當然是現在開始想。無論如何，你這個具備道德良知的大一學生，就去潛入女高中生的睡衣派對吧。」

「感覺這是一個又酷又硬派的任務耶。真是的，我老是負責這種苦差事。只有這一點大概過多久都不會變吧。」

哎，算了。

長達十九年一路走來，我早就習慣這種際遇，也習慣這種人生了。

「雖然沒派人保護神原的我沒資格這麼說，不過希望你別大意啊。」

臥煙收回平板電腦的同時這麼說。

「先不提殊殺尊主的裁決結果，她來見小忍的原因也還沒問清楚。不惜充場面也要見面的理由，不惜找藉口將持續將近六百年的斷食取消，也要和小忍見面的理由，真的是因為擔心小忍嗎？」

殊殺尊主本人的說詞，究竟可以相信到什麼程度？

045

「阿良良木學長耶！」「不會吧，阿良良木學長？」「真的耶，是阿良良木學長！」「妳說的阿良良木學長，是那個阿良良木學長？」「對，就是那個阿良良木學長！不然還有哪個阿良良木學長？」「羽川學姊的朋友！」「戰場原學姊的男友！」「老倉學姊的兒時玩伴！」「最重要的是神原的主人！」「唯一從直江津高中畢業的不良學生，阿良良木學長！」「阿良良木學長！」「阿良良木學長！」「阿良良木學長！」

我大受歡迎。

她們連呼阿良良木這四個字，這是前所未有的狀況。我闖入女高中生的睡衣派對，卻沒想到會受到此等禮遇。

阿良良木學長也墮落了。

「阿～～良良木！來，阿～～良良木！怎麼啦阿～～良良木！」

「神原，妳這傢伙不准帶頭喊！」

瞧妳精神百倍的樣子。

妳這傢伙怎麼了？

不過，拜現代科技所賜，我開著金龜車飛奔過來之前，好歹先打電話確認過她平安無事。

「還有，妳那件睡衣是怎麼回事？」

「怎麼啦，阿良良木學長？這是隨時都不會妨礙調情的薄紗睡衣，博學多聞的阿良良木學長不認識嗎？」

「我不認識妳這種學妹。初次見面。」

代替問候的這段拌嘴，大受女高中生的歡迎。這裡是日傘家二樓某個房間。原本肯定不算小的四坪空間，如今卻擠了許多女高中生。

擠得滿滿的。

擠得像是沙丁魚罐頭。

她們是直江津高中女子籃球社的校友們。即使神原的薄紗睡衣（為什麼男孩子氣的她會穿這麼女性化的睡衣？我問完得到「平常我都裸睡，所以這套是為了今天借來的」這個答案。誰借她的？）比較極端，但她們真的都穿著睡衣。

我闖入這樣的空間。

光是要進入昨天剛認識的日傘學妹家，需要的臉皮厚度就是我那個小隻妹非得看齊的程度，為什麼事態變成這樣？

直到剛才那種劇情最高潮的感覺去哪裡了？前後的落差令我不禁想這麼問。所以是怎樣？這本書還有五百頁左右嗎？

我明明自制以免變成這種結果，不過現在看起來，我和掙脫聯考枷鎖整天聯誼的大一學生沒什麼兩樣。

總之，無論如何，至少可以說幸好平安無事……得向臥煙回報才行。

「話說回來，阿良良木學長……」

四坪房間的主人日傘舉手了。

「您說無論如何都必須緊急說明女子籃球社的一些現狀，才破例准許您臨時加入本次的女生聚會，但即使是阿良良木學長，也必須請您遵守服裝規定。」

「服裝規定？」

「就是睡衣。因為這是睡衣派對。請放心，如果您沒帶睡衣想租借，這邊也受理喔。」

日傘口若懸河，滔滔不絕這麼說。慢著，我怎麼可能會帶？

不過，先前打電話的時候，神原就提過這件事。當時不得不答應，所以我隨口允諾，原來那不是玩笑話？

「是的。本校友會基於嚴格的規範運作。即使是老倉學姊的兒時玩伴也不例外。」

「沒錯，即使是老倉學姊的兒時玩伴也不例外。」

日傘的說法也獲得其他會員（？）的同意。為什麼老倉也這麼知名？

那傢伙就讀直江津高中的期間，全部加起來也沒幾天吧？

「知道了啦。不過，還沒打過招呼就要借穿令尊或妳兄弟的睡衣，我終究過意不去……」

都已經大剌剌闖進來了，我可不能不遵守規定……卻也不能回去拿睡衣。

這時候就入境隨俗吧。

我是臨機應變的阿良良木曆。

才這麼想，神原就補充說明。

「阿良良木學長，日傘沒爸爸或兄弟喔。」

「咦？」

「我昨天沒說嗎？我媽媽是單親媽媽。家裡只有我們母女倆。媽媽獨力照顧我好好長大。現在她也在外面工作賺我的大學學費。」

我闖入這種含辛茹苦的家庭？

真的？

我以死謝罪都不夠吧？

「所以，我家現在只有女用睡衣，但是請不用擔心！如您所見，女子籃球社校友會對身高有自信！」

嗯嗯。所以怎樣？有自信所以怎樣？

046

明明說好男扮女裝這種事只做一次，我的抱怨卻遭到駁回，沒被客服中心受理，我就這麼被剝掉衣服重新打扮。

穿上不知道是誰的絲質睡衣，而且就像是落井下石，我從十七歲春假留到現在的長髮被綁成雙馬尾。我綁雙馬尾是能怎樣？

真是悽慘的凌辱。

不久……

「總覺得沒想像中可愛，和預設的感覺不一樣，哎，總之讓你過關吧！」

日傘准許我參加睡衣派對了。

搞不懂這是寬容還是不寬容。

「哼哼，直到去年致力於運動，今年起致力於應考的我們，也想趁著還是高中生的時候，獲得『和理組大學生開心玩樂』的實績！」

讓我換上女用睡衣，居然被她說得像是女高中生的成就之一。

真是貪心的孩子。

高中時代沒和這麼歡樂的女生有交集，我也挺大意的。

「真是的。我居然會這樣，太丟臉了。記得上次發生這種事，是在美國小學的睡衣日……」

「阿良良木學長，您參加過美國小學的睡衣日嗎……？就我看來，這也是一大問題喔。是國際問題喔。」

神原蹙眉這麼說，嘴角卻是上揚的。現在的我是這副德行嗎？

話說在前面，我可是為妳趕過來的耶？

「所以，為新成員進行自我介紹吧！長袖T恤的日傘星雨！五月三日出生，十八歲！身高一六五公分，位置是小前鋒，喜歡的打法是偷球！」

「短褂的樟腦水戶乃！四月九日出生，十八歲！身高一七〇公分，位置是控球後衛，喜歡的打法是包夾！」

「大尺碼襯衫的真橫禮香！十二月十二日出生，十七歲！身高一六九公分，位置是得分後衛，喜歡的打法是跑轟！」

「短褲的海川丹香和！一月十八日出生，十七歲！身高一六四公分，位置是大前鋒，喜歡的打法是空中接力！嗚噗噗！」

「全套運動服的希爾維亞・希比亞！九月十九日出生，十七歲！身高一八五公分，位置是中鋒，喜歡的打法是阻攻！」

「背帶裙睡衣的大城誠子！八月一日出生，十七歲，身高一八〇公分，位置是替補第六人，喜歡的打法是加油！」

「然後我是神原駿河！阿良良木學長的情色奴隸，喜歡的玩法是放置！」

「是不是只有妳的主題不一樣？王牌選手別負責搞笑好嗎？小心我永遠放置妳啊！」

為什麼這時候還得聽她們這種超有魄力的自我介紹？

居然報上全名，簡直摩拳擦掌想從新．季成為班底角色吧？這麼嗆的新角色一次來六個還得了？

一、二年級加起來一百人，相對的，三年級的校友全部加起來不到十人，總覺得有點少……不對，這樣差不多。

因為在神原加入之前，女子籃球社是平凡升學學校裡的平凡運動社團。

不過，吵鬧程度不像是只有七人。搞不懂她們為何這麼充滿活力。

「沒喔，不會喝酒！」

「不會聊下流的話題！」

「不會帶限制級的書過來！」

「影片更不用說！」

「不是黑暗收藏品的品評會！」

黑暗收藏品是什麼東西？

與其說充滿活力，不如說這些傢伙超開朗的。

應該不是神原這種個性的人湊巧在同一個時期聚集在一起（這種湊巧沒人吃得消），而是這些成員基於正面意義，受到超級明星神原最大的影響。

可以說和女子籃球社現在的風格完全相反。被要求以這些傢伙為目標，想必很難受吧。

根本學不來。

變得叛逆也是當然的。

化為吸血鬼也是當然的——別說到這種程度好了。

「阿良良木學長，所以？剛才您在家門前拜託的事情，我當然還沒做到，即使如此，您依然不得不像這樣闖進來要召開緊急動議，究竟是關於女子籃球社的什麼事？我們剛好正在討論這個話題喔。」

少騙人了。

雖然我也一樣在騙人，不過這場擔憂後輩的聚會，散發出意想不到的光采。即使不提神原的影響，該怎麼說，打進全國排名的高中生給人「我們受到世人的認同」這種感覺，令我招架不住。

臥煙先前被女高中生的黑暗荼毒，我則是差點被女高中生的光明荼毒。

我過著陰鬱高中生活的同時，居然有人組成如此陽光的集團……不妙，現在不是消沉的時候。

說來恐怖，我身為護花使者，無論如何都必須在這裡待一晚……我不能只確認她們平安無事就立刻離開，原因不只是禮儀上的考量。

即使現在沒事，木石也可能在我離開沒多久就襲擊這裡。我是否能成為稱職的警衛還有待商榷，不過從已知的事實來看，木石行動的時候徹底避開臥煙的搜查小組。

我姑且在搜查小組忝居末座，只要我待在日傘家這間睡衣房，剛誕生的那個吸血鬼至少不會在今晚靠近這個家。

以最壞的狀況來說，我還有忍。

不提神原與日傘她們，要是連我的生命都暴露在危險之中，那傢伙不可能堅持不涉入——我如此相信。

說實話，我也想和臥煙一起到處尋找木石，但是某些工作只有我能做，只有我這種忝居末座的人能做。像是參加女高中生的睡衣派對。

好啦，這下子要怎麼推動話題？

畢竟雙馬尾都綁了，我也得說更多謊才行。不提神原，對於女子籃球社校友會的眾人，我不能透露任何真相，但我剛才是高調表示有重要的事情要說而闖入這場聚會，所以不應該默不作聲。

只不過，我可不能含糊其詞害得大家掃興，更不能一直當個受邀前來炒熱氣氛的小丑，既然位於這裡，我就應該在這裡完成自己的職責。

「關於木石學妹——關於木石總和學妹，我想說幾句話。」

不對，實際上應該是想問幾個問題。

「她是什麼樣的女生？」

「哎呀，這就奇怪了。阿良良木學長，我不是借名冊給您了嗎？」

「不對，不是這個。我想知道的不是基本資料，是個性之類的。」

只要知道個性，就易於拼湊她的行為傾向並且擬定對策。可以預測她現在在哪裡做些什麼，想些什麼。

如果將她視為失蹤者來思考，這或許可以晚點再問，也就是次要的情報，但如果將她視為真凶追捕，就是最有價值的最重要情報。

「唔～～那孩子講好聽一點是嚴以律己，講難聽一點也是嚴以律己。」

穿短褂當睡衣的樟腦慎選言辭這麼說。與其說是慎選言辭，感覺更像是選不出言辭。

「把自己逼得太緊，雖然有時候會造成好的結果，但是不順心的時候會變得歇斯底里。這種時候她會暴躁得不得了，甚至對同伴亂發脾氣。」

「她是只要設定假想敵就會冒出幹勁的類型，所以不順心的時候，大概會覺得自己敗給對手吧。明明實際上沒這回事。」

穿長袖T恤睡衣的日傘補充說。嗯，總之，這種個性聽起來和本次事件凶手的形象沒有矛盾之處，不過冷靜思考就發現，任何人或多或少都有這種個性。

我試著詢問其他成員，卻也問不到明顯的特徵，問不到追捕時可能派得上用場的個性。

順帶一提，神原是這麼說的。

「她是超可愛的學妹！我總是在想，要是她裸體打球該有多好！」

我只收集到這種更加強調神原白身個性的評語……如果妳是凶手，要埋伏抓妳應該很簡單吧。

……實際上，猿猴木乃伊那時候沒這麼拐彎抹角。雖然猿猴與吸血鬼多少有點差異，不過在那個時候，向猿猴許願的女高中生將目標設定為……

「那麼，我稍微換一下問題吧。關於現在失蹤的五名成員……」

貼交歸依。本能焙。口本教實。官宮鶚。

以及木石總和。

「這五人有什麼共通點嗎？她們剛好是五人，和籃球賽上場的人數一樣，比方說這五人曾經一起上場比賽嗎？」

「一起上場比賽」這個想法，如果我沒參加這場睡衣派對還真的想不到。剛才進行自我介紹的時候，大城誠子說她的位置是替補。

即使不是正規比賽而是練習賽，或是校內自己分組練習，如果這五人曾經以球員身分參賽，當時應該也有替補的板凳選手吧？

我原本擔心神原或校友會的三年級會成為目標，不過木石下一個預定下手或已經下手的目標，也可能是這個替補選手。雖說所有成員都受到保護，但如果可以將目標對象縮小到一人，以臥煙的能耐應該可以反過來設下陷阱。

不過，對於我這個推理，或者說對於我這個期望，日傘搖頭否定。

「共通點的話，沒有喔～～記得她們也不曾一起上場比賽。雖然這麼說不太好，不過剛才提到的木石學妹就算了，貼交與口本學妹運動細胞不好，實在不是能夠出賽的水準……」

「而且BL的喜好也完全不一樣。」

嗯……雖說理所當然，但木石以外的失蹤者也各有個性，難以將她們歸為同一類來看待嗎……剛才聽希比亞的發言，我原本想說是否能以「喜歡BL」的個性來歸類，不過這只是「吸入氧氣吐出二氧化碳」這種程度的共通點吧。

在國文測驗裡，「下列詞句有什麼共通的特徵？」這種出題方式，看來沒辦法套用在這個狀況。

接下來，我準備問她們「如果只限這四個人，有沒有什麼共通點？」這個問題。換句話說，除了木石以外的四人，至今發現的四名受害者，除了都是直江津高中女子籃球社的社員，還有沒有別的共通點？我想實際聽聽她們的意見，而不是從手機收集情報。

既然是從這群陽光女孩收集情報，應該不會被拖入女高中生的泥沼變得消沉吧。但我原本就沒什麼用，即使消沉也不會比現在更派不上用場就是了。

此時我忽然察覺。

共通點？四人？手機？派不上用場……

「啊……不對。」

說不定。或許。難道說……

不該從五人之中找出共通點。

也不該假設她們是同伴。

如果這是要從五個選項之中，找出不合群選項的國文題目……

錯誤。尋找錯誤。

或者說，就像是參加這種女高中生睡衣派對的大一學生，格格不入的錯誤。

啊啊，原來如此。是這麼一回事啊。

我想起剛才拜託神原的那件事。想起和命日子的那段對話。原來我們的搜查情報是「這樣」洩漏的。

既然這樣，我該在的地方不是這裡。現在絕對不是潛入單親家庭參加女高中生集會的時候。

雖然被吹捧又被當成玩具令我有點不捨，但我必須立刻離開。可是，慘了。發生致命的問題。金龜車被臥煙開走了。

從這邊走過去，更正，從這邊跑過去的話，來得及嗎？

「日……日傘學妹……」

「小的在這裡。」

「以為自己是忍者嗎？我知道妳在這裡！」

以妳這種個性，這兩年來究竟是怎麼在直江津高中不被我注意到？我比較好奇這一點。

現在要說的不是這個……

「日傘學妹，妳有腳踏車嗎？」

047

沒有腳踏車，但是有單輪車。阿良良木曆從日傘星雨口中得到何其絕望又有趣的這個回答時，這名金髮金眼的女高中生，幾乎以擦身而過的形式和這個大學生錯開，也和開著這個大學生愛車離去的專家總管錯開，成功入侵神原家的日式宅邸。只披著漆黑的披風，披風底下一絲不掛，連鞋子都沒穿的金髮金眼女高中生，沒獲得屋主許可就這麼進入宅邸。

「喲喲，不是那裡，是這裡。好久不見啊，女高中生。看妳過得滿好的，本大爺也很高興喔。」

庭園傳來這個聲音，使得她轉身看去。最近整天練籃球的她，看不懂這座壯麗到誇張的庭園打造出何種意境。庭園一塊大到誇張的岩石上，是她大約一週前遭遇的幼女。

金髮金眼的幼女。

名為迪斯托比亞・威爾圖奧佐・殊殺尊主──決死、必死、萬死之吸血鬼，太古的吸血鬼。

將她化為吸血鬼的罪魁禍首。

不對，是鬼魁禍首。

「……我才要說，看妳過得滿好的。我明明好好將妳埋起來了啊？」

金髮金眼的吸血鬼不甚驚訝，詢問眼前不知為何身穿白衣，還豪邁敞開胸口的金髮金眼幼女。總之，既然是不死的吸血鬼，復活也沒什麼好大驚小怪的。

不過，這幅構圖很諷刺。相較於身披黑色披風的自己，幼女同樣將白衣穿得帥氣有型。

以吸血鬼世界的說法，這名幼女應該是「主人」吧。

尊主——殊殺尊主。

「是啊。看來，好像又死了。因為吸了妳的血，更正，吃了妳的毒。天啊，我也真是老到不中用了，居然吞不下人類的毒。」

「講得像是我的錯，我會很為難的。妳死掉是自己找死吧？我只是把妳埋起來罷了。」

「不只是埋起來吧？在那之後，妳居然冒用本大爺的名號恣意妄為。託妳的福，專家誤以為本大爺犯下吃霸王餐的罪，鬧得天翻地覆。本大爺明明想走了，卻被拘留在這種地方。」

雖然講得像是在找碴，不過關於名號擅自被利用，這名幼女看起來沒有特別生氣，反倒像是在享受這樣的逆境。

真令人羨慕的感性。

如果這種感性分個千分之一過來，分個一千年分之一年過來，就不會在那個社團活動懷抱此等愛恨情仇，就不會演變成現在這樣吧。

看來，即使已經成為吸血鬼，自己的這種個性也還沒有「最佳化」。也可能是「我」的個性再怎麼最佳化也只有這種程度。

「雖說是為了擾亂搜查，但是擅自使用妳的名字，我覺得很抱歉。不過，把妳埋在那座山上的時間點，我並不是出自惡意那麼做的。」

金髮金眼的女高中生老實說。

「因為，我對妳心懷感謝。我那麼做是要埋葬妳。」

「埋葬？啊啊，原來如此，是這麼回事啊。土葬是吧？」

金髮金眼的幼女「咯咯！」笑出聲。

「不過，為什麼是埋在那座山？本大爺吸妳血的地方肯定不是那裡，甚至不在那裡附近。」

為什麼會在意這種細節？如此心想的她據實回答。

「因為我聽過那座山的山頂有神社。北……什麼的神社。既然要埋，我覺得埋在靠近神社的地方，比較可以當成供養……如果問我是否有埋屍滅跡的意思，我也不是完全沒這麼想過吧？畢竟妳變成木乃伊，也不能扔著不管。」

「不不不，本大爺不在意喔。因為可以說多虧妳這份草率的貼心，本大爺反倒得以早點被人發現。」

「？」

「順帶一提，本大爺遺體的第一發現者，本大爺已經先把她支開了。既然吸血失敗，妳很難算是本大爺的眷屬，即使如此，妳還是和完全獨立的姬絲秀忒不一樣，她好歹會感應到妳接近這裡。」

幼女露出不像幼女的紳士笑容，說出莫名其妙的這段話，使得女高中生不知如何是好。

「殊殺尊主，所以妳有話要對我說嗎？難道又要說那件事？就是妳對『我開動了』與『感謝招待』的感想……」

雖說裝作不以為意，但她對這個話題本身非常感興趣（對於在社團活動被當成食物的她來說也很感興趣），所以在行凶的時候也善加利用。

成員們一臉錯愕的模樣真棒。

「如果有事要問……」

「不不不，沒什麼事要問。妳的所作所為，前刃下心的前眷屬小弟大致都說明過了。那傢伙滿有前途的，卻有個輕易對任何人卸下心防的壞毛病。即使是本大爺這種傢伙，只要稍微裝糊塗，那傢伙什麼事都會一五一十說出來。」

「……………」

前刃下心的前眷屬。

是指畢業生阿良良木曆吧？金髮金眼的女高中生如此猜測。她在某種程度掌握到專家的搜查情報，卻不是全部掌握，而且直到一週前遭遇金髮金眼的幼女，她都無從得知這種世界的存在，即使好不容易獲得情報也沒有分析能力。

細節只能自己想像，也無從保證自己的想像是對的。不過，那個有名的學長好像是吸血鬼，這一點應該可以確定。

「什麼嘛。所以不是問問題，是要發牢騷？」

「沒牢騷，但是有不滿。又酷又硬派的本大爺血族，居然為了報復之類的俗氣理由，在夜路昂首闊步？妳是因為想做這種事，所以成為吸血鬼嗎？」

和字面上完全相反，金髮金眼的幼女以找樂子般的語氣這麼說，微微抬起下巴。

「妳是因為想做這種事，所以想成為吸血鬼——想被本大爺吃掉嗎？」

「…………」

「啊啊，這部分還沒對追捕妳的那些人說。雖然不是要袒護，不過本大爺說明為什麼吸妳血的時候，謊稱是想在老朋友面前顧及面子。當時說著，發現對方好像就是這麼想的。總之，如果套用妳剛才的說法，本大爺也不是完全沒這麼想過。當時本大爺只是想問個路，妳卻突然跪伏在地上懇求『請讓我變成吸血鬼』，本大爺再怎麼樣也不能說出這個真相吧？」

幼女像是刻意賣人情般這麼說。

幼女大概就是這種個性吧，但是好煩。和每次參加社團活動的感覺一樣。

或者說，和人類時代對爸媽大喊「又沒拜託你們生下我」的叛逆期一樣。只不過，金髮金眼的女高中生確實跪伏在地上向幼女懇求。懇求可以「生下」她。

「本大爺並不是為了向姬絲秀忒——向雅賽蘿拉姬守節而斷食，所以既然妳拜託了，本大爺也沒理由拒絕。當時只抱著失敗也無妨的輕鬆心態，卻沒預料到居然是本大爺化為木乃伊。原來活了一千年還是會發生預料之外的事啊。」

活了一千年也會這樣嗎？

既然這樣，才活了十幾歲當然會這樣吧。或者說活愈久愈會這樣吧。

這個假設令金髮金眼的女高中生感到厭煩，煩到想死。明明現在的她是不死之身。

「……我這種人很稀奇嗎？連裝都不裝，主動拜託讓自己成為吸血鬼的傻瓜很稀奇嗎？」

「倒也不會。六百年前也有一個喔。咯咯，因為回想起這段往事，所以本大爺也變得感傷嗎？」

「感傷……」

傷。

「前刃下心的前眷屬小弟，對於進食的問題好像在各方面想一堆有的沒的，不過就本大爺來說，他忽略了最重要的視角。吃與被吃的行為，他只以加害與受害的視角來解釋。雖然並沒有錯誤到非得拿出來指摘，不過在活了一千年的本大爺眼中，他還是太膚淺了。那傢伙思考的時候，忽略了被吃的那一方自願被吃的例子。」

幼女吐舌說。

「以植物為例比較好懂嗎？有種植物叫做『香蕉』對吧？這種水果的構造，無論從哪個角度來看，都只像是給你們靈長類吃的。方便拿在手上，外層有果皮保護，果實充滿營養。還可以期待踩到香蕉皮滑倒的爆笑場面。」

「意思是『香蕉』自願被吃嗎？」

意思是說，主動想成為吸血鬼的我是「香蕉」嗎？

這就等同於「家畜是為了被吃而誕生，所以吃家畜並不殘酷」的道理。或是等同於不抱任何疑問說出「將寵物閹割是為了寵物好」這種話的團體。

即使幼稚，明明也該抱持疑問才對。

「女高中生，花朵為什麼要美麗綻放，分泌花蜜？是為了讓蜜蜂『吸食』，散播花粉吧？果實好吃是為了散播種子吧？」

「可是，這是植物的狀況對吧？哪有動物會自願被吃？」

頂多只有我。

「我不覺得有這種動物。」

「是嗎？像是『蚯蚓』，不覺得一直維持方便食用的形狀嗎？」

「我不吃蚯蚓。」

「啊啊，這樣啊。挑食是好事。偏食也是好事，連拒食也是好事。不過，明明沒人拜託，卻只像是主動跳進不幸深淵的傢伙，還滿常見的吧？本大爺在說那些只像是擅自踏入絕境，擅自受害的傢伙。」

「這種人……」

只有我們吧。

「……就算真的有，終究也沒有生物主動想被吃掉吧？」

「就說真的有了。六百年前就是有這種生物，這種人類，這種公主大人。只不過，那傢伙不像妳這麼丟臉，她之所以想成為吸血鬼，不是為了報復或怨恨，是基於又酷又硬派的本大爺也不懂的崇高理念。她和妳不一樣，極具生產性。」

「…………」

並非死產——幼女是想這麼說嗎？

「這份崇高的理念，如今她已經完全忘記，全部回歸於無，看來她應該是完成目的了。本大爺打從心底安心了。至於妳呢？以強大力量啃食人類之後，覺得完成目的了嗎？」

被幼女拿來和從未見過的前輩做比較，金髮金眼的高中生真的覺得掃興。

完全沒有成就感，反倒覺得空虛。

報復只會帶來空虛——沒想到這句廉價的話語居然是真理？

從心底感到空洞。

像是化為木乃伊般乾巴巴的。

卻也不能就此收手。

沒錯。

說起來，目的還沒完成。

她就是為此鑽過天羅地網來到這裡。

「鑽過天羅地網？女高中生，別講得這麼帥氣好嗎？是想笑死本大爺嗎？妳想方設法，運用伎倆，故弄虛實，偷偷摸摸鬼鬼祟祟來到這裡，是如同蟑螂四處逃竄的結果吧？從生命的有無來看，蟑螂都比妳好喔。」

「……也對。這部分令我掃興，我期待落空了。原本以為吸血鬼是更好的東西。說起來，光是害怕太陽就爛透了吧？」

她酸溜溜地這麼說，不過金髮金眼之幼女看起來不以為意，甚至以老神在在的態度回應。

「說得也是。並沒有那麼好。就像是節食一樣一直在忍耐。這一百年，本大爺也是偷偷摸摸鬼鬼祟祟四處逃竄，這方面絕不輸妳，而且還像是惡貫滿盈一樣被抓住。雖然剛才說妳丟臉，但本大爺也很丟臉。」

「……別太讓我失望好嗎？我現在是希望妳宣傳一下吸血鬼的好處。不然準備一塊白板給妳吧？向即將擁有選舉權的十幾歲年輕人說明『應該成為吸血鬼的十個理由』吧。」

「妳已經永遠沒有選舉權了。而且妳現在不是失望，是絕望。正適合妳這種行屍走肉。」

「意思是比無法行走的屍肉……比木乃伊好得多？」

她現在想到的，當然是先前襲擊的昔日隊友。只不過，她從來不把那些人當成隊友。

「有一件好事要告訴絕望的妳。吸血鬼雖然沒什麼好處，卻有一件好事。」

在她心情變得比黑夜還黯淡時，金髮金眼的幼女這麼說。

「好事？佳話的意思嗎？」

「吸血鬼沒有佳話這種東西。真要說的話，這是交易。也對，換句話說，與其說是好事，不如說是利多。」

「說給我聽吧。」

她上鉤了。當機立斷。

看來，造訪這座日式宅邸的目的無法完成。就算這麼說，就這麼空手而回，內心也不舒坦。

搜查的魔掌正逐漸逼近。蟑螂被打死也只是時間問題了。

雖然不否認自己沉溺於懇求得來的強大力量，就算這麼說，她也自認沒笨到無法客觀判斷自己現在的處境。

她的在校成績算是好的，直到進入那個女子籃球社。

「說說是什麼利多吧。」

「妳可以吃掉本大爺喔。」

幼女沒賣關子直接說。

「如果妳想回復為人類，只要大口吸食本大爺這個吸血主的血，妳現在還來得及回復為人類。」

「……我說過想回復為人類嗎？我說過吸血鬼不是好東西，但我不記得說過吸血鬼是壞東西啊？」

「妳不是說過『爛透』嗎？」

「那只是一種措詞。不要挑日文的語病。我也不記得說過人類棒透了，也沒說過女高中生棒透了。」

「既然妳這麼想，那就不只吸本大爺的血，大口吃乾抹淨吧，連肉帶骨咬碎吞下肚吧。這麼一來，妳這個不完美的吸血鬼，將會成為弒主的吸血鬼，獲得更勝於現在的力量。我想想，這叫做什麼？以手機遊戲的術語來說……就是第二階段進化嗎？」

看來幼女並不是缺乏親切心態，願意使用十幾歲年輕人好懂的這種例子，不過吸血鬼講手機遊戲也怪怪的。

愛好美食又飢餓又紳士的這個吸血鬼，看來不擅長說明。

「無論如何，妳都不吃虧。如果想回復為人類，妳就回復為人類吧。如果想成為更強更恐怖的吸血鬼，妳就成為更強更恐怖的吸血鬼吧。至少應該不必比現在還要鬼鬼祟祟偷偷摸摸。好啦，妳要怎麼做？」

「……這件好事，這項利多，這筆交易，對妳有什麼好處？」

在發問的時間點，就等於已經確定如何回答這個二選一的題目，不過金髮金眼的女高中生慎重保留回應。聽起來過於有利，反而怪怪的。

聽起來不太妙，不能不經思索照單全收。

「不管是吸還是吃，總之妳都會死掉吧？活了一千年，又酷又硬派的妳會死掉吧？這是怎樣，所謂的自我犧牲？決死、必死、萬死之吸血鬼，願意為了區區的我而死？」

「怎麼可能。交易的基本是一舉兩得吧？」

一舉兩得並不是雙方皆有所得的意思，她即使國文成績退步也知道這一點，不過這個幼女是來自海外的吸血鬼，計較用詞上的自由也挺幼稚的。

「反正即使沒被吸或被吃，本大爺也會死掉。就這麼死掉。」

「『這樣下去會死掉』的意思嗎？」

「不，是就這麼直接死掉。無論怎麼做或是被怎麼做，都會死掉。看來已經達到極限了。在中妳的毒化為木乃伊的時間點，其實本大爺即使就此永眠也不奇怪。如果埋對地方就會永眠。雖然在老天的安排，或者說天堂的安排之下像這樣泡發還原，不過終究只像是死前看見的幻象。」

「妳講得像是喝過三途川的水耶。」

「一點都沒錯。這是迴光返照。」

她的挖苦被隨口帶過。

說真的，這個幼女喝了什麼？

「會餓死。因為拒食症而死。這樣很遜吧？所以才希望被妳殺掉。這次是真的希望被妳殺掉，希望被妳重新殺掉。」

「…………」

「老實說，我原本想拜託前刃下心的前眷屬小弟動手，但他看起來實在不像是這種人。不得已，本大爺只好改為請他協助逃到國外，但妳在這時候像這樣跑來，就出現希望了。絕望的吸血鬼也獲得了希望。」

「所以這是自殺願望？吸血鬼的死因，有八成或九成是自殺……對吧？」

這是女高中生獲得內部情報之後自己分析得出的假設，所以沒什麼自信，不過看來一半是正確的。

「沒錯。都會自殺。」幼女點頭說。「包括姬絲秀忒以及她的第一眷屬，都想在這個國家步上絕路。不過就本大爺來說，自殺比拒食症還遜。本大爺又酷又硬派的物語，一點都不適合以這種方式結尾。」

所以，在本大爺冒出自殺念頭之前，希望妳先下殺手。

「所以妳希望我協助自殺……不對，希望安樂死？」

「是尊嚴死。這種死法才適合高傲的本大爺。尊貴又莊嚴地死去。雖然在姬絲秀忒面前打腫臉充胖子，假裝自己還很硬朗，不過差不多是時候了。」

金髮金眼的幼女這麼說。

究竟是什麼事情「是時候」了？是時候不該繼續鬼鬼祟祟偷偷摸摸四處逃竄了？還是吸血鬼這個種族是時候該下臺一鞠躬了？

在科學全盛的世間，怪異已經沒有生存的影子與空間。她正在聽幼女這個過來人說明這種像是傳統技藝逐漸式微的趨勢嗎？

總覺得甚至感受到憤怒。

明明對她來說確實不吃虧，她卻覺得幼女像是贏了就跑。這就是真正的「吃了就跑」？

「為什麼是我？為什麼選上我？」

「做選擇的是妳喔。剛才說得像是二選一，但妳不吸不吃也沒關係。即使已經弱化，殺得了本大爺的傢伙依然有限，但是本大爺不急。不急著死。不過，已經沒剩下任何牽掛了。因為本大爺親眼確認昔日的好友，現正過著笑嘻嘻暖洋洋的快樂生活。」

沒剩下任何牽掛。

襲擊女高中生之後，在受害者們周圍留下各種偽裝訊息的她，覺得這句話聽起來是近乎痛罵的強烈諷刺。

「妳……就為了這個原因，只為了這個原因來到這個國家？為了讓自己了無牽掛？」

「對。這是本大爺死前想做的十件事，又酷又硬派的本大爺必須確認自己愛上的好友平安無事，否則死不瞑目。」

無法理解。

甚至無法試著理解。

想不開，順從自己的願望，選擇成為吸血鬼的她，無法理解「沒剩下任何牽掛」的這種心情。

不只如此，她自己早就什麼都不剩了。

沒有選擇的餘地。沒有自我。

「知道了。我來殺妳吧。這樣就互不相欠了。親手殺掉自己的我，這次就親手殺掉妳吧。高尚又驕傲地死去，尊貴又莊嚴地死去吧。」

「真是多謝了。不枉費本大爺如此懇求。」

直到剛才的囂張態度，原來是懇求？別說跪伏，根本是趾高氣昂吧？

「順便問一下，妳選擇哪一種？本大爺會被吸血而死？還是被啃食而死？」

「妳說呢？是哪一種？」

「哎，不管是哪一種，只要沒失敗就好。」

大概是察覺她不打算刻意告知，金髮金眼的幼女這麼說，然後換個問題。

「對了對了，方便告知妳的名字嗎？妳是殺害偉大本大爺的吸血鬼，所以想知道妳的名字。」

「……好吧。小事一樁。殺妳的我叫做……」

在她正要自報姓名的瞬間，正要殺害幼女的瞬間……

「貼交歸依。」

背後傳來這個不識趣介入搗亂的聲音。

她轉身一看，氣喘吁吁站在那裡的，是身穿女用高級絲質睡衣，綁著雙馬尾的大學生——阿良良木曆。

也就是我。

048

日傘和神原一樣，是以奔跑當成移動手段的派系（這是哪門子的派系？），所以沒有腳踏車。不過受邀參加睡衣派對的校友會成員之一，身穿運動服的留學生希比亞是騎腳踏車來日傘家，所以我得以借用她的交通工具，而且是以速度來說堪稱腳踏車界F1賽車的公路車。

就這樣，我從神原家折返，終於成功發現正在日式宅邸的日式庭園和迪斯托比亞．威爾圖奧佐．殊殺尊主交談的金髮金眼女高中生——貼交歸依。

成功發現追尋至今的活死人。

是的，是貼交歸依。不是木石總和。

是我一直誤認為第一個受害者的貼交。我在直江津綜合醫院首度見到的木乃伊，臥煙是這麼介紹的。

穿上病患服，躺在病床上的活屍體。一旦說穿就很單純，那具木乃伊，那具活屍體，並不是貼交的木乃伊。

不只如此，那具木乃伊正是我們所認定本次連續吸血事件的主犯——木石的木乃伊。

這是替換的手法。

不對，以這個狀況來說是掉包？

要說我們擅自認定也不正確。因為我們是被誤導認定的。被現在位於我面前的金髮金眼女高中生，被直江津高中一年級的女子籃球社社員誤導。

化為木乃伊的人類全身乾枯，外貌與體型都變得一樣。在紀律嚴謹的社團，大家甚至連髮型都類似，就我看來每具木乃伊都相同。

如果沒有忍與殊殺尊主那樣的交情，不可能分辨誰是誰。說穿了，所有木乃伊的身分都不明。

即使如此，說到我們判斷那具木乃伊是貼交的原因，在於隨身物品——包括制服、學校背包與手機。

不只是「第一具木乃伊」，所有的女高中生木乃伊，我們都是以這種方式判別，但是這樣對嗎？

反過來說，只要讓木乃伊穿上某人的制服、拿著某人的包包、握住某人的手機，不就能讓別人認為這具木乃伊是某人了？

依照先前的推理，木石將制服與隊服塞進個人置物櫃，讓我們認為她是受害者，但我們在更早的階段就誤認事態，從第一步就走錯了。

我們——是的，臥煙也錯了。

無所不知的大姊姊也錯了。

不過就某方面來說，這是在所難免。臥煙是專家總管，在搜查小組擔任帶頭指揮的領導者是無懈可擊，但她始終是怪異的專家。

妖怪變化的專家。魑魅魍魎的專家。

都市傳說的專家。道聽途說的專家。

怪談的專家。怪異奇譚的專家。

換句話說，她不是「人類犯罪」的專家。

如果是暗藏故事性的暗號或文字遊戲就算了，她並未累積過識破這種偽裝手法的訓練。那一年過得只能稱得上是人間煉獄的我當然不用說，臥煙也不是執法機構的人。

如果這個事件是由警方搜查，不提吸血鬼的要素，或許他們很乾脆地就能鎖定是貼交的犯行。比方說別管吸血鬼基因之類的，進行普通的ＤＮＡ鑑定就好。

只不過，我這個連生手偵探都稱不上的平凡外行大學生，若要在睡衣派對的現場，在最後關頭察覺這個真相，只能依靠各種巧合、累積至今的推論，以及最後的歪打正著。

當我思考五人當中四人的共通點——思考四名受害者的共通點時，我卻跳過這個步驟，察覺四名受害者之中的三人有共通點。

我原本不覺得有什麼好奇怪的。因為這肯定是女子籃球社的風潮或者是慣例之一——也就是手機吊飾。

英文字母拼成的吊飾……我們早就知道某些社員會掛，某些社員不會掛。但是隨著木乃伊增加，兩者的比例開始出現偏差，這也是事實。

具體來說，四具木乃伊之中，第一具木乃伊的手機沒掛吊飾，後來所有木乃伊的手機都掛吊飾。

第二具木乃伊——本能焙的手機有掛。

第三具木乃伊——口本教實的手機有掛。

第四具木乃伊——官宮鶚的手機有掛。

發現第二具木乃伊的階段，沒掛與有掛的比率是1：1，在簡陋小屋發現第三具木乃伊的階段是1：2，沒有特別不自然之處。

發現第四具木乃伊，留下訊息的手機也掛著吊飾，比例成為1：3，即使如此，這種程度的偏差應該還能接受吧。然而，如果在個人置物櫃發現的木石手機也掛著那種吊飾，事情終究變得不一樣了。

1：4。

五人中的四人有共通點。但是在這個場合，孤立的不是嫌犯木石，而是第一名受害者貼交。

在這個時間點，這當然只是假設。不，甚至不算假設。如果找到的木石手機沒掛吊飾，比例就變成2：3，偏差反倒會被修正回來。

只不過，一旦察覺這個可能性，就不得不思考另一個可能性。「唯一沒掛吊飾的女高中生襲擊了有掛吊飾的女高中生」這個可能性。

而且只要想到這裡，即使是我這種程度的才智，也能輕易做出「隨身物品被掉包」這個推理。因為我已經相當熟悉暗號之類的偽裝手法。

不過，既然吊飾這部分始終是推論，為了公平起見，每具木乃伊都有被替換的可能性。

真凶可能就這麼是木石，貼交的木乃伊可能是木石的木乃伊，同樣的道理，本能、口本或官宮的木乃伊也可能是木石的木乃伊。

雖然存在這些可能性，但我還有命日子協助解開的暗號——「B777Q」這個暗號。

「D／V／S」。

這是如同要嫁禍給殊殺尊主，虛假的生存訊息……但這個行為不是用來隱瞞木乃伊替換過的事實，也就是隱瞞真凶本人失蹤的事實，明顯是考慮到臥煙他們搜查小組所進行的偽裝手法。

換句話說，在這個時間點，搜查小組的內部情報已經外洩。我不認為臥煙的團隊裡有叛徒。有的話只會是我吧……不過在我參與搜查的時間點，單字本已經放在那間簡陋小屋。

那麼，連續吸血犯到底是怎麼掌握到臥煙等人的存在？怎麼掌握到這群怪異追捕者的存在？

我之所以想到這個方法，也是多虧先前和命日子的對話給了提示……而且是和暗號無關，閒聊等級的對話。

當時我們聊到，手機像是大腦的一部分。如果凶手將手機、制服與學校背包一起擺在她「生產」出來的木乃伊身旁……

換句話說，等於是將眼睛、耳朵與大腦安裝在木乃伊的身體吧？

說穿了，就是監視器與竊聽器。

如同臥煙先前吩咐我監視忍一個晚上，替換之後的木乃伊遭受何種待遇，凶手可以利用這些工具掌握。

即使上鎖依然能在背景狀態持續運作的應用程式比比皆是。設定為將聲音與影像轉傳到木石的手機就好。在還沒完全化為木乃伊時，可以用指紋認證將手機解鎖，也可以下載轉傳用的應用程式。

臥煙當時以各種方式分析手機，一時之間差點被女高中生的黑暗吞噬，不過窺視深淵的時候，深淵也在窺視——這句話應該用更字面上的意義來解釋。

真是因應時代潮流的機關。

不知情的我們，在躺著木乃伊、放著木乃伊隨身物品的病房交談、開會，內部情報就這麼不斷外洩。

結果就是真凶針對專家留下「D／V／S」這個暗號，得知我們取得女子籃球社的名冊之後，又留下「F／C」這個暗號。而且有一點很重要，前者必須在「第一具木乃伊」的時間點，無視於醫院裡禁止使用手機的規定，預先開啟應用程式才辦得到。

我們誤以為是貼交歸依的木乃伊，必須在造成我們誤判的主因動手腳，也就是在手機動手腳，才能在時間上第二個遇襲的口本教實木乃伊身旁留下暗號。

在這個時間點，幾乎可以確定被替換的木乃伊是貼交歸依。

不過，這個不甚嚴謹的斷定招來某個擔憂。因為有一件事更重要。手機必須經常充電，否則遲早會沒電。以暗號上鎖的手機，臥煙他們沒有理由頻繁充電。

換句話說，內部情報會以某個時期為界限，自動停止外洩。我們也可以由此推測，正因為再也得不到情報，所以包括接收情報的手機在內，木石的隨身物品都被塞進個人置物櫃。

這件事也暗示木石化為木乃伊或是化為共犯的可能性，不過首先功成身退的——進一步來說，因為帶著逃走無法隨意充電，結果首先沒電的手機，或許出乎意料是木石的手機。

手機沒電，意味著接下來的情報——也就是我選擇神原家做為殊殺尊主復活場所，為此請神原離開住處的這個情報，真凶無從得知。

我確實是個連生手偵探都稱不上的平凡外行大學生，不過仔細想想，真凶也是剛成為怪異的生手吸血鬼，以犯人來說也是外行罪犯。

即使從這邊的角度看來做得很好，對方也總是被迫在緊要關頭做判斷，也會犯錯或誤解，做什麼都不如意，說起來，肯定也沒想到臥煙這種專家的存在。

換句話說，如果真凶得知女子籃球社社員都受到保護，導致犯罪行徑變得激進，想對神原這個「原因」以及「元凶」不利，應該不會找上我們認為毫無防備的日傘家校友聚會，而是極為正常地找上神原家。

因為我們過度推理，反而真的變得毫無防備的神原家。只留下迪斯托比亞·威爾圖奧佐·殊殺尊主與八九寺的日式宅邸。

真凶肯定會鎖定這裡行凶。

不過，到這裡都是我後來以各種方式拼湊出來的邏輯，實際上算是我靈光乍現的產物，但是接下來該採取什麼行動？是否應該無論如何都回去一趟？這個判斷對我來說太難了，無法瞬間決定。

或許一切都是我急著下定論，在我前腳離開日傘家的瞬間，吸血犯（可能是木石，可能是貼交，也可能是別人）或許就會後腳踏入聚會房間。而且我也完全無法否定真凶以完全不同的方法取得內部情報的可能性。

如果真凶虎視眈眈監視著這間屋子怎麼辦？

和我剛才來到這間屋子的時候一樣，我也無法以手機確認兩人平安無事。不是女高中生的吸血鬼與神明，怎麼可能隨身帶著手機啊！

沒有保留判斷的餘地。

就這麼留在日傘家？還是趕往神原家？我必須從兩者擇一，而且兩個選項都可能弄巧成拙。

沒時間向神原說明狀況，也沒時間請臥煙進行判斷。即使靈光是瞬間乍現，若要說明這整個流程，講再快也要三分鐘，精簡寫成小說也要八頁。

到最後，我只能為了防止弄巧成拙而使用密技——就這麼穿著女用睡衣，綁著雙馬尾，光明正大從日傘家大門出發。這是稱不上策略的策略。

換句話說，如果內部情報是以我想到的方法洩漏到手機沒電為止，那麼真凶應該會前往神原家。如果內部情報至今還在好評洩漏中，真凶肯定也知道我正在日傘家。即使有一個身穿女用睡衣的雙馬尾「女生」先回家，真凶肯定也以為我這個男生還在參加派對。

這個點子一點都不優雅。一般不會把這種點子稱為點子。

甚至稱不上是賭博。

不是有想法而這麼做，是沒想法而這麼做。

穿著女裝騎著公路車穿梭在大街小巷，究竟是在哪種宴會遊戲慘敗才進行這種懲罰遊戲？就某方面來說，這也是大學生會有的惡搞，我感到心力交瘁。

不過從結論來說，說明這麼久之後從結論來說，當我抵達神原家的庭園，金髮金眼的吸血鬼，正在和金髮金眼的吸血鬼對峙。

原本就是吸血鬼的吸血鬼，正在和原本是人類的吸血鬼對峙。半裸的幼女，正在和半裸的女高中生對峙。

我完全不知道前因後果，不過女高中生即將咬向幼女的瞬間，在千鈞一髮之際，我成功介入她們之間。

049

成功？這算成功？

明明想了一大堆，卻和高中時代沒有兩樣，在反覆推敲邏輯之後沒多想就衝進現場，但我現在和高中時代截然不同，是平凡至極的人類，不足以介入白熱化的吸血鬼對話。

格格不入的闖入者登場，兩名金髮金眼就只是如同掃興般，一起露出傻眼表情。

「……變態？不對，是阿良良木學長對吧？」

女高中生這麼說。

雖然她改口一次，但總之兩個都是正確答案。

居然還願意稱呼這樣的我為學長……不過，這個學妹也是裸體加上黑披風，服裝品味和我比起來有過之而無不及。

她是貼交歸依。也是變態。

從人類變態而成的鬼。

和我一樣。

「初次見面，阿良良木學長。」

金髮金眼的女高中生傻眼沒多久，就露出老神在在的笑容。看來她也掌握我的經歷。

「雖然是第一次像這樣交談，但是久仰大名。學長照例是來救人嗎？不過這裡沒有任何人類喔。」

包括學長您。

她彷彿是這麼說的。

您有資格阻止我嗎？

她也彷彿是這麼說的。

「…………」

八九寺在哪裡……我不經意觀察周圍，卻感覺不到她的氣息。

以神明身分進入靜觀模式嗎？

我自認關心過她的感受，即使她說別在意，不過到頭來，我還是害得她夾在怪異與人類之間兩難……我羞愧不已。

而且，躲在我影子的忍也同樣處於兩難的立場。現狀確實撲朔迷離，不知道該怎麼做才能站在誰那一邊。

剛才貼交撲向殊殺尊主襲擊，所以我反射性地阻止，但如果這像是阿良良木曆在十七歲春假所做的那樣，是貼交為了回復為人類而採取的行動，那我確實完全沒道理阻止。

即使是基於其他理由，正在擔任專家臥煙助手的我，真的應該阻止沒有無害認定的太古吸血鬼被獵殺嗎？

我有這種資格嗎？

如果神原或校友會那些人遭遇危機，我應該也會反射性地選擇戰鬥，但她的行動撲了個空。說起來，這兩人剛才在說些什麼？

無從保證兩人不是共犯。在這種狀況，忍的行動也會受限。忍因為殊殺尊主而生的吸血鬼，對她來說，現在的貼交就像是年紀小她很多的妹妹。

不，我就承認吧。

現在最兩難的是我。

高中生的我與大學生的我。當時的我與現在的我。

我陷入這樣的兩難。

「我說，貼交學妹。如同妳掌握我的經歷，我也稍微掌握妳的經歷……」

我承受不住這股無言的壓力，想到什麼就說什麼。找不到妥協點，也不知道如何做個了斷。

早知道應該先聯絡臥煙。

這是腳踏車無藥可救的弱點。即使瞬間最高速度可以超越汽車，卻無法在騎車的時候空出手來打電話。

「我不會說我懂妳的心情。實際上，我不太懂。選擇孤立的我，根本無從想像待在團體會承受什麼特有的壓力。即使如此……妳下手還是太重了。」

居然襲擊同伴。

居然將同伴變成木乃伊。

下手太重了。

「我不是下手太重，是放棄太多了。就算無法放棄社團，我其實也不需要放棄人生吧。」

「…………？」

她講得像是自己主動成為吸血鬼……這是某種比喻嗎？

「咯咯！」

她後方的殊殺尊主愉快地笑了……這個笑又是什麼意思呢？

不，現在不是思考這個的時候。

「現在還來得及。一起想方法吧。想方法挽回無法挽回的事物。讓妳襲擊的大家復原，讓妳復原……」

「先不提我，其他人是怎麼想的呢？」

貼交說完瞥向殊殺尊主，投以別有含意的視線。

「她們想回復為人類嗎？現在這樣比較輕鬆吧？我確實襲擊了她們，但這算是她們的懇求……是她們求我襲擊吧？我應該不是襲擊她們，是救了她們吧？」

荒唐。她在說什麼？

乾枯到不行，不知道是生是死的那種狀態……

「不知道是生是死？高中生不都是這樣嗎？不都是乾枯到不行嗎？」

成為大學生之後，連這種心情都忘了嗎？

「阿良良木學長，我們看起來像是在快樂享受青春嗎？看起來像是毫無煩惱的女高中生嗎？」

「…………」

說得也是。

不只是無從想像的程度。

直到變成現在這樣，我都不知道這種事，也沒試著知道這種事。在社團活動團結一致揮灑汗水的傢伙，我天真地打從心底羡慕。

「青春的青比您想像的還要深喔。是黑暗般的深藍色。」

若是如此，那我度過的是淡淡的青春。

是淡黑色般的青春。

我自以為經歷過特別的體驗，說自己度過地獄般的春假與惡夢般的黃金週，但是我這段體驗悲慘到匹敵女高中生開朗快樂的青春嗎？

認為自己勝過任何人，認為自己是最重要的人，最辛苦的人，最悲劇的人，最悲慘的人。

「咯咯！」

此時，再度響起幼女的大笑聲。

「早就忘記青春時代，已經步入玄冬階段的本大爺，聽你們這樣討論真是難為情啊。這種拌嘴不正是青春嗎？笑死我也。就是因為沒有早點決定，才會變成現在這樣喔。」

因為沒有早點決定？決定什麼？

殊殺尊主剛才逼貼交進行某種選擇嗎？

還是說我錯過了某種選擇——某種決定？

「本大爺說的是吃或被吃——想吃或是想被吃。或者說……想吃主人？還是想吃主角？」

殊殺尊主以意義深遠卻意義不明的話語扇風點火。

「也對。不管是深是淡，我已經受夠青春了。因為我選擇了紅色的黑暗。我錯了。」

所以，就錯得更離譜吧。

不知道是啟動了什麼開關，剛才打算撲向殊殺尊主的貼交，如今反向朝我露出毒牙撲過來。這是如同受到破壞衝動驅使的毀滅性行動。

留有吸血鬼後遺症的我，勉強捕捉到她的高速偷襲。

不過，終究是後遺症。

即使看得見，但我沒有力氣阻止這一咬，也沒有速度躲避這一咬。

如果是高中時代，這種時候我應該會事先讓忍吸我的血，提升這部分的身體能力，甚至具備不死能力再走上這個戰場，但是我已經知道這麼做是錯的。

深有所感，感有所深。

因為我曾經做錯，所以在貼交即將做錯時，我明明可以對她說得更多才對。

因為是毫無關係的外人，所以明明有話能對她說才對。

可是，我什麼都說不出口。

因為我已經不是高中生了。

「啊，差點忘了！這次一定要！」

她大聲說。金髮金眼的女高中生大聲說。

「我是貼交歸依！四月十四日出生，十六歲，身高一七〇公分，位置是替補球員，喜歡的打法是——假動作！」

一直隱瞞真相，搶先出招，故弄玄虛，將我們玩弄於股掌之間的籃球選手，不知為何開始進行自我介紹，如同殺人之前自報名號是一種禮儀。天底下居然有這種前後呼應的伏筆技巧。

雖然缺少睡衣的說明，不過她已經化為在黑夜活動的吸血鬼，想穿睡衣也沒得穿。

「這次一定要……吃掉主角！」

然而，我沒被吃掉。

並不是八九寺從暗處衝出來救了我，也不是忍從我的影子竄出來救了我。

她們倆都來不及。

來不及避免貼交吃這記膝蓋攻擊。

換句話說，來不及避免貼交頭頂挨這記膝踢。只能形容為飛彈從正上方打下來的人類膝蓋，殘忍正中吸血鬼的腦袋。

這種毫不留情的程度，無須多說。

「阿良良木小弟，好久不見。拖延時間到現在，辛苦您了。雙馬尾很適合您喔。」

無須多說——是影縫余弦的膝蓋。

專門對付不死怪異的專家。

人稱「暴力陰陽師」。

將我賭上性命的這場交涉斷言只是「拖延時間」的她，為什麼趕上了？預估最快也要明天之後才抵達的最終兵器，為什麼這麼早就來訪？原因顯而易見到討人厭的程度。

斧乃木白天不在月火房間的原因，我應該多花時間好好思考才對。斧乃木身為式神，當然是去迎接自己的主人吧？

那個能幹的女童，不可能自始至終只負責傳達八九寺的訊息。因為以她的能耐，甚至可能光是這樣就猜到一切。何況在這之後，那個女童還和我們與臥煙直接保持聯繫。

只聽命行事的人偶，唯一會依照自身判斷採取行動的狀況，就是為了主人影縫而行動。為了不能走道路的影縫，成為比腳踏車或汽車還快的移動手段。

我猜，斧乃木大概是從很遠的地方瞄準貼交，使用「例外較多之規則」，發射名為影縫余弦的這枚飛彈吧……不，或許瞄準的不是貼交，是殊殺尊主。

也可能是我。

無論正中任何人都好，只是降落的時候貼交剛好在動，所以選擇她做為降落點。斧乃木的這一扔，和殊殺尊主剛才避開八九寺的行為完全相反。

以籃球術語來說應該是長傳吧……

因為在這座庭園，連一個人類都沒有。

「影縫小姐……您下手太重了啦。」

如同昔日對我做的那樣，影縫將貼交當成帳篷般折疊在地上，而且踩得更用力，將她當成踏墊，當成踏腳處般對待，我忍不住指摘這個專家。

「阿良良木小弟，我沒說過嗎？對付不死怪異，沒有下手過重的問題。殊殺尊主，您說是吧？」

影縫就這麼將女高中生踩扁，頭也不回呼叫背後的幼女。

我無法形容她的語氣。

「不，影縫，即使就本大爺這個怪物看來，妳下手還是太重了。依然是這麼恐怖的小姐。妳將一切都踢到一旁……不對，都踩在腳下了。」

和影縫對峙的殊殺尊主依然一派從容，散發的氣息卻和剛才面對我或貼交的時候有著一線之隔。

相隔一線。或者是跨越那一線。

也可能是痛快打一戰。

如同臥煙先前所透露，影縫余弦和迪斯托比亞・威爾圖奧佐・殊殺尊主無論有過什麼交情，總之從氣氛來看，只確定不會是什麼好交情。

「本大爺陪妳玩玩，所以出完剛才那一招就放過她吧。她的意識與心已經飛到九霄雲外了。那傢伙還不是需要妳出馬的吸血鬼，是弱雞。」

「還不是需要我出馬的吸血鬼？弱雞？這反倒是在說現在的您吧？」

「記得當時的妳和幼女沒兩樣。咯咯！事情總是不如意啊。現在的本大爺，確實不配成為妳下手的目標。」

「……看來沒錯。明明從北極飛奔過來，不過這下子頭痛了。看來今天只能放妳一馬。」

「那真是幸運啊。幸運的是本大爺還是妳就不得而知了。看來，本大爺好像又活了。」

「少煩。」

影縫故意嘆口氣，然後指著腳下。

「所以阿良良木小弟，這是誰？」

影縫問我。

就算這麼問……

我應該回答她是貼交歸依嗎？可是，雖說經過我的指摘，經過我的責難，她在最後的最後終於自報姓名，但她一直隱藏這個名字……一直自稱是別人，留下別人的署名至今。

如同殊殺尊主為姬絲秀忒・雅賽蘿拉莉昂・刃下心取名，或者是忍野咩咩為忍野忍取名，那我應該在這時候，為這個金髮金眼的女高中生取一個新名字嗎？

即使是如此這般圈圈叉叉的吸血鬼，只要能懷著愛情與憎恨，送她一個華麗又古怪的名字，我想應該還是很帥氣吧。可惜我不是又酷又硬派的傢伙。

是的，我和她一樣。

當時如果我沒失敗，如果正確地成為吸血鬼，就會和她一樣。

「那孩子是——那個鬼是……」

遭遇吸血鬼，被吸血鬼襲擊。

嚮往成為主角，嚮往成為怪物。

想要同伴，討厭同伴，傷害同伴。

度過鬱悶到不想繼續當人類的青春，獲得特別的力量，最後被專家狠狠一腳踩爛，沒能完全成為鬼，也沒能回復為人類的那個高中生是……

「是我。就和我一樣。」

「啊？」

050

接下來是後續，應該說是結尾。

到美國旅行的日本人，吃下當地提供的加州捲，得意洋洋地說這道料理不是壽司。這種光景如今在美食節目已成定例，不過講這種話的日本人，意外地不會思考印度人看見咖哩麵包時的想法。

見賢思齊，見不賢而內自省。己所不欲，勿施於人。話是這麼說，但是人們很難以相同標準檢視自己與別人，自己不喜歡的事情反倒會強加於人。

曾經主動將脖子獻給吸血鬼的我，說起來不可能有資格對貼交說教，不過當時我該做的不是把自己的事放在一旁，而是應該更深入審視自己。

我當時如果走錯一步，或許也會變成貼交這樣——這種說法只是一種傲慢，而且老實說，我無法對她抱持這麼強烈的同理心，但是和金髮金眼吸血鬼的那場對峙，我學到很多。

雖然稱不上獲益良多，但我真的學到很多。

「所以？曆這次學到什麼？如果不介意告訴我，我就聽你說吧。」

「少煩。不要在確認安全的下一秒登場。如果妳只會這樣登場，妳還是退休吧。讓路給後進往前走吧。」

在大學的露天咖啡廳，我和高中時代開始交往的女友戰場原黑儀一起喝茶，對她說明這一連串事件的概要。不知何時成為定例，令我火大的這種登場方式暫且不提，但是我們從開始交往那時候就說好，只要是關於怪異的事件，彼此就不能有任何祕密。

雖然某些部分很難說有完全守約，不過這個約定依然有效。

戰場原黑儀入學之後，去了髮廊將頭髮染成褐色，去了美甲店做指甲，加入社團四處旅行或是參加音樂會，蛻變得和我大不相同，給人相當時尚又迷人的感覺，但她基本上是正經的女大學生。

她住進許多國外留學生居住的女性專用合租公寓，目標是在畢業之前學會五國語言。這大概也是受到羽川的影響，不過她在一年級的階段就在展望畢業後的未來，看來果然終非池中物。

明明我還在回顧過去的階段……嗯，這份自卑感，改天找老倉相互安慰吧。

「所以我在天國的時候，公主大人嘴對嘴把唾液傳給我……」

「雖說是臨死前的妄想，但是不會赤裸裸過頭嗎？用血液看起來會很驚悚，這我可以理解，但是不能浪漫一點，至少改成眼淚之類的嗎？」

「然後我以驚喜來賓的身分，參加神原主辦的睡衣派對……」

「這是驚嚇不是驚喜，而且嚇到的是我這個女友。你在和我學妹做什麼？」

黑儀在每個點都精準吐槽，聽完所有說明。

「所以，那個女高中生後來怎麼樣了？記得叫做播磨屋？」

接著進入問答階段。

播磨屋是誰啊？

我是強忍羞恥在說明，麻煩仔細聽好嗎？

「沒禮貌，我聽得很仔細喔。啊～～羊肉三明治神好吃。」

「仔細聽我說明的結果卻是這種評語？既然這樣，我再也不會對妳說任何事了。如果妳說的是貼交學妹，當時我滿腦子認為她會直接被影縫虐殺。」

只有這次，如果真的演變成這樣，我沒有自信阻止。畢竟貼交的所作所為太凶惡了。多達四名的高中女生送進醫院，完全是刑事案件。我不認為影縫會接受少年事件處理法的理念。

「為了讓醫院的四人回復正常，也不得不特赦她。與其說適用於少年事件處理法，不如說是基於大人的考量吧。因為那孩子如果沒從吸血鬼回復為人類，那四個人將永遠是木乃伊。」

「哎呀？可是變成吸血鬼之後，如果要回復為人類，不是得弒親嗎？有戀父情結的我，光是講出弒親這兩個字就毛骨悚然了。」

「自稱有戀父情結才令人毛骨悚然吧？而且又沒人說要弒親……我身為當事人的春假那時候是這樣沒錯，不過這部分也是日新月異。」

與其說是日新月異，恕我斗膽炫耀一下，不如說這算是我高中時代鮮少的功績之一——不對，果然得說是僥倖的成功吧。

這次再度不小心動用了那個手法。使用兩把妖刀「下地獄再復活」的手法。

只要應用這個手法，如果是化為怪異沒多久的人類，肯定能在最後關頭回復為人類。這個技術還在實驗階段，為了進行人體實驗，應該說鬼體實驗，貼交才會得以罪減一等吧。

就像是以社會勞動服務做為懲罰。

我當時的愚蠢行徑，如今逐漸奠定為傳統，我對此只能露出苦笑，但這算是我以前輩身分能為貼交做的少數事情之一。

風塵僕僕回國的影縫對此肯定無法釋懷，不過既然殊殺尊主變得那麼弱，真正要對付的吸血鬼又被她一招打趴，她的正義感也激發不到哪裡去吧。

原先對於影縫的抵達害怕成那樣，最後她卻救了我一命，我感覺相當諷刺又有點掃興……說到掃興，在北極結束武者修行回國的暴力陰陽師才覺得掃興吧，不過她當作臥煙欠她一次人情，整個事件就此落幕。這也是大人的考量吧。

「是喔。裸體幼女怎麼樣了？」

「殊殺尊主在最後以驅逐出境——強制遣返的形式做結。臥煙小姐說要親自送她走，所以為了一個幼女而動用大陣仗的警備體制，不過也在所難免吧。」

這件事當然是臥煙自己這麼判斷，但我覺得管理這座城鎮的八九寺應該也有授意……身為統治城鎮和平的新神明，希望受邀前來的訪客和平退場。

在那之後，這邊再度安排一次機會，讓殊殺尊主和忍單獨聊聊。

我不知道忍野忍和六百年來的老友聊了什麼。如同我不知道殊殺尊主和貼交聊了什麼。或許總有一天會知道，但應該不是現在。

「不過她們道別的時候很灑脫。這方面的吸血鬼感覺或是吸血鬼時間，我不是很了解。」

「我想也是。」

「是妳個頭啦。不准對不了解的我表示理解之意。我還是有點了解的。總之又不是今生的永別，將來還是會見面吧。」

「…………」

為什麼不講話？妳知道什麼嗎？

這麼說來，忍好像知道某些事，卻刻意瞞著我……我就這麼沒讓忍知道我在天堂見過國色天香姬，所以沒權利責備，但忍事後講了一句話，證明她隱瞞了某些事。這句話就是我問忍「對妳來說，人類是什麼？」這個問題之後，忍隔了許久才給我的回答。

「是怪物吧。」

她說的是貼交？是女子籃球社的全體社員？是影縫？還是全體人類……？

「曆曆，到頭來，你和臥煙小姐的口頭約定成立了嗎？說起來，這才是起點對吧？」

「在我一度背叛的時間點，我還以為不成立了，而且在事件途中，這個約定真的變得一點都不重要，不過好像姑且算是成立了。」

或許臥煙只是捨棄我了。脫離命令系統的各種獨斷獨行，在這次說不定是臥煙身為指揮官非得做出決定的場面。

只不過從臥煙的角度，本次事件好像也有許多反省之處。

「又是欺騙，又是隱瞞，又是故弄玄虛什麼的，既然人類的人性以這種形式介入，成立風說課果然是當務之急。這一刻終於來了嗎……」

臥煙輕聲這麼說，和影縫一起離開這座城鎮。

斧乃木又被留下來了，沒關係嗎？那孩子要在我家待多久？

「總之，貼交當然不用說，既然我獲得原諒，就代表我到頭來依然還是一個孩子吧。」

「哎呀呀，您謙虛了。曆曆，你不是確實查出真相了嗎？我曾經說我認為小翼適合當偵探，不過曆曆你將來或許適合當刑警？」

「妳一天只可以叫我一次曆曆。」

與其約定這四年斷絕往來，我應該要求別再使用這個暱稱才對。

「我可不想當什麼刑警喔。因為如果踏上這樣的將來，我一輩子都沒辦法超越父母。無須隱瞞，我有別的夢想。所以這種工作交給命日子吧。」

「……差不多該介紹食飼同學給我認識了吧？」

「啊，這個的話，有點……我之前就好好想過，嗯，可是時間搭不上……」

「少囉唆。我什麼都不會做啦。你以為我會對你的新朋友做什麼？又不是老倉同學。」

「動不動就批判老倉的黑儀小姐，話說在前面，在我的心目中，妳和老倉是五十步笑百步喔。」

妳只是更生成功，不過某段時期甚至比老倉還糟糕。

「沒錯。也就是說，老倉同學是我可能變成的另一個我。」

「不准硬是當成有在聽我說話。」

補充一點，命日子幫忙解開的兩個暗號，都是貼交設計的……口本書包裡艾勒里·昆恩的著作也是貼交放的，真是了不起的小動作。

不提這個，大概是覺得話題走向對自己不利，黑儀像是現在發現般看向手錶說

「天啊，下一節課要開始了」起身離席。

「那麼，後會有期，改天見。有事的話這邊會主動聯絡。」

「這是將來不再聯絡的制式句子吧……」

「哎呀？」

此時，黑儀發現我手機掛的吊飾。

「怎麼掛這種可愛的東西？」

糟糕，這我應該藏起來的。

雖然問心無愧，卻覺得難為情。

英文字母拼成的吊飾——使用的字母是「F·C」。

不存在的假縮寫。「F・C」。

這是我那天拜託神原幫忙做的東西。哎，當時神原開始猜出端倪，為了分散她的注意力，我情急之下請她做吊飾來搪塞，不過這也確實成為事件的頭緒。

所以在事件結束之後，我將完成的吊飾裝在手機。但我掛這個吊飾，並不是當成胸前掛著勳章般炫耀，反倒是當成教訓。痛苦的教訓。

也可以說是傷痕。

之所以這麼說，在於我當時返回神原家的重要原因，「或許只有貼交沒掛吊飾」的這個假設，坦白說完全錯誤。後來經過臥煙的確認，在個人置物櫃找到木石的手機時，上面也沒掛著名字縮寫的吊飾。

我想像的「掛吊飾派 vs. 不掛吊飾派」的構圖，實際上並不存在……我是基於錯誤的假設而抵達真相。

以數學來說，就像是以錯誤的驗證得到正確的答案，所以我這樣不配稱為名偵探或刑警。

若說這是我的作風確實很像，以結果來說ＯＫ。

頻頻故弄玄虛的貼交，將木石的手機塞進個人置物櫃的時候，也可能先將吊飾拆掉，所以也不能說我的假設完全錯誤。即使如此……

「曆曆，所以你也成為女子籃球社的一分子了？」

「哈哈，總之送佛送到西。和神原與日傘合作嘗試改變社團現狀的計畫，就容我繼續樂於協助吧。」

「就是因為這樣，所以別人才說你還是一個孩子吧？」

對於這樣的我，黑儀沒有肯定或否定，笑著說完這句話就去上課了。說來神奇，我和她明明同系卻很少一起上課。或許因為我選修的都是冷門課程吧。

「還是一個孩子」嗎……

這句話使我想起那天晚上問影縫的那個問題。我當時是這樣問她的。

影縫小姐，您不會迷惘嗎？

雖說無論對照人的法律還是鬼的法律，貼交歸依的所作所為都是不可原諒的犯罪，我依然不得不考慮到她的苦衷。關於迪斯托比亞．威爾圖奧佐．殊殺尊主也是如此，若將時間往前推，關於姬絲秀忒．雅賽蘿拉莉昂．刃下心也是如此。

會思考，會迷惘。

不認為自己正確。無法相信自己。

影縫像是雷射砲般筆直踢向目標頭頂的那種做法，我絕對學不來。我總是這邊晃一晃，那邊晃一晃。

這次也是上演一連串的內心糾葛，連續做出錯誤的判斷或選擇。

我完全不認為這是唯一的正確解答，不過影縫從天而降的那記膝踢，感覺沒經過任何思考。回顧從前就發現，她和我對打的時候也是想怎麼打就怎麼打，放棄的時候斷然放棄——沒有放棄太多的問題。

沒有反省的神色，也沒有後悔的滋味。

要怎麼做才能達到這種境界？

我並不是想變成影縫這樣，卻忍不住這麼問她。

「不會迷惘喔。因為我是大人。」

影縫簡短回答。

不像是代表多數派意見的這句獨特回答，聽起來也是平靜又毫不迷惘。

不過，原來如此。如果這就是大人，那我只是一個孩子。只是比幼女還年幼的孩子。

和處於緩刑期的吸血鬼們一樣，即使變成不老不死，即使下地獄，即使從高中畢業，即使成為大學生，阿良良木曆依然正處於認同延緩期。

後記

對於一般所說的推理小說，世間有人抱持「撰寫殺人的劇情有失體統，真是不像話」這種意見，基本上一點都沒錯，確實有失體統又不像話，但是被人這樣正面斥責就會感到消沉，失去反駁的力氣。雖然想得到「這是作者與讀者的鬥智遊戲（友誼）」或「始終只當成虛構內容來享受」或「這是應該傳承的傳統」之類的回應，但這基本上都是後來才想到的，是表面上的解釋，想要閱讀推理小說的時候，有哪個理由比「感覺很好看」這個理由更適合當成閱讀動機？應該很難找吧。成為大學生的阿良良木或是殊殺尊主在本書說過，吃食物是為了活下去，不過吃料理是因為好吃——大概是這麼回事吧。如果進食是為了活下去，就會討論到為什麼要灑上調味料（不使用調味料的羽川暫且不提），不禁覺得說出「我開動了」這種話的同時，一定在期待享受面前的佳肴。回到推理小說的話題，若是有人批判「有失體統」，最適當的反駁或許是「為什麼一定要遵守體統」（不過很多時代都是正經遵守體統，所以這句反駁在表現上也不正確），但是「有失體統」這個過於中肯的批判也可能是表面上的批判，有夠複雜。深入來說，「有失體統」或「不像話」也都是後來才想到的理由，也可能因為第一印象是「感覺很好看所以看不順眼」。這麼一來，這就像是雙方藏起底牌進行議論，必須成為對方肚子裡的蛔蟲試探真正的想法——肚子可能不痛不癢，也可能因而被搞壞。

總之，本書是新一季的《物語》系列，我試著寫出大學一年級的阿良良木。原本想說會是什麼樣的感覺，但因為已經先寫出成年之後就職的阿良良木，所以寫起來意外順利。對於阿良良木來說，突然和臥煙共事，他的大學生活看來不是很順利，雖然這麼說，但他好像也交到新朋友，真是太好了。只不過，即使標榜是新的一季，我還是想一如往常隨時保持「這是最後一集」的緊張感。就這樣，本書是《物語》系列第二十三彈的《忍物語　第一話　忍・芥末》。

本集封面請VOFAN老師畫了拔刀的忍野忍。謝謝！如果有下一集，預定會撰寫以八九神為主角的故事，請多指教。

西尾維新

作者介紹

西尾維新 (NISIO ISIN)

1981 年出生，以第 23 屆梅菲斯特獎得獎作品《斬首循環》開始的《戲言》系列於 2005 年完結，近期作品有《結物語》、《人類最強的悸動》、《掟上今日子的內封面》等等。

Illustration

VOFAN

1980 年出生，代表作品為詩畫集《Colorful Dreams》系列，在臺灣版《電玩通》擔任封面繪製。2005 年冬季由《FAUST Vol.6》在日本出道，2006 年起為本作品《物語》系列繪製封面與插圖。

譯者

哈泥蛙

專職譯者。譯作有《物語》系列、《十二大戰對十二大戰》等等。

書盒子

忍物語

（原名：忍物語）

作者／西尾維新　插畫／ＶＯＦＡＮ　譯者／張鈞堯
執行長／陳君平　榮譽發行人／黃鎮隆
協理／洪琇菁　國際版權／黃令歡、高子甯、賴瑜妗
執行編輯／石書豪　美術監制／陳聖義

出版／城邦文化事業股份有限公司　尖端出版
臺北市南港區昆陽街十六號八樓
電話：（○二）二五○○七六○○　傳真：（○二）二五○○二六八三
E-mail：7novels@mail2.spp.com.tw
發行／英屬蓋曼群島商家庭傳媒股份有限公司城邦分公司　尖端出版
臺北市南港區昆陽街十六號八樓
電話：（○二）二五○○－七六○○（代表號）
傳真：（○二）二五○○－一九七九
中部以北經銷／楨彥有限公司（含宜花東）
電話：（○二）八九一九－三三六九
傳真：（○二）八九一四－五五二四
雲嘉經銷／智豐圖書股份有限公司　嘉義公司
電話：（○五）二三三－三八五二
傳真：（○五）二三三－三八六三
南部經銷／智豐圖書股份有限公司　高雄公司
電話：（○七）三七三－○○七九
傳真：（○七）三七三－○○八七
一代匯集／香港九龍旺角塘尾道六十四號龍駒企業大廈十樓Ｂ＆Ｄ室
電話：（八五二）二七八三－八一○二
傳真：（八五二）二七八二－一五二九
馬新經銷／城邦（馬新）出版集團　Cite(M)Sdn.Bhd.
E-mail：Cite@cite.com.my
法律顧問／王子文律師　元禾法律事務所
台北市羅斯福路三段三十七號十五樓
二○二○年十一月一版一刷
二○二四年五月一版四刷

■中文版■

郵購注意事項：
1. 填妥劃撥單資料：帳號：50003021戶名：英屬蓋曼群島商家庭傳媒（股）公司城邦分公司。2. 通信欄內註明訂購書名與冊數。3. 劃撥金額低於500元，請加附掛號郵資50元。如劃撥日起 10～14日，仍未收到書時，請洽劃撥組。劃撥專線TEL：(03) 312-4212 ・ FAX：(03) 322-4621。E-mail：marketing@spp.com.tw

國家圖書館出版品預行編目資料

忍物語 / 西尾維新 著 ; 哈泥蛙譯 . --初版.
--臺北市：尖端出版, 2020.11
面 ; 公分.--(書盒子)
譯自: 結物語
ISBN 978-957-10-9225-6(平裝)

861.57 109014976